我們之間的謊言

A NOVEL

約翰・馬爾斯 著
陳岳辰 譯

JOHN MARRS

WHAT LIES BETWEEN US

NINA CAN NEVER FORGIVE MAGGIE FOR WHAT SHE DID. AND SHE CAN NEVER LET HER LEAVE.

獻給 Elliot

「謊言繞完世界半圈，真相還沒穿好鞋子。」

——查爾斯・司布真（Charles Spurgeon）

序章

我不再愛妳，不再在乎妳，不再擔心妳。我……放下了。

或許妳從未察覺，但無論妳多冷血、多自私、造成多少痛苦，我總會說服自己將妳放在心上。然而那種日子已經到了盡頭。

我想告訴妳的是：我不再需要妳了。既然從前種種並不愉快，我會捨棄那些回憶，也忘掉後來發生的一切。相處的日子裡我總希望關係能比原本好，但最後發現我拿到的牌就是這麼差，不如直接亮牌給妳看，結束這場遊戲。

從現在起，妳只是住在這房子的另一個人，不多不少，僅此而已。對我而言，妳和遮蔽外界的百葉窗、腳下的地板或分隔彼此的門沒兩樣。

大半輩子虛耗在妳的心計，妳那些惡行就像利刃一刀一刀剮在身上。我不會再為了滿足妳而扭曲自己，畢竟犧牲那麼多也不過如此而已。我浪費太多時間渴求妳會接受我，想起多少機會因為妳而不敢接受，心中只剩下怨氣。錯過那麼多，我不如趴下來爬到花園角落，在泥土上捲成一顆球，任蕁麻與藤蔓纏繞覆蓋，自旁人眼中消失無蹤。

如今我終於認清，使我生命蒙上陰影的人就是妳。妳害怕孤立，所以需要我在。共處的日子裡我的體悟就只有一個：我的心壞掉了，但妳也一樣。妳和我是同類人。如果我死了，妳的生命也就黯淡無光。

下次再會時，我們之中應該要有一個躺進棺材，屍體縮皺得撐不起身上破布。那時候我們才能徹底分離，能夠做自己。

也唯有如此我才能平靜，能夠離開妳。

若我靈魂得以飛升，妳的靈魂必定如同最沉重的石頭沒入深淵永不見天日。

第一部

1 瑪姬

街上每個人自己忙自己的，沒人看得見桅樓裡的我。我很確定，朝鄰居揮了幾百次手，從來沒有誰回應。就各種意義而言我是隱形的，根本不存在，彷彿消逝的一縷幽魂。

樣子大概也像。木製百葉窗遮蔽光線，臥室內暗無天日，久而久之我也變得蒼白憔悴。即使日正當中，如果外頭路燈沒亮，房間裡就是一片昏沉暮色，所以每次下樓得瞇眼好一段時間才能適應光線。剛裝上窗板那段日子我有點幽閉恐懼，覺得自己被隔離在世界之外。後來習慣了。給我一些時間，什麼都能習慣。逆來順受，我就是這樣的人。

帆船最高的桅桿頂端有桅樓，船員爬上去能眺望好幾哩遠。待在這兒也一樣，所以我給臥房取名桅樓，可以看見外頭整片住宅區。

現在我注視的是芭芭菈，她扶著母親艾爾希進入轎車後座。芭芭菈很孝順，想必母親很欣慰。艾爾希最近開始用助行器，鋁架前面附腳輪那種。記得以前她就常訴苦說腳踝膝蓋的風濕越來越嚴重，藥房成藥已經沒辦法止痛。叫她預約菲羅斯醫生的門診不知道講了多少次，還提過我認識診所經理，可以幫忙安排，她想哪天去都沒問題。可惜艾爾希耳根子太硬，她連每年去打流感疫苗都嫌麻煩。

不知道艾爾希有沒有想過我、會不會好奇我怎麼忽然杳無音訊。以前每週四下午我會拜訪她家，固定三點半，分秒不差，持續好幾年。我下班到家就拿自己杯子過去，她總從超市買同個牌子的咖啡招待，其實味道太苦我不喜歡。兩個人談天說地聊鄰居八卦，個把鐘頭消磨很快。好懷念那段日子，好幾次看見她朝我們這裡張望，我想她應該沒忘記。

芭芭菈駛離車道轉進大街，行經租屋仲介也視若無睹的四十號。從我這高度能看見屋子後面比豬圈還髒亂，還好前屋主史特曼先生沒看見之前漂亮的花園變成這副德行，否則一定氣得從墳墓裡爬出來。他生前費盡心思修剪草皮，現在雜草都快長到外頭，草地上慢慢的瓶罐與餐盒。現在學生都很沒家教。

他孫子該直接把地產賣掉才對。但說不定找不到買家吧。畢竟前屋主死在裡頭好幾星期才被人發現，這種物件不是誰都能夠接受。當初只有我意識到史特曼先生郵筒裡報紙堆得滿出來，也察覺他家窗簾一直沒拉開。如果可以早就報警了，當然我是做不到的。

外頭草地外圍電線杆旁邊停了一輛紅色轎車，前方保險桿有凹洞，車主是十八號露易絲，每次她出門我都留意到T恤底下肚子越來越大。又懷孕了，真為她高興。露易絲曾經有喜，但某天救護車忽然停在門口，再次露面時她肚子消縮、身材復原，彷彿一切從未發生。從喜訊到噩耗，該如何昭告天下我實在無法想像。滿心期盼瞬間幻滅，人還能像從前一樣嗎？

不知道露易絲是不是還在量販店兼差，有段日子沒見她穿制服了。倒是能確定她丈夫還開計程車，夜班回家時車燈常打在我房間天花板上。睡不著時，我就看見車子熄火了方向盤後人影仍在，儀錶板微弱光線勾勒出輪廓，於是不禁暗忖：他為何不立刻下車進門？是否想像著家門後本該是怎樣一番幸福畫面？那種心情我很能體會，畢竟自己常常想像另一種人生。不過老歌歌詞都唱過了：並非心想就能事成。

外頭沒人了，只好轉身看看自己房間。東西不多，但我需求也不多。雙人床，兩張床邊桌與兩盞燈，衣櫃、梳妝臺、軟凳。壁掛電視壞了很久，我沒有叫妮娜換掉，不希望她以為我對電視有依戀。更何況電視這種東西只會提醒自己失去多少人生。

還有書本陪伴我。有時候我能說服自己有書就夠。什麼書我沒得選，她拿什麼來就是什麼，大概兩天左右能從頭到尾讀完一本。比較喜歡偵探類、心理類，開場精彩還有反轉的最好，可以有機會猜猜壞人是誰運動腦袋。不過我也挺囉嗦，猜中凶手會嫌故事太好預測於是很失望，猜不中又嫌自己怎麼沒能早點洞悉真相。

我想自己寫本書。心裡藏的故事很多，祕密也很多。可惜這夢想很難實現，人生許多事情都很難實現。不是努力就有用，終歸是自己的錯。我想每個人生命中都有後悔遺憾，否認絕對是自欺欺人。如果能回到過去改變生命中的一件事，別人來不及說出「H．G．威爾斯❶」這幾個字我就已經踏進時光機。

樓下傳來開門聲。我望向外頭的時候一定看漏了。

「晚安，」妮娜從二樓樓梯間叫道：「有人在嗎？」

「就我一個。」說完我開了臥房門，站在門梁底下剛好看見她腳邊兩個塞滿的購物袋。「去買東西了？」

「觀察力真好，」她說。

「今天上班順心嗎？」

「老樣子。晚上我做法式燉雞吃。」

我討厭法式燉雞。「好啊，兩個人一起吃嗎？」

「對，今天星期二。」

「還以為是星期三，老糊塗了。」

「煮好了來帶妳，不會太久。」

「好。」我說完退回房內看著她轉身離去。

低頭數數手背黑斑。很久沒曬太陽，沒再長新的了，一連串無奈中的小小安慰。到了梳妝臺前面，望向鏡中倒影整理凌亂頭髮，好久之前就全白，原本的顏色已經從記憶褪去。拿了不深不淺的紅色唇膏為自己畫上一抹微笑並加上淡淡眼影，考慮到皮膚蒼白又撲些腮紅，結果卻像破爛娃娃沾了兩塊紅污，只好全擦掉以素淨臉蛋示人。

我深呼吸，為接下來的夜晚做好準備。我和她曾經那樣親密，但一切因他而破滅。如今我們倆不過是他留下的殘渣而已。

---

❶ H．G．威爾斯是科幻小說《時間機器》作者。

2 妮娜

揭開烤箱底層盤子上的玻璃蓋，蒸汽翻騰湧出，裡頭雞胸肉已經白了，我拿叉子戳兩下試試，確定已經煮熟。瑪姬不喜歡法式燉雞這點我心裡清楚，但我喜歡就好，負責做菜的人又不是她。加上看她賣力演出溫情戲挺逗的。

還沒脫外套就一股腦兒將袋子裡的東西全取出。她喜歡整整齊齊的櫥櫃與小格抽屜，但我不喜歡。乾淨俐落這種事情留給職場，上班時間我可是別無選擇必須井然有序，回到自己家裡以後不必勉強自己，日用品愛怎麼擺就怎麼擺。反正輪不到瑪姬趁我不在家偷偷調換位置。

森寶利超市平常就擠，今晚更嚴重。好多小家庭全體動員，家長軍為下週補貨同時遭到娃娃軍圍攻，孩子拉扯爸媽衣袖討要糖果玩具漫畫書。我注意到一些媽媽面露倦容翻白眼，不禁心想她們身在福中不知福。

一個深褐色頭髮的男孩引起我注意。不超過一歲大，被放在手推車，圓滾滾小腳從後面空格垂出來半空晃蕩，一隻鞋子還在腳上，另一隻橫躺在袋裝小蜜柑旁邊。他笑容真大，佔了半張臉。孩子母親丟下他自己跑去隔壁走道，我盤算了此時此刻抱走孩子逃離現場該有多簡單。等這位母親拿著一瓶番茄醬現身，我好好提醒了對方別再如此疏忽。

特價即期食品非常多，所以我買的分量也超出預期。這麼多個大袋子一個人根本提不回家，無可奈何得招一輛計程車代步，省下的錢都賠給車資。我認得司機證照片與照後鏡裡那雙眼睛形狀，是納桑．羅賓森，阿賓頓谷中級中學與韋斯頓法維爾高級中學時期的同學。容貌改變不多，就是髮線退後些，手掌多了很醜的部落風刺青。他沒認出我，我也就不提起了，免得整趟車程消磨在敘舊上，我與對方早已斷了聯繫，上次見面都二十四年前的事。更何況他不大可能記得我——四歲離開校園後，再也沒回去念書。

計程車駛離，我面向自己家，抬頭望向三樓窗戶。我很清楚：瑪姬透過這條街上的住戶代替自己過活，很好奇她有多懷念與這些人互動。晚餐時間她喜歡報告自己看見誰、對方做了什麼，但她希望重返其中嗎？別人的生命應該無法取代親身體驗吧？

我不是沒試著稍微改善她的生活品質，可是她自己不愛開口。電視機壞很久了，她完全沒提起，我自己意識到好久沒看見螢幕畫面她才願意招認。我可是有要送修，瑪姬親口說「新聞看了煩」、寧可埋首書堆。那我何苦多此一舉，雖然換作是我今時今日應該發瘋了。

從廚房上到二樓餐廳，我擺好兩人座位並鋪平蕾絲桌布。瑪姬從她祖母收到這條桌布當禮物，所以總口口聲聲說「保留給大日子」。我只好提醒一句：這年頭她想像的大日子只是夢幻泡影，任何人事物都「可割可棄」。再回去從烤箱端出菜餚，取出兩個盤子與一瓶義大利灰皮諾葡萄酒帶回二樓。

上菜時我視線掃過四周。這裡本來是臥房，還有一座抽屜櫃沒挪走。之後得找一天重新裝潢，就多數人標準而言這間屋子亂糟糟。一樓有連接地下室的廚房、客廳、舊餐廳被我騰出當空房，還有一間廁所。二樓是兩間小臥房、主臥房、書房改成餐廳所以幾道牆都被大書櫃填滿，櫃裡每一本都包著塑膠書套。閣樓也變了，現在是瑪姬的家，有僅供她一人的衛浴、梯臺、臥室。這些全部加起來就是我的家，或者應該說我們的家。喜歡也好、不喜歡也罷，我們誰都不准走。

上樓以後看見她站在窗戶前面。我悄悄觀察，猜測她獨守此處腦袋究竟想些什麼，有那麼微乎其微一瞬間差點同情起來了。

3 瑪姬

我等妮娜上來那段時間又望著死胡同裡人來人往。總覺得自己像是在站哨，但即使看見可疑人物也無法呈報或盤查。如此說來或許更像隻沒牙齒的看門狗。回憶起來，搬到這兒是四十多年前的事，當時家家戶戶的房子同個模樣，而且打理得好，整齊劃一十分美觀。現在每個人給自己車庫大門換顏色，改用塑膠窗框和聚氯乙烯塑膠門板，連青蔥草坪也沒了，為了多放第二輛甚至第三輛車鋪上石磚，曾經美麗的街道化作深淺不一的五十道陰影。

我有固定的觀察順序。桅樓位在巷子最裡面，左右兩側都能看見。我習慣從左邊開始，這裡另一頭靠著學校操場所以房價比較高。每次望向二十九號都會鼻子一酸心裡難受，幾年前叫做亨利的小男孩差點死在火災，印象中他相當可愛有禮貌。

消防隊有救出他，可惜那孩子腦部仍舊嚴重損傷。他母親無法原諒自己，反而因此鬧得家庭破裂。不久前我看見她丈夫帶著兩個女兒艾菲與艾莉絲搬回來了，希望她們最後能幸福。

之後望向另一側，艾爾希住在我隔壁，應該能並列這條街兩大元老。搬遷時間只差三個月，很快締結出深厚友誼。這房子的祕密她知道的比妮娜還多，外頭來來往往這麼多人裡我最捨不得的還是艾爾希。

艾爾希習慣整天拉開窗簾，無論外面多黑都等就寢才放下。年長女性又獨居，我總覺得該更提防些。從我這角度都能看到她家裡大電視泛著綠白色光芒，猜得到是《東區人》（East Enders）開頭製作組名單。艾爾希喜歡肥皂劇，我也是，以前週四下午咖啡小聚常常聊。不知道隔了這麼久，要花多少時間才能追上故事進度。這麼一想不禁考慮著要不要叫妮娜修好電視，但真要讓她覺得自己有恩於我嗎？還是我跟自己過不去而已？

一輛有黑色天窗的白色小車停在街邊，應該是走錯路了，馬上掉頭離去。

忽然我察覺周圍還有人，回頭看到妮娜凝視自己。她裝作剛上樓，但我能感覺到她已經站在那邊好一會兒。以前也有過，她悄悄觀察、或許心裡做了什麼評判，我從來不問。兩人間早沒有真心話也沒有溝通意願，這就是我們的互動模式，或者說避免互動的模式才對。

「要吃東西了嗎？」妮娜問。我微笑說好，她便輕輕牽著我，一次一級慢慢下樓。

妮娜坐在餐桌內側，旁邊有扇上下開合的滑窗。我隔著兩個座位坐在側面，窗戶頂端幾英寸小縫透進微風輕輕吹拂我頭髮，撩起頸部肩膀的雞皮疙瘩。

看見葡萄酒我原本挺訝異，結果她只給自己斟了一杯，還留意到我不小心盯得久了點。妮娜肯定知道若要給我酒我是不會拒絕的，但就故意別過臉，我也按捺不提，拿起塑膠杯啜飲裡頭微溫的開水。音響播放的又是ABBA精選輯，同一張LP在同一根唱針底下跑了太多次，有些刻紋磨損了，旋律亂跳歌詞零碎。有一次我建議她換成CD，不斷斷續續聽起來才舒服，但她一臉鄙夷瞪著我，要我記住唱盤原本是誰的，還說換掉的話是種「褻瀆」。「還是說，東西老了就可以換掉？」意有所指。

歌單我都背下來了。「SOS」前奏開始我心裡發噱，這應該就是所謂的黑色幽默。妮娜拿起湯勺，盛了比較大的那片雞胸肉給我，再多淋上一勺蔬菜與醬料，比她自己的還豐盛。夜裡我就會胃食道逆流，但還是開口道謝，稱讚燉雞香氣撲鼻。

「要幫妳切嗎？」她問。我面露感激點點頭。

妮娜過來將肉片切成一口大小的雞丁再回到原位。

「今天上班有什麼新鮮事嗎？」我問。

「沒有。」

「忙不忙？看今天街上小朋友很多，應該是復活節放假了？」

「三樓瞭望臺看得這麼清楚啊？」

「我看比較仔細而已。」

雞肉裡面還有點血色。我沒多說什麼，多蘸醬壓下腥味。

「一堆不滿七歲的小鬼，今天早上是比較忙。」妮娜延續話題：「有些家長好像把我們當作保母了，小孩丟著就自己跑出去採買。明明是要親子陪伴的讀書會，但有些女人天生沒母性，妳說是不是？」

馬鈴薯從她舉起的叉尖滑落到桌布。妮娜又戳了兩下抹來抹去，醬汁滲透到象牙色桌布內。

我很討厭她亂用東西，這條蕾絲桌布是我祖母乳癌過世留下的遺物。沒辦法，只能咬著牙當作沒看到。

「露易絲看起來又懷孕了。」

「露易絲是誰？」

「妳認識吧，十八號那位露易絲．托普啊。她老公是計程車司機。」

「妳怎麼知道？」

「他車上有那種會亮燈的廣告看板呀。」

妮娜搖頭：「我是說妳怎麼知道她懷孕？」

「喔。」我笑了笑，當然並不是心裡真的有笑意：「看見她肚子大了而已。才剛開始，兩星期前沒看出來。」說完我就後悔自己哪壺不開提哪壺，怎麼不管好自己嘴巴，嬰兒在這間屋子是禁語，我很清楚事情會如何發展。

「妳不記得我肚子什麼時候大起來的吧？」妮娜眼睛變成細線。

「唔，應該不記得。」我視線轉向餐盤，但室內氣溫彷彿一下子掉了好幾度。

「我自己都到差不多六個月才發現，」她回憶：「沒有害喜、不覺得疲倦，一點反應都沒有。算好命的吧。」

我低著頭：「嗯。」

「可惜好運不夠用，」她繼續說：「用光了。」

這語氣讓人接不下話。我應該轉移話題，但才幾口燉雞時間我一整天的心得已經說完了。

妮娜忽然將刀叉往盤子一摔鏗鏘作響，嚇得我渾身發顫。她換上精選輯第二張唱片，挑了「你媽媽知道嗎」這首ABBA比較輕快的歌曲，哼唱一句之後還露出笑容。「妳記得嗎？以前我們聽這首的時候還會一起跳舞呢，」她問：「拿梳子當作麥克風一起唱，我扮男的、妳扮女的。」

見她靠近，我下意識繃緊身子，沒料到妮娜竟朝這兒伸手。我搖搖頭：「老啦，沒辦法。」

「別找藉口。」

妮娜勾勾手指，我無可奈何只能跟著起身走到空角落。在她牽引下，我來不及反應就踩著舞步，傻了似地在房裡晃蕩。儘管如今活動範圍有限，有一瞬間彷彿回到一九八〇年代，那時候我和她能夠搖頭晃腦齊聲歡唱。不知道多久沒有這種心靈交流了，感覺很棒，棒得不得了……直到我在窗戶上看見倒影。

她不再是我的小可愛，我也不再被她當作母親看待。

副歌即將結束，幸福回憶隨之褪去。我們各自回到座位，吞下彼此無法享受的食物。我還是試著有一句沒一句地閒聊。

問起她明天有什麼計畫、提起她幾個同事名字，聽完她報告那些我根本不認識的人的近況以後晚餐終於結束，胃酸開始湧上咽喉。我現在壓得下去，但夜裡一定朝著床邊那口大杯子狂嘔酸水，想睡也睡不著。

「我收拾吧？」

「謝謝。」她答道。

我動手將盤子和刀叉疊起來。

「我去洗手間，待會兒扶妳上樓。」

回頭偷看了一下，趁妮娜不在我嚐了口瓶內的酒。芳醇如蜜，我忍不住再喝一口。但隨即我擔心她故意製造空檔，我沒通過考驗，所以趕快用自己杯子的水補進去。折好桌布，我倒出杯子裡最後一點水，拿餐巾紙擦拭方才馬鈴薯留下的污漬。

「別忙了，」她回來以後滿不在乎說：「我會放進洗碗機高溫清潔。」

「這是蕾絲做的，」我太急著回應：「會洗壞。」

「那就丟了買條新的。」

很想反駁，但還是忍住。

「準備好了沒？」她又問。

我看看外頭，還不到七點鐘，天都沒黑。

妮娜毫無預警扣住我手腕，指甲嵌進肉裡。我低呼一聲，卻只覺得扎得更深，而且刺在肌腱，逼我最後不得不將拳頭鬆開，半掩在衣袖底下的開瓶器咚一聲落在餐桌。妮娜並未鬆手，指甲依舊緊緊按住我皮膚。我咬著舌頭，不願讓她感受到自己多痛。半晌過後她才放開。

「要跟盤子一起端過去的。」我說。

「還是我來吧。」妮娜嘴上這麼說卻將東西塞進背後口袋，語調柔軟得好像剛才三十秒只是一場夢。「走吧，我該扶妳上樓去了？」

4 妮娜

我隨自己母親一階一階踏上樓梯。她牢牢抓住欄杆，手臂肌肉緊繃，這兩年消瘦不少，步伐也沒有以前穩健，似乎擔心走得快一些就會重心不穩往後倒下。萬一她真摔倒了，我會接住。

多數成年人都要面對現實：眼睜睜看著雙親憔悴衰老卻又無能為力。我並不例外。儘管她和我之間一言難盡，意識到這個人遲早會自生命消失還是有點惆悵。偶爾我閉起眼睛站在樓梯底下，聽她在上面來回踱步、讀書讀出聲音。總覺得她是想自己製造點動靜填滿整房間的空虛。

有一次我直接罵她人還沒死就像個鬼魂在家裡遊蕩，她笑著說自己就算進了墳墓也會好好看著我。我懷疑這話不懷好意，卻很奇怪地得到慰藉。即使是心有不甘的亡魂，有個誰能共處一室還是比孤孤單單來得強。世界上我最害怕的就是自己一個人。

到了三樓，瑪妲在短梯臺左轉走進浴室。她想將門闔緊，忘記這扇門絕對關不嚴，總是會留一條縫。我坐在外頭樓梯頂端聽見水龍頭轉開，既然是週二夜她就得洗澡。用餐和沐浴這類例行公事的好處就是掌握彼此節奏，只是有時她會脫稿演出幹傻事，比如以為自己偷得走開瓶器。兩人關係好像走一步退兩步，但我不會放棄。

回到家我就開了電熱器，不過時間很短，水頂多微溫。這個家的開銷不小，我的收入和她的國民年金加起來也不怎麼夠。一、二月來了寒流，政府撥給她的冬季燃料補貼好幾個星期之前就用光。幸好撐到復活節，等到夏天就能少用電。

「今天給妳帶了別的書，」我在外面喊。浴室裡窸窸窣窣，她應該泡進水裡了。

「謝謝，」裡頭傳出回答。

「直接放妳房間。」

我回一樓取出書，封面是粉筆勾勒的屍體輪廓。就喜歡看這種東西，沒枉費她藏在表面下的黑心肝。

將書放在床邊桌以後我走到窗戶邊。外頭冷冷清清，就一輛車子駛出去。幾戶鄰居家裡閃著電視光線，不知道都看些什麼，晚上這種時間大概是肥皂劇。小時候我們也一起看《加冕街》或《東區人》。應該說媽和我會一起看。爸不是讀報就是在樓上辦公室做建築設計。

同社區的露易絲走出家門，從轎車行李廂拿東西出來。就著路燈光線我看見她小腹凸起——媽沒說錯，她真的懷孕了。我下意識朝肚子伸手撫摸，彷彿裡頭也孕育著小生命。不可能的，沒這回事，我自己很清楚，這具身體內部像是殘缺破舊的機器。即使如此，渴望從未停息。

抬頭眺望，橙紫色雲霞為天空蒙上一層火。到了這個季節，夜裡總算不像冬天那麼冷。我把前陣子的長照補貼存下來買了一張藤桌四張藤椅要擺在院子，應該快到貨了。其實椅子那麼多也沒用，平日家裡不會有客人。但只有一張的話孤零零太可憐。

腦海閃過一個畫面：和煦的夏日黃昏，瑪姬與我在院子共進晚餐。對其他家庭而言稀鬆平常，對我們可就別出心裁十分新鮮。不過我馬上拋開這種妄想，讓她拿著開瓶器兩分鐘都不敢，放她出來豈不如坐針氈？

瞄一眼手錶：她進去已經十五分鐘，水差不多該涼了。朝浴室走過去的時候餘光看見老花眼鏡折好擱在床邊小桌，底下卻還有別的東西閃閃發亮。靠近檢查，原來瑪姬從床墊拆了彈簧用眼鏡盒壓住，可惜還是露出一角。我可真是觀察入微，然而得意同時也有點無奈，不聽話就得教訓。於是我用彈簧尖端轉開螺絲，鏡腳與鏡框分家、螺絲與彈簧收進口袋，眼鏡折好回到原位。

「好了嗎？」我在浴室外面問。

「在穿睡袍了。」隨著一陣叮叮咚咚，梳洗乾淨的瑪姬回到樓梯間。我們一起進入臥室，她慢慢走到窗前。

「好，」我說：「腳抬起來。」她已經養成好習慣乖乖配合，我從口袋掏出鑰匙解開腳鐐掛鎖，鎖鏈砰一聲落地。再換上的另一副腳鐐鏈子短很多，沒辦法離鐵椿太遠。換句話說，瑪姬又被禁錮在自己房間。

「那個用漂白水清過了，」我朝房間角落藍色塑膠桶與捲筒衛生紙瞟一眼：「下次見。」

待會兒我會做好早餐與午餐，明天出門上班前擱在門口。晚餐等我回來再說鎖上門，我站在樓梯頂端閉著眼。我也不想這樣做，真的不想。最喜歡的作者夏綠蒂・勃朗特在書信中寫過一句話：「外人我能自己提防，朋友只能靠上帝庇佑。」不知道家人算不算數。

第二部

5 妮娜

下了七號公車，車站以前是北安普頓魚市場，舊建築拆除重建後變成磚瓦玻璃大塊頭。感覺用力吸氣還能嗅到海鮮，我就這樣夾在過去與現在之間。

穿越空蕩蕩的市集廣場，這一大片粗糙灰色卵石在我小時候是市中心，每星期有三天非常熱鬧，許多攤販兜售便宜衣服與布料、唱片和錄影帶、蔬菜水果和飼料等等。與全盛期相比，如今商家連一半都填不滿。

早了十五分鐘到達工作地點，我刷卡進入圖書館、踩著石階下樓，地磚上看得見一百五十年歷史中幾十萬雙鞋留下的無數細紋。再次刷卡打開位於地下的員工休息室，包包和外套擺好以後我又回到一樓。

首先打起精神與同事道早安，數了數今天輪值十二人，分屬不同年齡層。觀察大家互動，我發覺外界對圖書館員的印象非常過時。一般人想像的女性館員是安靜低調的書呆子，衣櫃裡只有樸素羊毛衫與寬鬆鞋子，頭髮會盤在腦後，每天坐櫃臺請人安靜或辦理逾期罰款。男館員不會比較有趣，淨是些只有鬍子卻沒幽默感的處男，格子襯衫和燈芯絨外套是標配，一個一個都是媽寶。

這種認知與事實相去甚遠。館員在館內當然會壓低音量、保持專業並愛護書本，但不代表我們的人生除了書還是書。即使圖書館員的世界也有很多書面文字之外的事物。

大夥兒輪流說起自己週末如何度過。丹妮爾露出上胸還沒褪色的瘀青，她在維克斯蒂德公園玩空中飛索沒降落好就成了這副德行。史提夫有五分鐘空檔就跑來亮出包著保鮮膜的前臂，他又去刺青，可是隔著薄膜與凡士林還看不大出來究竟什麼圖案，反正說漂亮就對了。喬安娜玩搖滾樂團，彼特都五十幾了還專心鍛鍊想成為瑜伽大師。詹娜問到我這兒來，我說母親有些情況，都沒空做別的事。她點點頭一副理解的表情，但當然她什麼都不懂。

我不喜歡被別人以為過得很可憐。意思並不是我過得很好……只是理由和他們以為的根本不一樣。

多數同事不是在這間圖書館就是在相關機構工作好幾年，自己人的笑話是萬一殺了人應該可以抵消部分刑期。與同事關係有近有遠，但基本上沒有特別討厭的人。有一次瑪姬問我不與同齡人相處會不會孤單寂寞，之前很長一段時間確實有那種感受。不過人生總是會在出其不意的地方轉彎，她不可能掌握出現在我生活中的每個人與每件事。有祕密的人才健康。

除了一個例外，我與多數人保持距離。這是有原因的：發展出情感依附之後，對方總有一天會令自己幻滅。或許並非對方本意，但只要出現更好的機會他們總是會離開。這是過來人的切膚之痛，即使至親好友也不可靠。

圖書館開門，民眾魚貫而入。送新書的貨車來得比預期早，史提夫用手推車一箱箱搬進館內，每本書都要登錄、上封套、編條碼、製作目錄，掃描過後不留下的書放進另一臺車。今天我主動表示要幫忙上架。

幾萬本書、幾百座書架，每一吋我都很清楚，畢竟也在這裡工作十八年了，還不熟怎麼待得下去。話說回來無論圖書館還是我自己與一開始相比都變了很多，這些年裡雖然我沒主動爭取還是有過幾次晉升。我企圖心不強，也不太在意這方面，不是每個人都對事業很積極。我將自己分到的書依作者姓名插進正確位置，書背整齊貼緊。有時我也不懂自己何苦講究到這種地步，反正民眾進來圖書館都當作跳樓大拍賣似地，沒兩下就弄得亂七八糟。

推車只剩下一本，我朝著「戰爭與英國史」移動，那櫃通常沒什麼人，除非有什麼知名戰事即將滿週年才能燃起火花。從口袋取出美工刀滑出刀刃，割下條碼頁之後將這本書藏進書櫃，用其他的書蓋住。這份工作好處是新書優先權，下班前我再來帶走，塞進手提包穿過防盜感應也不會引發警報。

當然我可以正常借書，可是我不喜歡書到了自己手中還得交出去的感覺。任何東西進了我家就不該離開。我並不是電視紀錄片報導過的那種囤積症患者，家裡內外堆滿紙箱、裡頭都是垃圾捨不得丟，彷彿活在地底的鼴鼠。瑪姬就有那種傾向，地下室原本是垃圾山，兩年前我稍微清理才好些。但有意義的東西，例如她的書，明知道她都看過了我還是不想說丟就丟，所以供在書櫃上，儘管書頁逐漸泛黃，恐怕不會再被人打開翻閱。

肚子大聲咕嚕叫，接待櫃臺上面時鐘顯示已經到了午餐時間。走向員工休息室途中，我留意到一位老太太身旁有推車，車上蓋著格紋布，好像年過七十的女人都會帶著一臺。雖然隔得很遠我還是能聞到她身上的味道，感覺喉嚨都要冒出酸水了，只好暫時停止呼吸。那氣味解釋了為什麼沒人同桌。

老婦頭髮及肩，銀白交雜且參差凌亂，藍色眼珠渾濁了，淺褐色皮膚套著破爛沒清洗的髒衣服。我不知道她名字，館員名單上也沒有這樣一個人，但她時常露面，冬天更頻繁，都躲在角落的鑄鐵加熱板附近暖身子，甚至會將圍巾、襪子、鞋子都脫了放在加熱板上，閉館以後回到刺骨寒風中還能稍微保暖一陣子。老太太愛看愛情小說，尤其米爾斯＆波恩出版社（Mills & Boon）那種情感誇張的作品。有時候一天就看完兩本，可想而知她自己沒能像故事主角一樣過上幸福快樂的日子。

我從置物櫃取出包好的午餐，有英式香腸捲、紅蘋果、火腿、起司三明治，再加上一罐檸檬水，全都塞進塑膠袋擱在老婦人座位旁邊。她意識到以後抬起頭凝視我一秒鐘，眼神充滿感激卻令我想起瑪姬。我沒解釋也沒等她開口就轉身走掉。

「幹麼餵鴿子。」擦身而過時史提夫開口，他都看見了：「沒趕走就不錯了。」

「看人家過得苦自己會心煩。」回答之後我出去買午餐。

不知道老太太失去什麼才陷入這種困境，但我能理解自己沒做錯事卻天翻地覆是什麼感受。

6 妮娜

二十五年前

書包裡課本實在太重了，丟在地上還能敲出咚一聲。我把那雙又醜又難穿的黑色布鞋踢進樓梯底下的鞋櫃，急急忙忙衝上樓到自己臥房脫了制服換上T恤和運動褲。幼兒穿制服就算了，青少年被逼著穿制服也太不公平。

「有人在嗎？」我回到樓下大叫，沒反應。家裡應該要有人，前門沒鎖，媽在診所值班不會超過兩點半。她總說不希望我像她小時候一樣回到家空空蕩蕩，我也總是提醒她將近十四歲的女孩子在家待個幾小時無所謂，不至於把房子給燒掉。

拿遙控器開電視轉到兒童頻道，節目已經有點太幼稚了，但我只是希望做作業時有點背景聲音。爸說他不知道那麼吵我怎麼還能專心，我說科學證明女孩的多工能力優於男孩。這可是《十七歲》（Just Seventeen）雜誌寫的，總不會有錯。何況今天晚上只要交一篇勃朗特姐妹的文學報告而已，我本來就很喜歡她們。雖然《馬洛里之塔》或者茱迪·布魯姆也不錯。寫個一小時之後先看《家有芳鄰》，看完要是運氣好爸晚下班還沒回家可以繼續看《聚散離合》。他不喜歡澳洲肥皂劇。

通常這時候媽應該會過來問我白天過得如何，我也通常都含糊不清回她一個字就叫她不要擋電視。她居然還沒出現讓我非常好奇，決定四處找找看。不在廚房、不在二樓、也不在剛改裝的閣樓。別人家都是蓋玻璃屋曬太陽，這街上我們頭一個同時往上又往下發展，連地窖也改建成地下樓層。爸說過幾年或許就要賣掉這房子，成本都能賺回來。我常常問他能不能搬到樓上房間，他一直說不行。但我知道磨久了他就會鬆口，每次都這樣。

我從樓梯頂端那邊的窗戶望向花園，原來媽站在晾衣繩旁邊，手裡拿著毛巾、腳下籃子是滿的，但是人一動不動。感覺好像看錄影帶的時候有人按暫停。我敲了敲玻璃，她一點反應都沒有，真奇怪。可是我下樓到廚房，她已經進門了，而且眼睛又紅又腫。我花粉過敏也會這樣，每次發作都好想把眼睛挖出來。

「沒聽見我進門？」我問話同時看出來她是強顏歡笑，收到不喜歡的生日或聖誕禮物時我也那種表情。「還好嗎？」其實我不確定自己真的想知道。

「等我晾完衣服。」媽回話的語調很輕快，但和笑容一樣都是裝的。氣氛好詭異，我不喜歡。朝籃子瞟一眼，我發現她清洗的都是浴室毛巾、茶巾、擦盤子或家具的抹布，甚至馬桶前面或浴缸旁邊毛絨絨的防滑墊。實在太緊張了，我就躲進屋裡等。

「過來。」她招手要我到餐桌，在我旁邊坐下，還從袖子掏出面紙擦擦眼睛。我猜不出她到底要講什麼。

「有件事情得跟妳說，」媽開口：「跟妳爸有關。」

一陣反胃，我趕緊摀住嘴，動作太快打到嘴唇。知道她要說什麼了結果好想嘔吐。去年聖誕節有個叫做莎菈．柯林斯的同學家裡也這樣，地理課上到一半被培克老師叫到外頭通知說父親騎摩托車出車禍，母親已經趕來學校接她走。那是我第一次知道爸媽會死。

我爸就是我的世界。我的世界不能沒有他。「他死了？」我問。

媽卻搖搖頭，所以還有希望。「不是，」她回答：「乖孩子，妳爸沒事。只不過……往後妳爸恐怕沒辦法和我們一起生活了。」媽搭著我手臂，觸感好涼。「今天早上妳上學以後，妳爸爸說他沒辦法這樣下去，所以得離開。」

「他走了？」淚水撲簌簌滴下來，我聲音顫抖：「為什麼？」

「我們最近相處不是很融洽。」

「就算這樣也不用走啊？」

「他覺得這樣對大家都好。」

「他去哪？」

「去哈德斯菲找個地方住下。」

「哪裡啊？」

「距離這兒大概兩個半小時。」

「我什麼時候能和他見面？」

「會有一陣子不行。他有留個地址，說妳可以寫信。」

「我不要寫信！我要見他！」媽牢牢抓住我手臂。她沒弄痛我，只是想安慰，但反倒讓我更慌。「妳們是要離婚對不對？馬克・菲恩的爸爸媽媽也離婚了，他和媽媽住，現在只有週末見得到爸爸。這不公平！」

「乖，我懂，我都懂。」媽也忍不住淚水潰堤一起哭了，她想握住我的手，可是碰到前就被我撥開。

「不公平！」我吼叫：「至少該等我回來親口說吧？」

「妳們兩個感情很好，我猜他覺得很難開口。」

「我要去跟他住！」她說的話刺傷我，所以我也想刺傷她。而且很有效，她目光閃爍，似乎完全沒料到。

「等他安頓好，妳放假的時候應該可以過去。」

她在桌上擺了茶具，只有兩人份。我克制不住怒意，手一揮將刀叉瓷器都推到地磚，摔得稀里嘩啦。媽神情惶恐，好像嚇壞了。跳起來的我發出咆哮，「我恨妳！」聲音很大但其實並不是真心，「妳怎麼可以讓他走，都是妳害的！」

我一溜煙跑走，聽見媽在後面追趕。我動作快多了，上樓進房將自己關在裡面，臉埋進枕頭趴在床上哭得無法自拔。

她讓我安靜了一小時左右，上樓以後先敲門才進房間。我別過臉，將她、雞肉餡餅和熱湯的香味當作不存在。從鏡子倒影我看見她將東西放在書桌，一聲不吭就打算掉頭。

「為什麼？」我開口問：「妳們從來不吵架、一起進進出出，看上去很美滿啊？」

「等妳長大就懂了。很多事情只看表面說不準。」她回答：「無論多愛一個人，也不一定能真正瞭解對方。」

我隱隱約約察覺她隱瞞了什麼，整件事情不合邏輯。「妳為什麼不多努力一點？為了我啊？」

「我會陪著妳，我們就繼續住在這裡，一切照舊。」

「怎麼可能一切照舊？爸不見了，全都變了。」

媽張開嘴，但我不想聽，緊閉雙眼逼走她。後來我去書桌拿了筆記本給爸爸寫信，請他回家一趟，或至少打電話來。爸總說我是他的「唯一的寶貝」，從小這麼叫到大，所以一定會聽我的。既然是「唯一的寶貝」怎麼能丟下不管？

媽在信封寫下地址，貼上平信郵票，承諾隔天上班路上拿去寄。要是爸明天沒打電話，我就再寫一封信，告訴他回心轉意還不遲，這個家等著他，媽一定也會毫不猶豫重新接納。

睡前媽過來躺在旁邊摟著我，兩個人默默一起哭。入夢前她吻了我額頭，悄悄說自己很抱歉，還有「別因為是我留下來就怨恨我」。

「不會。」我真的不會。先前說的是氣話，我怎麼會恨她呢？她是我媽。

7 瑪姬

我不知道自己什麼時候醒來的，手錶和時鐘幾個月之前就被妮娜拿出房間。那個黃金手提鐘本來是我母親的東西，她走了才留給我，陶瓷雕像則留給我妹妹珍妮佛。一開始放在抽屜櫃上，某次洗完澡回來不見蹤影，連個解釋也沒有。

還不打算下床，昨天夜裡沒睡好。現在看書也辛苦，因為鏡腳鬆脫了，得一手拿書一手將眼鏡扶在鼻梁。同時我從床墊拆下的彈簧也消失，只能怪自己藏得不夠小心。想必是妮娜的處罰，要我連閱讀這個僅剩的娛樂也變得蒙上陰影。

安眠藥漸漸沒用了。以前服藥後幾分鐘就不省人事，吃了幾年身體開始適應，現在大半夜裡睡睡醒醒。而且每天晚上至少起來兩次去角落桶子如廁，回到床上想很快再次入睡需要好運氣。

坐起來的時候腳踝上的鐵鏈在地板嘎啦嘎啦地拖動，腳鐐敲到另一邊小腿前側害我發出低呼。套上這玩意兒以後身上不知多了多少瘀青，現在又要再加一塊。過了這麼久好像應該習慣，平常確實如此，但總難免會忽然忘記。

揉了揉之後我慢慢將兩條腿翻到床的同一邊，腳拇指踩到冰冷木地板，挪到窗前開始今天第一次站哨。在桅樓至少看得夠遠，比起住在地下室像蛆蟲一樣來得好。

在桅樓醒來的那天，妮娜表明玻璃防碎又隔音。其實隔著百葉窗厚木片我連玻璃都碰不到，椅子腳和檯燈砸下去竟然連刮傷也沒有。

索性起床準備度過一整天。濕紙巾還剩半包，一張擦臉、三張擦身體。昨晚用的沐浴乳柑橘味還停在皮膚上沒消散，儘管我個人不喜歡柑橘但應該比起什麼也聞不到好些。脫下睡袍，從衣櫃選了一件深紅淺紅交雜的花洋裝。內褲早就放棄了，戴著腳鐐與鎖鏈根本穿不上。其他襪子褲子也一樣，總之只有套頭或開襟的上衣合用。

櫃子裡我的衣服還很多，可惜只能給蟲蛀。我很肯定妮娜沒拿走是故意為之，要我常想起以前過著什麼生活。高跟鞋、圍巾、手套、大衣這些也一樣，全都只能擺著好看。最後我只好七套衣服對應七天一週，週五將髒衣服放在門外，翌日會洗好燙平放在同個地方。簡直就是旅館的客房服務，問題是我沒辦法退房。

牆壁上距離天花板一吋左右黏了丈夫艾里斯泰朝鏡頭微笑的照片。剛住進這房間會覺得時時刻刻被他凝視得無處可逃，我厭惡那種感覺也厭惡他。腳鐐鏈子長度算得剛好，我伸長手臂也搆不到撕不掉。有一次忍不住摔了杯柳橙汁過去，結果造成相片泛黃，彷彿增添百年歷史。話說回來，我和他的婚姻確實度日如年。

我在桶子蓋上毛巾掩蓋昨晚排洩物的酸臭。妮娜每兩天才清一次，嗅覺不得不適應。事情開始不久，我氣得要拿桶子往她潑，但那時候不習慣鏈子長度，栽跟頭同時將自己的穢物灑了滿地。妮娜笑到落淚，而且連給我工具自己清理都不肯，拖到隔天才處理。

起初她還會給我空氣芳香劑，直到我嘗試噴她眼睛弄瞎她。妮娜千鈞一髮閃開，我也不可能有第二次機會。她換成車用芳香劑給我掛在房間，聞起來變得像什麼賣場。想當然是柑橘味。

妮娜用兩種不同長度的鏈子捆我。實際材質我並不清楚，只知道非常結實牢固，我嘗試了無數次打不斷也撬不開。環鏈連結到腳鐐，腳鐐緊扣我腳踝，上面的大鎖鑰匙在她那兒。從外觀來看，我像是活在中世紀。

白天用的鐵鏈繫在房間中央一根金屬樁上。從位置判斷，我猜固定在地板底下的托梁。鏈子能向各個方向延伸同樣長度，所以我能走到窗前、門口和另一側牆壁。大概這原因她才不鎖門，畢竟我根本無法離開。

另一條鏈子只有每兩天我下樓共進晚餐才換上。這條鏈子順著樓梯往下延伸，穿過梯臺到餐廳內，所以也夠我每週兩次進去自己這層樓浴室洗澡。可惜長度有限，別說是一樓，連往一樓的樓梯都碰不到。

門打開發現地毯上擱著兩本書與兩個塑膠保鮮盒。「睡著了也有客房服務呢，」我自言自語。小盒子的是早餐，兩片抹奶油烤過但冷掉的白土司、一盒水果丁及一罐杏桃優格。大盒子則有綠色香蕉、火腿、起司三明治、小蜜柑、一盒切達起司口味餅乾。沒附餐具。我拿進去坐在床上從土司吃起，然後用手挖水果、最後優格用喝的。晚點吃了午餐盒就要撐整個下午等晚餐。

在窗前待越久越覺得自己成了電影《後窗》的主角。詹姆斯・史都華飾演的傑夫坐輪椅不能出門，我也一樣不得已靠窺看鄰居打發時間。不過傑夫懷疑自己目睹鄰居殺人，這個社區漸漸死去的則是我自己，而且除了親生女兒沒別人知道。我們之間到底走錯哪一步？其實何須自問，答案我很清楚。

只是不願意想起。

轉身拿起今天的書。艾瑪・多諾霍的《不存在的房間》，書衣簡介說是母親與兒子一起被鎖在小房間的故事。妮娜妳可真刻薄，三不五時就選這類書刺激我。比如之前有過安妮・法蘭克、泰瑞・韋特、約翰・保羅・蓋蒂三世、納爾遜・曼德拉這些人的傳記——共通點是遭到非自願的禁錮，或者受困於狹窄空間。我還知道有一兩本內容涉及如何逃脫，所以好幾頁直接被撕掉。

準備走回床鋪開始閱讀時發現床底地板藏了個東西。我一陣遲疑，以為老眼昏花，但走近後確定它真的存在——大約三十年前，艾里斯泰給妮娜做了個精美木盒當禮物，還在蓋子燙金印上女兒名字。這幾十年都沒再看見過。

我蹲下拾起，放到床上時感覺盒子裡的東西在晃動。這玩意兒在房間裡多久了？為了設法逃脫我上上下下仔細搜過，不可能漏掉。所以是妮娜趁我某次洗澡的時候偷偷放進來，但她從哪兒找到的？想起來了——盒子原本收在地下室。

於是我不免心一沉。這盒子的出現很不妙，背後的故事我寧願忘記，女兒則或許一無所知。鉸鏈嘎嘎作響，掀開盒蓋後映入眼簾的第一樣東西就象徵了妮娜第一次傷透我的心。

8 瑪姬

二十五年前

我坐在沙發邊緣，竟沒發現晚間電視節目已經播畢，看見螢幕只剩彩色靜態文字的限時出清旅遊廣告才反應過來並將電視機關掉。

我知道不是好習慣，但一焦慮就下意識開始咬指甲周圍的肉。今晚咬得太用力都咬出血了，味道沾在嘴唇還沒散。房間昏暗，隔著窗戶能看到夜色下的街道。朝路燈那頭望過去有個人影，我立刻跳起來臉挨在玻璃上，隨即嘆了口氣。不是妮娜。

壁爐架上時鐘指針已過半夜兩點，剛進青春期的女兒還沒回家。深更半夜獨自在外，我這個做媽的人對她下落毫無頭緒。失蹤二十四小時之前警察局不受理，目前距離我親眼看她上樓躺下才六小時，這段期間裡不知什麼時候她偷偷溜出家門。提供諮詢的女警表現得同情，但我明白對方內心深處正在批判。不能怪人家，我也很自責。

今天已經很糟了，滿滿的謊言。艾里斯泰的銀行和老闆都打電話過來討債，他欠了很多卡費還預支薪資，如今捲款而逃。我不斷解釋自己也好幾個月沒見到丈夫，沒道理為他清償債務，可是後來公民諮詢局卻告訴我就法律而言這些吸血蟲確實有權向我索取。他留下一屁股債要我和妮娜承擔。

又過了一會兒，有輛車停在家門口。衝出去一看，素昧平生的男人從副駕駛座下來，再從後座拖出妮娜。她站不穩，那男人就這樣放著我女兒像一袋垃圾攤在路上。

「你們幹什麼！」我大叫跑上前。

男人聳肩：「別緊張，她只是喝醉了。」

「她才剛滿十四！」

「那妳看好她啊！」駕駛座那頭傳來嚷嚷聲，男人上車後他們揚長而去，音響傳出的高分貝音樂迴蕩不止。

妮娜渾身菸酒味之外還有嘔吐的酸臭。我趕快拉她起來免得被鄰居發現。

「走開！」她低吼，還想推開我。

「快進門，妮娜。妳總不能睡在路邊吧。」

「不要妳管！」她口齒不清，根本也沒力氣反抗，最後只能乖乖讓我扛著站起來。我摟住女兒腰際，一步一步慢慢走進屋內。

妮娜一屁股跌上廚房椅子，腦袋砰地落在餐桌。原本很氣，但女兒平安到家氣也就消了。即使如此我覺得自己不認識她了，不知道接下來怎麼辦。如果可以，我也想把今晚的情況當作偶發事件，可惜事實不然，她越來越叛逆，我管不動了。該罵的罵了、該講的道理也講了，甚至哭給她看過，但女兒充耳不聞。

我忍住不吼，反正她早上醒來大概也沒印象。先從櫥櫃拿杯子裝杯水放在她面前，但是女兒伸手撥開。

「不喝點水明天會宿醉。」我提醒。

「我不會宿醉。」她回答。

「孩子，妳不能這樣下去，對妳對我都不好。」

妮娜眼睛閉著，但顯然還沒睡著：「我想怎樣就怎樣，輪不到妳管。」

「妳還沒成年，不能一個人在外遊蕩、做這些事情，會被警察帶走的。」

「只不過和朋友去鬧區玩而已呀。」

「去哪裡玩？酒吧？」她默認。「妮娜，這是違法的。而且看看妳現在的模樣，醉成這副德行出事了怎麼辦？剛才帶妳回來的人是誰？」她聳肩。「妳不會連人家名字都不知道吧？」

「他們說幫他們吹的話就載我回家。」

我嚇得倒退一步，希望女兒是在開玩笑，妮娜見狀爆出笑聲。我還在等她承認說那些話只是要氣我，但她只是盯著瞠目結舌的我一派不屑：「別大驚小怪好不好。」

「那些畜生究竟是誰？叫什麼名字？」

妮娜又聳肩：「干妳什麼事？」

「妳只是個孩子啊！」

「十四了，這年紀女孩子不都這樣的嗎？」她的十四和我的十四是兩個不同世界。「而且我會做預防啦。」

「什麼意思？」

「叫他們戴保險套啊……通常會啦。」她睜開眼睛望向我，沉默一陣之後又大笑：「天哪，妳該不會以為我還是處女吧？」

我沒講話，但聽她大大方方談論性行為好像被摑了耳光。朝夕相處我竟渾然不察，也不必心理醫生解釋我就明白妮娜為何變成現在這樣。曾經可愛聰慧、善解人意的女兒會十幾歲就低俗酗酒不都因為她父親？因為我心知肚明卻又不願向她坦誠的那些事情。現在只是為我無奈的選擇承擔後果，艾里斯泰對她造成的影響令我心碎，可是讓她面對現實只會將我們母女倆都逼瘋，我得不計代價保護她。

她的不良行為發展迅速。一開始只是撩高制服裙襬，後來沒問過我就偷偷穿耳洞。接著老師來了聯絡，說她不做作業、曠課、欺負低年級女生。我說應該只是過渡期，但總覺得自欺欺人。

妮娜第一次超過九點門禁回家被我罰禁足，她竟然回我一句「操」。隔週她再犯，我又罰她的時候她居然當面嘲笑我。半個月前她被警車帶回家，我才知道原來女兒會偷溜出門，那天她和一群朋友跑到隔壁社區商店街大喝蘋果酒。之後妮娜頸子被人種了草莓，還一路延伸到胸口。我警告她不能再這樣下去，她還沒長大。

結果現在她為了搭便車就幫人口交。自己女兒被這些男人如此糟蹋利用令我怒氣攻心，真想全部就揪出來制裁一番。就算沒淪為這些變態的獵物，妮娜過得已經夠苦。我望著女兒思考下一步怎麼辦，大聲斥責對她對我都沒意義。「先上樓吧。」我說，但她像拍蒼蠅一樣想趕走我。第二次接近，妮娜居然還想甩我巴掌，只是沒讓她打到。

後來她自己站起來了。我從水槽底下拿了個舊的藍色桶子跟在後面，看她抓著欄杆緩緩上樓。妮娜臉才碰到枕頭就睡著，我幫她翻身，免得無意識中嘔吐。衣服就沒特別幫她換，只是水杯留在小桌、桶子擱在床邊，要是她不舒服也不必下樓。

轉身離去之前忽然留意到書桌旁邊垃圾桶裡的東西。我靠近確認。

真的是驗孕器。

回頭確定她沒醒，我彎腰拾起查看，對照桶子裡紙盒說明後最大的恐懼成真：塑膠框內是兩條藍線。我捂著嘴，雙腿微微發軟，心碎得胸口疼了起來。扶著門框站穩，我將驗孕器放回原位，掩上房門開始深呼吸。

後面幾天我像具行屍走肉。在家裡在職場我一副若無其事的樣子，其實內心飽受煎熬。

這是最糟糕的情況。就算不考慮其他條件，妮娜也還沒做好為人母的準備，更何況是我們家目前的情況，而且和她溝通沒有用，妮娜脾氣執拗，聽不進我說的話。不曉得懷孕多久了，會不會她自己也不清楚？不能冒這個險，只有一個辦法，就是我來幫她處理。

原本以為自己對前夫的恨意夠強烈了，沒想到竟還能更上一層樓。他再也不會回家是好事一樁，不能讓他害了妮娜。要是女兒也瞭解這點該有多好。

9 妮娜

游泳池幾乎沒人，一條泳道是我，另一條是個青少年和跟在旁邊的大嗓門父親。男孩游蝶式，在水中上下穿梭如同海豚。他父親在旁邊跟隨，手裡抓著馬表，每次休息都對男孩嘮叨「成為國手」、「進軍奧運」之類。這麼煩人，兒子一定聽得很膩，但其實至少父親沒從生命消失，他該慶幸才對。這麼多年過去了，那個空洞仍舊在心頭揮之不去。那麼久沒見到面，對他的記憶卻不因此隨風而逝。

塞好防水耳機，我朝泳池邊緣一蹬開始下一圈蛙式。現在每星期會趁上班前來蒙茲泳池兩三次，距離圖書館才十分鐘。希望夏季前能達到連續五十圈不休息，目前才一半不到，但越來越接近。

今天早上在第十九圈半開始作弊，用走的上岸。心臟跳得很快，肺像是燒起來了，但十分滿足。當然國家代表隊與我肯定無緣。

泳鏡推到頭頂，我爬上岸淋浴後從置物櫃取出衣服找到空隔間，脫下黑色連身泳衣盯著鏡子裡光溜溜的身體。有人拿紅色麥克筆在鏡面寫下「醜八怪」三個字，知道有人自尊心比我低還挺安慰的。

我在心理自救書籍上讀到一個建議：每星期都花些時間，好好看清楚自己的痣、皺紋、橘皮、黑斑、贅肉、腫塊和粗糙的頭髮，接受自己的不完美才能將它們逐步化為完美。狗屁不通，醜的東西就是醜。

抓了抓腰間肥肉，再將乳房挪到正確位置。我都還沒四十，胸部就像獵犬耳朵那樣往下垂。不趕快振作的話，再過十年的樣子我想都不敢想。

三個月前我鼓起勇氣站上體重計，很多年不敢看了。超過十四英石一點點，才五呎四吋的身高實在不成比例。我不是因為口腹之慾才變胖，是因為二十歲就病變停經，接受荷爾蒙補充治療導致身體像氣球般快速膨脹。這陣子我下定決心要改變，透過健康飲食和運動瘦了差不多一英石。

臉朝隔間鏡子貼近，我用拇指和食指翻開下唇看看裡面的刺青。除我之外應該沒別人知道，或許牙醫和她的助理有看見，但沒說過什麼。畢竟並非出自專業刺青師之手，多年過去線條模糊，有些地方也褪色了。

真希望自己記得給我刺這玩意兒的人叫什麼名字，可是每次回憶持針者的面孔都只是一片空白。我的青少年時期像殘缺不全的拼圖，少了很多片段，有時覺得自己不完整，無法確定今時今日的一切會不會早就經歷過。我想減肥，也想改頭換面。有一天我跑去瑪姬房門口要她教我化妝，她嚇一跳，我自己也嚇一跳。其實YouTube有化妝教學影片，藥妝店濃妝艷抹的櫃臺店員也願意示範，但這像是我小時候就該跟她學會的事情。「有興趣的話，我還可以教妳怎麼做美甲。」

瑪姬說。我答應了，拿銼刀讓她幫我修形狀、塗上淺粉紅指甲油。我們彷彿一對正常母女分享美妝心得，沒有心機、沒有謊言，儘管就只有那短短一段時間。

因為我要下樓時才意識到瑪姬悄悄將指甲銼藏起來。她聲稱沒有，但很快就在枕頭套裡找到。我砸了下嘴巴，誇張地揮揮手將東西取走不給她機會搗亂。後來直接把枕頭偷走當作處罰。

一恍神我已經換好衣服走出泳池，看看手錶距離上班還早，所以繞了遠路經過消防站、坎貝爾廣場警察局、修路工音樂中心。我依稀記得小時候去過那個表演場地，而且應該去過很多次，但記憶都模糊了，連看過誰演出都說不出半個。唯一例外是改變我人生的那場表演。我常常懷疑自己人生中最精華的部分或許就是我記不得的部分。

剛到圖書館我就協助一位白頭髮中年人用電腦編輯履歷。他瞇著眼睛盯螢幕、靠一隻手指頭打字，這時有個年輕女子推著娃娃車從旁經過，車裡有小孩，我只好先放著那位先生不管跟過去看看。剛剛覺得是「女子」，但靠近後我發現她最多大概十五歲。孩子帶孩子。或許是年紀也或許是內分泌失調，女孩額頭長了一片青春痘，她想靠脂粉遮掩但技術很糟，就像在不平整的蛋糕表面撒上細砂糖。

娃娃車裡是個小女孩，穿著卡通《汪汪隊立大功》的上衣與牛仔褲，手裡捧著一袋甜食，嘴巴周圍沾了白巧克力，笑容很燦爛，但只有兩顆牙，而且一上一下。女娃兒有雙褐色大眼，與我對望以後嘻嘻哈哈笑了起來，我忍不住做鬼臉逗她。孩子外表乾淨、營養良好而且心情愉快，代表母親雖然年紀小但並不失職。正因如此我更嫉妒了，明明差不多的條件，為什麼人家能夠保住孩子還養得健康快樂，而我卻辦不到？

我還想再逗逗小女娃，所以若無其事跟著這對母女走向雜誌架。年輕媽媽拿了幾本名人雜誌翻閱，停下來特別關注的照片裡那些人我都不認識。

我喜歡小孩，但不那麼喜歡小小孩。去年夏季圖書館區經理蘇珊娜育嬰假期間回來看大家一趟，她露面時用揹巾裹著嬰兒。要是提前知道我會直接請假，那天一看見她經過旋轉門我立刻溜走，躲進身障廁所等她們離開才出去。

因為留在現場就得學大家說娃娃語哄小孩，可能還要排隊等著抱抱他、跟蘇珊娜稱讚兒子多可愛。我無法承受，要是孩子到我手上我會捨不得還回去。

毫無預兆，鼻子都沒抽一下，娃娃車上孩子忽然大大打了個噴嚏，一大條綠色鼻涕像鐘乳石那樣掛在鼻孔底下，模樣有點噁心也有點可愛，她本人似乎渾然不覺。至於母親的心思則都在卡戴珊家族的特別報導上，完全沒發現女孩的異狀。我從口袋掏出面紙幫女孩擦乾淨。

「妳幹麼？」年輕媽媽忽然轉頭，口吻很生氣。

「她流鼻涕，」我說：「就幫忙擦了一下。」

「走開！」對方提高音量，周圍所有人都聽見了，「沒經過我同意別亂碰她。」

「抱歉。」我沒想到她敵意會這麼強烈，只能紅著臉忍住淚。她還盯了好久，眼睜睜看我尷尬走遠。

我深呼吸幾次平復情緒，然後心裡不是羞愧而是憤怒。不關心孩子的母親有資格對我叫囂？

有了小孩就以為自己高人一等？照顧好女兒的話我何必雞婆？哼，不會讓她好過。

機會來得猝不及防：幾分鐘過後她又丟下孩子一個，我隨便從架上拿兩本書，確定周圍沒人留意時塞進娃娃車底下的購物袋，就在小女嬰腳邊。

等她想帶女兒離開，警報系統可不會輕易放過。我不覺得會鬧到叫警察，但她也會知道被人公開羞辱是什麼感覺。

10 瑪姬

房間悶熱得很不舒服。窗戶採用三層中空玻璃，窗鎖還上膠黏死，想通風唯一管道就是打開面對梯臺的房門。但以今晚而言，開了與沒開差異不大。

衣櫃上有臺電風扇，好幾個月沒用，我拿下來擺在梳妝臺。幾個月前已經撬開過風扇前方安全罩，葉片是塑膠製，當作武器沒什麼威力。其實地板也一樣，因為我撬不開釘子，所以即使是實木也派不上用場。插電之後對準床鋪吹，看見灰塵隨著氣流飛揚，我忽然意識到或許通風只是自己轉移焦點的藉口，不安的源頭來自妮娜偷偷塞進來的那口舊木箱。

今晚又與她一起用餐，沒發生什麼特別事件，怪的是兩個人都沒提起盒子，我還一直好奇誰會忍不住。自己是很想問清楚她為什麼將那東西放在我房間，妮娜做事不可能沒理由。她字裡行間聽不出弦外之音，我也猜不透究竟怎麼回事。一直想鼓起勇氣再打開看看，幾秒鐘就好，但我還是做不到。

我朝臉上搧風，就算願意找妮娜也沒辦法，大概一小時之前看見她離家外出。每兩週不同天妮娜都會一聲不吭悄悄出門，我想她也會有些隱私所以沒過問，通常她回家我已經睡著。另外就算她在樓下好了，其實我大叫她聽不見，三樓與二樓之間門板與隔板做過專業的隔熱隔音，妮娜甚至還特地在牆縫塞進裝蛋的紙盒。樓下什麼情況我從來沒聽見過，想必她也一樣聽不到我發出聲音。如果我沒守在窗戶前面，除非她打開二樓的門，否則就算她在家我也無從確認。

無可奈何脫了上衣，只穿著胸罩和裹裙，不免思考自己是不是太過適應這種監禁生活。或許我的表現令妮娜始料未及也說不定。鎮日獨處是重新審視自我的機會，幸運的是儘管我得到的少，但需求正好也很低。原本奢侈品就不多，現在還能保有的也比正常日子時更加珍惜。

有時候我也懷疑妮娜為什麼不在一開始就沒收全部東西，原因或許就是擔心想要處罰也無從下手。我的香水、髮型液、傳統收音機、鞋子、枕頭、一部分化妝品和首飾就在過程中慢慢消失，每樣東西都能用來讓我「學到教訓」。我選擇不再表露情緒，免得讓她稱心如意，但不知道這樣做是不是錯了，也許讓妮娜以為我屈服了她才懂得收手。事情究竟會如何結束目前我無法預測。

又想起那個盒子。除了二十五年前的驗孕器，裡頭究竟還有什麼呢？看到那東西的瞬間我下意識闔上蓋子，全部塞回床底下。我想、但也不想知道裡面還裝了什麼。還是設法轉移注意力比較好。

電風扇吹出窸窸窣窣的聲音，我轉頭一看才察覺妮娜竟然在床邊桌上放了空氣芳香劑的補充瓶，還有一包水果酒軟糖。想必又是趁我洗澡偷偷放的，被關起來以後就沒機會吃到甜食，現在看見的興奮情緒跟個小孩子一樣。我拆包裝動作太大，糖果像一道能食用的彩虹灑在被子上。

撿起一顆紅色的要放進嘴裡我卻忽然猶豫。以前就中過計，妮娜乍現的好意很可能包藏禍心。上次她留了一大杯草莓香蕉果昔在桌上，就像這次的軟糖一樣料想不到。喝了以後，還沒半夜我就斷斷續續拉肚子，於是恍然大悟飲料裡摻了瀉藥，而且我根本不知道自己什麼地方犯到她。

但最後我顧不得那麼多，只是咬的時候特別小心，以防裡頭藏了針或碎玻璃之類。然後忍不住苦笑，現在只要簡單的點心就能叫我高興成這樣。或許這是妮娜對付我的新手段，利用一些小東西刺激我回憶自己失去了什麼。可是沒用的，我早就選擇接受這種命運，何況臆測她心思也不太有意義。我這個女兒的言行沒有章法可言。

回想被關進來的頭兩個月，我深信妮娜透過安裝在天花板凹槽的監視器觀察我一舉一動。小小的黑盒子裡有鏡片，每隔兩分鐘就會閃紅光。一想到女兒隨時都能監控自己，還以母親的苦難為樂，我變得極度敏感脆弱。不是沒想過拆掉監視器，但鏈子長度有限，我根本碰不到。曾經拿杯子扔，偏了幾公分沒打中。妮娜後來處罰我用定型液與體香劑的塑膠蓋喝水。有一天監視器莫名其妙自己掉下來了，盒子砸在地面裂開，我撿起來一看才驚覺根本是假貨，空盒子裡只有電池讓紅燈按時發亮。她對這種小伎倆樂此不疲。

當時我還會自問得在這裡關多久，妮娜聲稱還要關我二十一年是不是真的。今年都六十八歲了，活到八十九的機率不高，畢竟只有最低限度的飲食，缺乏運動、陽光甚至新鮮空氣。這種狀態能活十年就很了不起了，再多加十三年是癡人說夢吧。

理所當然想過自殺，這種日子誰會不想一了百了？可是妮娜的生命只剩下我，無論她如何苛待自己母親，我不想拋下她一個人。但也不代表給我機會我還不懂得逃跑，重獲自由才能設法幫她，屆時我會出於自身意願陪伴她。儘管妮娜這樣對我，她依舊是我的女兒。

而且我心裡明白：自己確實剝奪她很多，如今的下場算是活該。

11 瑪姬

二十五年前

週一清晨，妮娜一大早就肚子疼得動不了。我已經通知學校說她今天不會去，自己也向診所請了假。坐立難安，我在屋子四處遊走，幾分鐘也待不住。聽妮娜在浴室裡哭得淒慘，起初我拿不定主意，但母性終究會勝出，我壓抑不住保護可憐孩子的衝動。敲門的時候還擔心會被她臭罵一頓逼走，「孩子，怎麼了？」我問。

「媽，我肚子好痛……」聽她哀嚎，我真希望能替女兒承擔痛苦。

我扭扭門把，可是打不開。「開門好嗎？」我哄道。

一陣沙沙作響，她靠過來打開門。見到女兒那模樣真想緊緊抱住不鬆手。妮娜原本抹上很濃的眼線，卻在臉上哭成兩團墨水漬。她捧著肚子，短褲還纏在腳踝，女兒上次這麼柔弱不知道是幾歲的時候。我將妮娜摟過來靠著自己肩膀輕拍她的背。

「可憐的孩子。」我自己也開始落淚。

「從來沒這麼痛過……」她無力地說：「而且為什麼流這麼多血？」

我深呼吸，盡可能柔聲回答：「我想妳應該是流產了。」

妮娜瞪大眼睛，訝異於我知道她懷孕的事。那瞬間我會意過來，女兒沒想過要讓我知道，將兩條線的驗孕器丟在垃圾桶並非有意求助，單純是無心之失，而我卻一廂情願了。

我連忙表示自己沒要對她說教，只想幫她度過這難關，然後牽著她的手走回馬桶。接下來我犯了個錯，就是不該朝馬桶裡面看。那畫面令人渾身惡寒，一輩子忘不掉。我趕緊按下沖水，希望女兒不必看見，沖掉了才扶她坐下。

妮娜腹部再次絞痛，整張臉扭曲得認不出來。我輕輕將手掌擱在她額頭，就像給娃娃量體溫。她的確發燒了，這是正常反應，或者說副作用，所以我打濕絨巾給女兒擦臉後裹住。此情此景彷彿回到妮娜五歲那年學校爆發痲疹潮，隔年則是水痘，我與艾里斯泰輪流照顧，給她塗抹爐甘石藥液、盯著不讓她抓破水皰留下疤痕。現在雖然妮娜十四歲了，在我眼中依舊是個需要母親保護的孩子。

我們之間一直沉默，只能聽見她的啜泣和呻吟——妮娜強忍痛楚，我輕撫她頭髮、吻吻她後腦勺。時間到了，痛苦也會結束。我可以請醫生幫忙，他們一定願意出診，但我並不希望外人介入。之前讓女兒失望了，這次我想證明自己是能支持她的母親，兩人互相扶持度過難關。即使妮娜長大以後總嫌母親多餘，痛苦的時候依舊需要陪伴，這才是最重要的。我不能再錯過機會，反覆告訴自己：過了今天，就是新的開始。一切都會好起來。

一小時過後我扶她回房，妮娜剛躺下就整個身子彷彿折紙蜷曲起來。我將被子拉到她下巴，從紙盒取出兩顆止痛藥要她搭配葡萄適服下。「謝謝。」她聲音還是很小，但已經不知道多久沒聽女兒向自己表達謝意，所以我很珍惜。這是父親自她生命消失之後，我首次感受到母女之間還存在一絲連結。妮娜是我的最愛，永遠都是，無論她犯什麼錯都不會改變。

但有件事情我不得不告訴她。趁著女兒還記得身體承受的苦痛，或許能避免她往後再有不慎。

「我想向妳解釋一件事，或許聽了妳會有點難受。」我開口：「其實我很抱歉，早就該說了，只是總找不到合適的時機。」

「是什麼？」她問：「和爸有關？」

「可以說有也可以說沒有。」

妮娜張大眼睛，眼白還佈滿血絲。她仍渴望關於父親的隻字片語，遲遲得不到音訊令她心碎崩潰。我怨恨前夫將女兒推向自毀的道路，也責怪自己沒能保護好女兒。

「妳知道為什麼除了生日卡片之外，他從來沒回信嗎？」

我搖頭。「抱歉，這我不清楚，」我沒說實話：「我要說的是妳爸的身體狀況，還有他遺傳了什麼給妳。」我稍微停頓，覺得必須字斟句酌。「妳爸爸他帶有一種叫做『雌前腦畸形』的特殊基因，意思是如果他生女兒，這個女兒又懷孕，寶寶就算能撐過懷胎九月，狀態也會非常、非常地糟糕。」妮娜望著我發怔，我緊緊握住她的手：「雌前腦畸形生下來的嬰兒有很多先天疾病。是真的很多。」

「像什麼？」

「嚴重面部畸形和腦部不正常發育之類。多數寶寶還沒出生就走了，今天應該也是同樣情況。儘管感覺很差，但現在恐怕才是最好的結果。妳的身體發現不對勁，主動產生排斥。如果經過完整九個月，好不容易生下來了卻當場死亡，那豈不是更慘嗎？」

「妳……妳怎麼知道的呢？」

「妳還很小的時候，妳爸忽然腹部劇痛，後來住院一段時間。經過各種血液檢查，專科醫師診斷出病因是染色體缺陷，而且很可能遺傳到妳身上。醫生也解釋了這種狀況下生孩子的風險。」

「那我為什麼好好的？」

「這很複雜，」我說：「牽涉到妳身體裡多少染色體出問題。產檢確定妳是女孩的時候，醫生就判斷妳的染色體有很高比例會失調。」

「所以我一輩子不能生個正常小孩？」

我遲疑一陣才小聲回答：「嗯，應該沒辦法。」

被子微微扭動，妮娜將膝蓋窩在胸口。「我想睡了。」

「要我陪著嗎？」

「不必，謝謝。」

我親了她前額，懸著一顆心離開。

下樓回到廚房，我得找點事情轉換情緒。雖然就那麼一下子，今天實在太過驚悚。水槽裡還有昨天沒洗的碗盤，趕快洗一洗吧，我對自己說。動手之前我卻又從手提包掏出一盒藥，盒子上標示的成分是Clozterpan，裡頭已經空了三片。我塞進口袋走到地下室入口，拉了開關點燈照亮儲藏間。

步向樓梯底下那幾個行李箱的時候，我暗自心想，身為診所櫃臺人員有很多好處，比如能夠趁菲羅斯醫生無診待命的時候溜進辦公室，撕一張空白單子寫上自己要的處方，然後蓋上診所章、模仿早就看熟了的醫師簽名筆跡，就能簡單在市區藥局領到藥。昨晚我用湯匙背面磨碎藥片，摻入醬汁淋在做給妮娜的週日烤肉大餐上，她完全沒覺得味道不同。看著妮娜一口口吃進肚子，我不禁在心中問自己：不徵求女兒同意就用這種方式幫她墮胎是正確的嗎？還記得一九八一是我助產士訓練的第二年，出乎意料懷孕生下妮娜，之後想回去完成訓練卻沒機會實現。但正因為我上過課，所以確定妮娜懷孕時間比她以為的久很多。膽汁湧上喉嚨，我強壓下去。

妳沒做錯，我反覆安慰自己。現在奪走一點點，是要保全她更寬廣的未來。

妮娜 12

搭公車回家途中，耳機裡傳來瑪丹娜精選輯的〈慶祝〉（Celebration）。我六歲的時候會拿沙發椅背蕾絲套罩在頭上、鞋帶繫在腰間，假裝自己是流行音樂女王。爸不喜歡看小女兒模仿「宛如處女」，媽和我就一起唱〈爸爸別說教〉（Papa Don't Preach）笑他。回想起來仍會心頭糾結，重返純真年代的渴望強烈得難以自拔。

爸自我的生命消失都將近二十五年了，但我仍舊非常想念他。隨著年月流逝，許多回憶褪色，現在想回憶他的聲音腦海卻一片空白，為此我很感傷。媽把他和我的合照都丟了，唯一例外是我藏在錢包的這張。

我還記得什麼時候拍的。他要去快照棚拍護照用的相片，所以開車到鬧區，我在外面等的時候看見簾子後面閃光連連。到了第四張和最後一張我尖叫起來，因為他忽然伸手把我拉到裡面合照。也就是這張我一直保留到現在，兩個人歪著頭一起大笑。媽不知道我們有過這樣一段祕密時光保留在照片裡。我特別珍惜這張照片，否則會連他的面容也忘記。

手機震動，螢幕跳出email圖示，收件夾訊息是Google新聞，我身子不禁僵硬。我做過設定，只有那個人的新聞才會通知，點開看很需要勇氣。我拔下耳機，忍不住在公車金屬地板上輕輕跺腳。將手機按在胸口的時候，忽然覺得渾身發冷還想吐，得趕快呼吸新鮮空氣。

於是我擠過抓著扶手的通勤族，急急忙忙跳下了公車後門，距離原本目的地還有三站遠。我需要時間讀清楚為什麼他會上頭條，思路清楚才能回家和瑪姬晚餐。站在路旁，我瞇著眼睛打開新聞。

「爭議歌手辭世」，標題是這樣說的，內文提到：「有殺人前科的瓊恩・杭特與血癌奮戰一年半後仍宣告不治。」

行人與車輛在我眼裡都成了模糊影子。心思凍結在當下卻映照出過去。即使我想動，身體也不肯聽話。

瓊恩的照片不是新的，審判時就用這一張，但我過了好幾年才看到。拍得很差，沒呈現出他的英俊，尤其正好皺著眉，如果不像我這樣瞭解他的人一定覺得他茫然無神。儘管我記得不多，卻很肯定他絕對不是這種樣子。

好多畫面突如其來竄過腦海，像暗房裡一張張懸掛的照片慢慢顯像。我努力拼湊時間順序：應該是自己家吧，我坐著，瑪姬站在背後，邊靠近邊講話，聲音太小了聽不清楚。然後來得快去得也快，那些畫面一溜煙全部消失。

而我的手指下意識挪到嘴唇，指尖勾勒著藏在裡面的刺青。

13 妮娜

二十四年前

他在舞臺上來回，與我不過幾公尺距離。實在太帥了，我是真的為他感到呼吸困難。他一甩頭，及肩黑髮將汗水灑向我的臉，我驚喜低呼。能在自己唇上嚐到他的味道，絕對是生命中最美妙的時刻，死而無憾了。

他用手掌兜住麥克風，我看見他將指甲染成黑色，明天我就會跟他一樣。他的嘴靠在麥克風上，我想像是他捧著我的臉親吻。與團員相比他沒那麼高，而且略顯瘦削，但氣勢稱霸了舞臺，修路工音樂中心整個場子陷入瘋狂，蒸騰熱氣在天花板凝結滴落彷彿溫熱的雨水。唱到一半，他將麥克風放回架子，讓出舞臺中心給吉他手獨秀。即便如此，他一扯下T恤往臺下扔出，所有目光立刻集中過去。赤膊的他也遠遠超越我認識過的任何一個男孩子，腦袋已經容不下那些人，現在我的世界只有他。我想和他在一起，此生從未有過這樣強大的渴望。

瓊恩．杭特，我愛你。

莎芙隆在我旁邊跳上跳下，叫得歇斯底里，這樣下去我會被她叫到聾。而且她根本沒意識到自己指甲整個卡進我手臂，疼死了。我也懶得多說，莎芙隆和現場其他女孩子一樣都幻想瓊恩．杭特誘人雙唇吐出的一字一句都是為了自己歌唱。可惜她錯了，她們全都錯了。瓊恩不屬於她們，只屬於我一個人。那雙清澈淡藍色眼珠，眼裡只有我，沒有別人。他哼出「瘋狂小女人」這幾個字說的也是我，雖然我們還沒正式見面他就已經比天底下所有人都瞭解我。無論是我的閨密還是其他醜八怪，她們對瓊恩都只是癡心妄想罷了。

莎芙隆和我已經關注瓊恩所屬的樂團「杭特兄弟」好幾個月了。一開始是她在《編年回聲報》看見樂團宣傳照，樂評給這張迷你專輯滿分五顆星，形容他們是八〇年代包浩斯樂團（Bauhaus）之後最令人期待的新秀。我根本不知道什麼包浩斯，杭特兄弟才是英國流行樂的明日之星，一定能比綠洲（Oasis）或布勒（Blur）更紅。全都因為瓊恩，他就是一切，而他會愛上我，就像我愛上了他。

莎芙隆很早來排隊，所以我們搶到最好最前面的位子。爸丟下我們以後，媽的安眠藥越用越重，感覺連大象都能迷昏。她睡著之後就是我活動的時間了，從後門無聲無息溜出去簡單得很。

媽一直很想爸。她嘴上不說，也總是避談，可是忽然沉默望著花園的時候一定是想他。為人夫為人父的人怎麼會說走就走，我知道一定是她有問題，逼得爸別無選擇只能拋妻棄女，甚至都不肯過來看看我或至少回封信。已經離家七個月了，我只收到過生日卡，裡頭就只有一句「爸爸愛妳」，沒附信、沒電話、什麼都沒有。都是她害的，太不公平了。

我讓她以為母女之間回到流產前的關係。她比較信任我了，所以我在外頭做什麼她也搞不清楚。

安可曲結束，瓊恩離開舞臺。我很怕他離開視線，因為那麼一來他又只是個幻想。還好我牢牢盯著他，因為他走到副舞臺的時候回頭了，與我目光交會還笑了起來。我趕緊擠出微笑，他竟然撇了下頭，意思好像是「跟我來」。

「妮娜，妳幹麼呀？」莎芙隆嚷嚷。因為幾分鐘之後我翻過柵欄跳上舞臺，後頭觀眾開始解散回家。我感覺得到：我的夜晚才剛剛開始。心臟好像會從胸口蹦出來，莎芙隆高聲在後頭不知道叫些什麼，我完全沒轉頭理她。

到了舞臺後面，走道兩側煤渣磚牆本來是白色，後來多了一堆塗鴉，有歌詞、有人物、有簽名、還有一堆鬼畫符。我持續前進，避開工作人員與音響技師，最後看見瓊恩拿著毛巾擦胸擦頭走進某個房間。尾隨時我覺得腿頭軟了，他一回頭對我上下打量，然後往器材箱坐上去，隨手掏出紅色萬寶路香菸取了兩根點燃，一根給自己，一根給我。

「妳叫什麼名字？」他朝頭頂呼出煙圈，彷彿灰色光環。他就是我的天使。

「妮娜……」我有點哽咽，趕快清清嗓子。「妮娜。」這回有信心得多。

「幸會啊，妮娜——妮娜。我叫瓊恩。」

「我知道。」我深深吸一口菸，雖然以前就抽過，但又唱又叫一整晚現在喉嚨有點痛，必須保持鎮定別出糗。

「應該比較猛吧？」他問。我只敢點頭，怕隨便開口說話會像個傻子嗆到。「因為裡面加了點別的東西，」他笑著挑眉，似乎覺得我應該聽得懂。我不知道他什麼意思，反正笑就對了。「妳覺得今天表演如何？」

「棒透了！」我說：「但我不是第一次。」

「可想而知。」

他眨眨眼，我才意識到自己說的話會有另一種意思，趕緊強作鎮定免得滿臉通紅。「是說看你表演好幾次了。」

「妳是粉絲啊？」我微笑默認。「身材好明顯。」他補上一句。

這回我沒辦法，真的臉紅了。「謝謝，」我勉強回答：「你也是。」

「我的意思是，妳流汗流得T恤全濕了。」他這麼一說，我才意識到自己樣子一定很邋遢。「脫掉吧。」他吩咐。我想也沒想，就將濕透的衣服扒下來。只穿著胸罩與牛仔褲就站在人家面前，平常沒喝幾杯調酒應該沒這麼大膽才對，但瓊恩．杭特勾出我心底深處的那團火。他將用過的毛巾拋過來，我先擦了頭髮，趁他轉身沒看見還偷偷嗅了毛巾的味道。瓊恩從包包掏出乾淨T恤遞給我，但我沒穿上，就站在那兒用眼神傳遞內心飢渴。最後他靠近，我如願以償。

14 瑪姬

我的舊手提鐘有了新家，就在餐廳旁邊櫃子上。沒看錯的話，我自己一個人坐在餐桌前面十分鐘了，妮娜很少離開這麼久，畢竟她不信任我。不怪她，是我自找的。那今天她怎麼忽然放心了呢？

我一手拉扯踝上腳鐐，另一手在磨得發炎的皮膚上塗抹軟膏。去年開始，腳鐐感覺變得太粗糙，腳踝時不時腫起來。我說了需要看醫生，妮娜起初不肯幫忙，等我提醒真的感染會腐爛化膿，到時候彼此都難過，她才至少買了條藥膏回來，然後腳鐐改成左右腿輪流，一星期左右換邊一次。

時間一分一秒過去，我起身來回踱步。上次能這樣自在是我還自由的時候，現在很想下樓看看究竟什麼情況，但轉念一想還是盡量享受沒被鎖在臥房的片刻光陰。窗戶頂端微微打開，能聽見外頭鳥語，好像是烏鶇。好奇自己有沒有聽錯，我就走到窗前望向後花園，可惜從這角度找不到聲音來源。

這回受我驚覺：妮娜讓我一個人待在窗戶打開的房間！以前吵架時朝窗戶摔過餐盤，所以我知道她換了防裂玻璃，但以前她不在場一定會牢牢鎖緊，直到今天才出現例外。

第一反應是搬張椅子過來，對著那條縫隙扯開嗓門大聲呼救。問題是喊不了幾句就會將妮娜引上樓拖走我。難道又是對我反應的測試？現在無論一包糖還是一扇開啟的窗，我對任何機會都小心謹慎，衡量利弊得失之後認為真的有人聽見可能性很低，並不值得冒險。我得將力氣保留在有效率的地方。希望之後不會後悔。

我站在原地往外望，幽暗夜空中烏雲群集，我猜今晚會有大雷雨。烏鶇再度鳴叫，我忽然意識已經很久沒聽見自己或妮娜之外的生物發出聲音，像是狗吠、孩童嬉鬧、廣播DJ講話、汽車引擎發動、甚至只是塑膠袋卡在樹上的窸窣……以前總是不以為意。

記憶中還有診所裡持續不斷的喧鬧。病人短促乾咳、幼兒哭天喊地、電話響不停、為了查閱文件檔案櫃反覆開闔。診所從來就不是什麼安靜的地方，但我喜歡那份工作，不然也不會一待就待三十二年。那麼長時間當然會和同事及部分病人建立友誼。

希望他們還會想起我。把我監禁在家裡之後，妮娜喜歡複述她怎麼跟大家交代。

她口中的我罹患「血管性失智症」，肇因於一連串「突如其來的小型中風」。她還說這種腦損傷不可逆，因此將我交給住在德文郡的退休護理師阿姨珍妮佛照顧。不知道有沒有人會向妮娜打聽我的近況，她從未提起，我也不想問，反正她一定會說「沒有」來刺激我。

後來終於有了點動靜，妮娜踩著樓梯上來餐廳這層。我停在窗邊頭也沒回，她解開門鎖就看到我背影。從玻璃倒影能看見妮娜手中端著托盤，上面有兩份餐。她內心錯愕，自己居然大意到將我留在窗戶沒關緊的地方。居於劣勢，她開始評估方才的短暫空檔是否遭到利用。我轉身朝她說：「我什麼也沒碰。」她四處打量，判斷我是否老實，需不需要採取報復手段，好一陣子以後似乎願意相信。我去位置坐下，她將食物放在前面，餐具都是塑膠製。事情開始沒多久，我拿叉子戳過她，所以妮娜不敢給我金屬器具。直到今天我依舊聲稱並非故意，都是她給我吃一種叫做Moxydogrel的鎮靜劑引發幻覺，所以我眼中的她變成朝自己咽喉撲過來的瘋狗。她應該是沒信。

晚餐是寬麵條配上兩片剝開的大蒜麵包，雖然不能否認香氣撲鼻，但妮娜明知道我有麩質不耐症還故意搭配這套怎麼吃都避不開的餐點。反正我餓了總得吃，顧不得之後回房間得一個人蹲桶子多久。

「謝謝，」我開口：「很久沒吃到了。」

她點頭但保持沉默，今天沒有ABBA的專輯也沒什麼對話。顯然妮娜有心事。

「今天圖書館那邊還好？」

她聳肩：「老樣子。」

「沒遇上有趣的人？」

「沒。」

「史提夫刺青傷口應該好多了吧，效果如何，有沒有比上次的好看？妳好像說上次那個不怎麼樣？」

「我沒問。」

看來她沒興趣和我聊天，但不聊的話就要再過兩天，我只好繼續糾纏。對象少話也比沒對象好。

「真可惜下午的鬧劇妳沒看到。」我說起法警如何要學生帶著東西滾出史特曼先生的空屋。「他們腦袋到底裝什麼？」我自顧自地說著：「他們把那裡搞得一團亂，要是爸媽知道一定覺得丟臉。」

妮娜還沒吃完忽然起身拉開裝舊唱片的抽屜，取了一張放上唱盤按播放。激昂的吉他、厚重的鼓聲，跟ABBA相比非常刺耳，歌者發出的不是旋律而是狂嘯。我不喜歡這種風格，開始想念ABBA了。

「誰的歌？」我淡淡問。

妮娜瞟我一眼回到座位。「杭特兄弟，」她口吻彷彿我該認識，而我呼了口氣喘不過來。「妳記得嗎？」

「只有模糊印象。」我撒謊。

妳又記得多少呢？越少越好。

「莎芙隆和我以前常常去看他們演出。」

「妳好久沒提起莎芙隆了。」我想將話題導向比較安全的地方：「她過得如何？妳們有沒有聯繫？」

「沒有，很久沒聯絡。」

「真可惜，妳們當初交情那麼好。」

「妳討厭她。」

無法預測這對話會朝什麼方向進行，我心裡非常不安。「以前擔心她不是好榜樣，」我回答：「會把妳帶壞。」

「我不帶壞她就不錯了。」妮娜嘴角微乎其微上揚，彷彿腦海中有段記憶復甦了。

我也跟著笑，裝作明白她意思，但其實毫無頭緒。妮娜年輕時很多事情我不清楚也不想弄清楚，因為知道的已經太多了，即使過了這麼多年還是太過沉重。

「那時候妳也很討厭我吧？」妮娜繼續說：「說實話，沒關係。」

「怎麼可能，我為什麼會討厭妳，妳是我女兒。」

「我把妳鎖在三樓，妳不恨我？」

「不恨。」

「誰信。」

她存心吵架，我不想自投羅網。「血濃於水，確實有時候會埋怨，但不會因此不愛妳。」

妮娜撕開大蒜麵包同時微微斜著臉緊盯我，彷彿我的回答觸碰到她心底某個溫熱的地方。一剎那我好像找回了女兒，眼前不再是禁錮我的犯人。真懷念。

「唔，但我討厭妳。」她的答案證明一切都是妄想。

四首歌的時間我們沒再對話。光碟也就只有那四首。

「妳沒問我為什麼翻這張唱片出來。」

「我以為妳只是ABBA聽膩了。」

「妳記不記得這個樂團的主唱？」

「沒什麼印象。」我又撒了謊，其實那人的身體還烙印在腦海，回想起來宛如昨日。他幾乎全裸，張開雙腿攤在自家地下室。我沒看見他的臉。

「瓊恩．杭特，今天上報了。」

聽見這名字我有種五內如焚的感覺，趕快塞了一大口麵條進嘴巴掩飾情緒。剛剛還挺美味的，現在食不下嚥。

「這樣啊，」我附和但不追問。

「嗯，他死了。」

我嚼到一半訝異得停下來直瞪著她。如果是真的也就罷了，但妮娜說話真真假假很難分辨。

「怎麼回事？」我問。

「癌症。應該說血癌。手機來了新聞通知，他死在監獄裡，直到最後都聲稱無罪。」

「唔，但是所有證據都對他不利。」

「妳剛才說不記得這個人？」

「詳細經過是有點模糊。」

「那時候的事情我能回想的都是片段。」

「人腦很複雜，裝得下那麼多記憶，但是不必反覆回憶的東西又會被自動過濾。」

「那叫做『壓抑記憶』，」她說。我不動聲色。「有些引發巨大壓力或創傷的記憶被潛意識遮蔽，但是一直逃避只是被過去束縛。」

「唔。」我點頭。

「我正在想是不是該去找心理醫師，試試看解開鎖住的記憶。」她又凝視我，似乎想捕捉什麼反應。我吞了口口水，她察覺了。我有隱瞞，而且露出馬腳被妮娜逮到。

「妳覺得有需求就去吧。」我說。但其實我一點也不希望女兒想起往事，對她對我都不好。

15 妮娜

時間晚了，風雨交加，打在窗戶噠噠作響。我拉上窗簾、放下窗板躲起來。都這年紀了，碰上大雷雨還是很焦躁。今天晚上已經夠煩了，瓊恩的死在心頭揮之不去。

我想盡辦法拖延時間不肯點擊手機閱讀新聞內文，彷彿全都是假的，一旦確認細節就會成真。現階段都是網路消息，大家都知道網路不可靠，當作假新聞看待也罷？這種傻藉口連自己都無法說服。

望著浴室鏡子裡自己的倒影，電動牙刷滑過下排牙齒以後我關了電源翻開下唇。這星期第二次看刺青，那兒寫的是蘿莉塔。我有印象，自己去了圖書館，借出弗拉基米爾·納博科夫的名著，這是瓊恩最喜歡的書。我想知道他為什麼給我取這外號，發現故事主角深愛那個女孩時心花怒放。

我深愛瓊恩，瓊恩也深愛我，我確信不疑。

後來稍微拼湊出當時一些事情，比如刺青的那個夜晚。私人派對上，瓊恩要求我在身上留下永久性標誌證明自己真的愛他，他還堅持就用蘿莉塔這個詞，理由是對彼此都很有意義。我連聲說好。

地點是浴室，與現在這間沒多大差異。我坐在馬桶蓋上，聽得見他朋友將針插進一罐印度墨，準備刺入我的皮膚。並不很痛，因為瓊恩事前給我吃了藥，身體變得很亢奮，感覺更像躺在溫暖海水上任陽光照耀全身。幾分鐘後刺好了，好幾雙手與我擊掌慶祝，他朋友們說我做到了、非常酷。我拿一瓶伏特加沖掉嘴裡的血與墨，這時候才開始疼得厲害。吐在水槽以後我盯著鏡子，就像現在這樣。瓊恩滿面春風，我如他要求那般證明了自己的愛有多深。

我要他也在嘴唇內側刺青，還選了艾蜜莉．勃朗特小說裡自己最喜歡的角色「希斯克利夫」。但他搖搖頭笑了笑，卻從未解釋為什麼拒絕。記憶到這裡戛然而止，與其他片段同樣是我年少時光的精華剪輯。

刷完牙，坐在浴缸邊緣，我拿著手機深呼吸。不能再拖了，我按下電子郵件中的新聞連結。

「瓊恩．杭特罹患血癌一年半後於四十六歲病故，」報導如此說：「二十三年前他因殺害女友遭判處無期徒刑。經警方搜索，遺體……」

「不對！」我低吼。看見那女人的名字我太生氣了讀不下去，沒想到這篇報導也要重複那些鬼話。眼睛一掃，看到新聞附上兩張瓊恩的照片，一張是我認識的那個男人在表演，舞臺就像他自己家，另一張則是獄友偷拍賣給報社。他還是留長髮，但和鬍子一樣都白了。畫質很差，但我仍能看到他眼睛失去昔日光彩。困在小房間那麼多年也是理所當然吧，瑪姬也有同樣變化，而且她待在樓上的時間和瓊恩坐牢比起來根本不值一提。

我沒讀內文繼續往下滑，結果竟然看見那個女人的照片。她坐在海灘，穿藍色比基尼、戴反光墨鏡，臉上掛著一抹什麼都不在乎的笑意。至少我覺得她是這個意思。怪的是當年的她和我極其神似。

我將手機按在胸口，絞盡腦汁試著回想與她有關的事情，卻想不出什麼時候碰過面。她沒和樂團一起行動、沒參加演出或派對，而且我很肯定她根本不像新聞說的是什麼瓊恩的女友，和瓊恩交往的是我才對，那時候認識我們的人都很清楚他和我感情多好，正因如此我很受不了每次媒體都說他們是一對。

心裡浮現一個不祥念頭。難道我只是不願意想起這個人？萬一他們真的背著我偷偷交往，只是我毫不知情，而她就是那片遺失的拼圖，能夠將我的記憶串起來？我拚命搖頭直到這個想法煙消雲散。「不可能。」我大聲告訴自己。真的不可能。就算記憶有點模糊，不代表我是個笨蛋。

瓊恩和我都不是對方的首任交往對象，但他確實是我第一個、也是最後一個真正愛過的男人。意思就是中間這麼多年我過著沒有愛情的生活，不需要別人多嘴我也知道聽起來多可悲。

兩個人第一次同床之後他發現我才十四歲，我騙他說自己十八了但他沒上當。瓊恩當時二十二，我覺得說真話會嚇跑他。莎芙隆知道我和瓊恩交往以後嫉妒得管不住大嘴巴——說不定根本是想拆散我們。原本我該甩她兩巴掌，但瓊恩反應與預期正好相反，他竟然說禁忌的愛更刺激。「含苞待放才最美。」他淺笑著說。

他要我發誓不會在學校透露兩個人交往的事情。挺難的，十幾歲女生和當地最紅的樂團主唱在一起，朋友知道了該多羨慕。不過瓊恩警告過：要是事跡敗露他為了事業會否認到底，自然也就會與我分手。面子不值得我冒那麼大的險。

有時候約會就在我放學以後，要是我在公車站洗手間先換衣服瓊恩反而不高興，他說喜歡看我穿制服。放到這個時代的話我們很難不露餡，大家一定會認為是他誘騙我、給他貼上戀童與侵犯的標籤。可是瓊恩不是那種人，局外人怎能理解我們在彼此心裡的地位呢？他愛我，照顧我，總盼著我好。瓊恩就像男友、摯友與父親三者合而為一，對我非常特別，後來再也沒認識到這樣的人。

可惜瓊恩遭到不實指控那段時日我自己也有難處。記憶好多空白，都是瑪姬害的。她沒做那種事的話我就能出面證實瓊恩的清白，告訴全世界他不是壞人，不應該被關起來。因為瑪姬，瓊恩大半人生虛擲在監獄直到死去，連帶造成我的生命也是一片荒蕪，即使我不必坐牢。

失去他，我心好痛。這感覺強烈得彷彿我們今天還見過面。回過神時才意識到自己的手已經不在胸前，往下挪到腹部輕揉之後第二次懷孕的經過在腦海浮現。我想起來了，我和瓊恩有個孩子。

16 瑪姬

聽女兒親口說出瓊恩．杭特這個名字讓我心煩意亂夜不成寐，黑暗中一個人躺在床上緊張焦躁，手將被子抓扯得亂七八糟，腦海中迴蕩著初次聯絡時對方奚落的語調。

晚上突如其來聽聞他的死訊，沒時間好好思考如何回應才妥當。我不是睚眥必報的性格，但卻希望他死得緩慢拖延痛苦不堪，慶幸經過這許多年以後三個人終於不必共同存在同一個世界。我們母女終於擺脫他了，他沒辦法再度傷害妮娜，一切到此劃下句點。或許妮娜終於有機會放下對他留存的一點點依戀，從自己創造的混沌之中醒悟過來回到正軌。不過能將親生母親當作馬戲團動物一樣上鎖鏈的人，對她而言正軌究竟在何處我也不知道。

提起杭特死訊時，妮娜目光如矢朝我射來。她想知道我有沒有說實話，是否其實記得那個人。我當然記得，一切歷歷在目，這輩子都不可能忘得掉那種人渣。但不知為何我無法在腦海清晰描繪出他的長相，太不合理了，過去二十年我一直追蹤與他有關的報導，還曾經連續三個星期坐在法庭裡離他最遠的地方，旁聽種種對他不利的證言，還提心吊膽怕假髮與妝容沒辦法瞞過他眼睛。幸好每次他掃視全場時，視線從未在我身上停留特別久。

瓊恩．杭特被起訴的罪名非常重，即便如此開庭時他依舊吊兒郎當，與一年前面對面時同個德行。等陪審團宣判有罪，我差點兒忍不住衝上前給他們每個人大大的擁抱，當然實際上只能偷偷喜極而泣，暗忖女兒終於脫離他的魔爪。

杭特被法警帶離法庭，上車轉送到達拉謨監獄，他的親人和支持者在外頭抗議司法不公，被害人家屬則在另一邊因失去姐妹女兒痛哭流涕。我能體會他們的痛，瓊恩．杭特原本也想奪走我女兒，幸好我親手將人搶了回來，只不過這次勝利的代價是長達二十三年的罪疚。

所以究竟怎麼回事，我想得起其他每個細節，為什麼想不起他的臉？壓抑不住再看他一眼的衝動，我開了床頭燈，從床底取出妮娜留下的舊物盒。上回就是故意不想看，今天沒辦法了。裡頭有瓊恩．杭特那支樂團的表演傳單印著照片，根據日期應該是他們最後一次演出。那雙灰色眼珠、細薄紅唇與蒼白肌膚喚醒記憶，我想起兩人之間種種。

後來好幾年，每次他上訴我都認真讀新聞，也每次都看到法院駁回才鬆了一口氣。不過不得不承認：我很訝異他直到最後都不肯認罪換取提早假釋，這麼做就是無謂地困在牢房。或許他的陰險狡詐底下還藏著一些骨氣，可是他死在牢獄在我看來非常諷刺——現在我和他接受同樣的懲罰，只因為我們都愛妮娜。

杭特被定罪正好也是妮娜逐漸回到我身邊的那段時日。我保護她不受傷害，盯了兩年才被她發現真相。後來的對話直到今天我還記得清清楚楚。

「為什麼不把瓊恩．杭特的事情告訴我？」晚餐時她開口試探，語氣很小心，似乎是不知道該不該提起這名字。

「因為對妳而言過去了，」我回答：「不想影響妳情緒。」

妮娜強作鎮定凝視我眼睛：「我看到報導了，外面說他做了那些事情，但我不相信。他不是那麼暴力的人。」

「只能說知人知面不知心。」

「我……我瞭解他。」

「我也以為自己瞭解妳爸。」

「瓊恩不會殺人。」

我將餐具推向一旁：「警察和陪審團不這樣認為。就我所知，他很擅長把年輕女孩子玩弄於股掌間。但孩子是無辜的，妳們這種年紀就是愛作夢，想得到大明星關注。問題是他真的有個同居女友，然後還在外面拈花惹草騙人感情。」

妮娜張開嘴似乎還想說什麼，但又回心轉意不說了。我看得出來女兒現在對一切都沒把握，短短幾個月時間就遍體鱗傷再也不相信自己的判斷。反過來說，代表我盡到了自己的責任。

我關好舊物盒塞回床底下，一天晚上夠多刺激了。熄燈後我呆望前面的牆壁，路燈照耀下樹影搖曳，風暴在戶外醞釀，也在這間房子裡湧動。要是能知道妮娜在想些什麼就好了，她究竟記得多少？清晰的部分是什麼，錯亂混淆的部分又是什麼？她提到想透過心理治療喚醒「壓抑記憶」，希望只是隨口說說。萬一她認真，專業人士說不定真的能幫她釐清，但我為了保護她做到什麼地步還是別被發現才好。

我緊緊閉上眼睛，瓊恩．杭特的面容又在腦海蒸發。即使死了，夜裡會來我夢中。我很確定。因為他和他女友常常來拜訪。

17 瑪姬

二十四年前

母親的直覺告訴我妮娜有所隱瞞，雖然還不確定情況，已經知道很不妙。

而且時機非常糟糕，我的心力必須從女兒轉移到財務。單薪家庭、房貸從固定利率變成浮動利率，每個月要繳的錢越來越誇張。可是要我賣掉房子不如叫我去死，於是除了診所的櫃臺業務還拋棄自尊下班後兼差做清潔。這都是不得已，同事理解我的婚姻狀況後也挺體諒。明年莉茲就要退休了，我會試試爭取副理的位子。

工時延長，妮娜與我作息幾乎顛倒。她放學回家找不到人，我下班回家她已經自己吃過東西躲在樓上做作業。儘管不喜歡這種模式，但我別無選擇。

某一天去郵局路上，我忽然意識到女兒流產都過了一年，我與她相處依舊如履薄冰。現在年輕人跟我那年代不同，長大得好快，我也盡量與時俱進當個現代家長，對女兒外出不過問太多、只要是和朋友在一起就放寬門禁時間，准她喝酒精飲料但別過量，還請她答應：真的與男生發展到親密關係無所謂，但別是喝醉的時候，而且一定要叫對方做好安全措施。雖然我覺得她還沒準備好面對大人的世界，不過也沒辦法了，除非我能將她一輩子鎖在閣樓上。只能指望善加引導下，她永遠能找到回家的路。

或許我太強調與她為友，忽略了自己為人母的身分。但我希望妮娜喜歡我，別總是將我視作逼走爸爸、詛咒她無法成家的仇人。我做了不少後悔的事情，最大的後悔就是在女兒脆弱情緒中告訴她那件事。

即使很希望她走出艾里斯泰不在了的陰影，我很務實所以知道不可能。或許我也太警戒了，時時刻刻觀察女兒是否背著我有祕密不敢說，或者乾脆說謊騙我。

昨晚她出浴室的時候我們在走廊碰面。妮娜穿著白色睡衣，尺寸太大了。之前幾個月沒看她穿這件，最近她忽然又很愛。可是一見到我，妮娜忽然將袖子放下，還故意拉緊，我驚覺她是不是手臂有針孔才需要遮掩，但又覺得儘管她情緒起伏變很大，女兒沒有傻到碰毒品才對。

總而言之我認為不對勁，卻不知道問題出在哪兒。

滿腦子都是妮娜的事情，我沒聽見沒看見車子靠近，一腳要踏上馬路就被人家猛按喇叭連忙後退。汽車開過去，駕駛朝我比中指。我真是當媽當到死的命。

「瑪姬妳沒事吧？」背後有人出聲問。

轉頭發現是莎芙隆的母親艾芮卡。「啊，妳好。」我笑道。

「剛才好驚險。」

「我有點心不在焉，」留意到她身上是特易購制服我改口問：「妳是剛下班還是正要過去？」

「剛下班，」艾芮卡翻了白眼：「一大早七點就打卡，也該休息了。妳呢，最近如何？」

很想回一句「付不出房貸快破產，親生女兒討厭我，回不去以前的好日子」，但當然說不出口：「嗯，就那樣，妳懂的。」我敷衍過去。

「妮娜怎麼樣？」

「她今天不是會去妳家過夜嗎？」

「我家？」艾芮卡滿臉問號。

「今天星期二沒錯吧？她不是都會去妳那邊住？」每週兩天，週二與週五，我准妮娜在莎芙隆家過夜。雖然不挺欣賞那孩子的拗脾氣，但我學會分辨輕重緩急。像這個就不太要緊，只要女兒是在艾芮卡家裡我至少不必擔心她的人身安全。

「她是這麼告訴妳的？」艾芮卡回答：「抱歉啊，不過她好幾個星期沒在我們家過夜喔。妮娜和我家小莎為了個男孩子鬧彆扭，之後我就沒再見過她的面。」

我聽了滿面錯愕，沒能裝作若無其事說自己知道只是一時忘記。臉也紅了。之後兩個人都不知道該怎麼接話，我尷尬擠出笑容速速離開現場。

妮娜時間拿捏很準，吃完晚餐正好是《家有芳鄰》片尾字母。她匆匆忙忙上樓拎了過夜用的背包和書包，咕噥一句「明天見」就衝出去關了前門。

我躲在客廳，隔著窗簾偷看，等女兒走了一小段路才帶著外套與手提包開始尾隨。她總不聽我勸告，走在外頭也要戴耳機，但今天我倒為此慶幸，這樣她就不會發現被自己母親跟蹤了。妮娜穿越賽馬公園，繞過鬧區邊緣抵達灰袍修士公車站。我又跟進偌大紅磚建築，見她鑽進公共廁所時就以販賣機做掩護。十分鐘後妮娜出來，不只衣服換了還滿臉上妝。她跟風穿寬鬆上衣和膝蓋破洞的牛仔褲，其實身材並不適合，而且都能看見肩膀上的胸罩繫帶了。兩個包包被妮娜塞進置物櫃，然後她俐落轉身。毫無猶豫、駕輕就熟，顯然同樣路線走過非常多次。信任她終究是我太傻。

妮娜走到鬧區，進入一間「威廉王子酒吧」，在這兒開很多年了，我自己從來沒進去過。外頭街上十幾臺摩托車並排停放，她朝看門的笑了笑、聊聊天，似乎認識不短的時間。對方沒有要求看證件檢查年紀，她也就直接走向後頭的搖滾音樂區。

我很想跟進去，但被她發現的風險太高，弄巧成拙會當眾出糗。現在只能從街道對面監視，看見她穿過店內去了後頭的啤酒花園就消失。

沒辦法放著不管。我後退一點看清楚地形，酒吧右邊還有間兩層樓的速食店，門口招牌說會開到午夜。我趕快去點了一杯茶、一份要熱不熱的香腸捲，爬到二樓坐在俯瞰酒吧花園的窗戶前面找到妮娜。從這種角度注意別人一舉一動好像偷窺，但我忍不住緊盯女兒與朋友的互動。妮娜整個人賴在一個長髮男身上，即使隔著這麼遠我也能肯定對方年紀大她不少。桌邊還有不少男女，但沒有人和她年紀相仿。這些人知不知道妮娜才十五歲？

她與對方扣著手，但自以為別人沒注意的時候手就往下探到男人鼠蹊。我心裡一方面覺得她很丟臉，一方面又覺得是自己和她爸害得她如此寡廉鮮恥。

唯一稍微欣慰是只有妮娜很明顯拿著柑橘汽水圓罐子，其餘不是啤酒就是葡萄酒。而且別人都在抽菸，她並沒有跟著抽。

我就這麼盯著妮娜盯了整整兩小時，最後她和那個男性友人率先起身要離開。我衝下樓返回大街，他們正好手牽手迎面走來。兩人停下腳步時我也僵住，心跳停了一拍，以為被妮娜看到了。但結果並沒有，她是要將那男人推進巷子接吻。我躲在廂型車後面很吃驚，同時衡量自己有什麼選擇。雖然想將女兒拖回家，但理智面說萬萬不可。母女關係非常脆弱，此時此刻拉扯力道不對就會斷了彼此之間僅剩的那縷聯繫。也可以講道理，但根據經驗她聽不進去。不然就是現在這樣——按兵不動，盤算好下一步好壞再做決定。也只能這樣了，我停在那邊直到兩人行經，消失於夜色中。

感覺很糟糕、很沒用，但回家前我繞到酒吧前面，看門的還是同個人。「你好，」我開口：「剛才出來的那對，你認識嗎？」

他一臉狐疑。

「呃，我不是什麼可疑人物，」我趕緊解釋：「只是覺得好像在學校教過他，很面熟。」

「那妳大概是在報紙看過。」對方回答：「他叫瓊恩．杭特，『杭特兄弟』的樂團主唱，各方面表現都很強。」

「唔，那可能我誤會了。謝謝。」然後歸途終究只有自己一個人。

18 妮娜

我打開後花園側門，讓兩個亞格斯[2]送貨員進來。

其中一個混血族裔的淺古銅色皮膚閃閃發亮，是我見過最好看的。他二頭肌發達將T恤繃得好緊。另一個則是矮壯，我聯想到超級瑪利歐。兩人將裝著家具的紙箱搬到我指定地點，就在廚房窗戶底下露臺。我以為是自己愛幻想，總覺得那個壯的給我簽收單時眨了下眼睛，人離開了我才留意到他在單子上留下電話號碼。雖然有受寵若驚的感受，卻也懷疑他是不是常常這樣做。我沒打算與對方聯絡。

這些年我斷斷續續與人約會，始終沒有人能夠如瓊恩那樣撩撥我心弦。更何況多數男人只想從女人身上得到兩樣東西：無愛的性，不然就直接成家。一旦得知其中一個條件我無法滿足，很快就失去興趣。

十九歲那年，再幾個月就要參加A級考試的時候，我發現自己不只染色體有問題，而是整個

[2] 亞格斯：網路電子零售店。

生殖系統都壞了。毫無預兆的月經規律失調，最後完全停止，同時期入睡也越來越困難，會在莫名其妙的時間點皮膚劇烈瘙癢，焦慮程度可說突破天際。我很擔心自己又會崩潰，還在心裡發誓說寧可死也不要再經歷一次。

前往北安普敦綜合醫院接受多項體檢後，專科醫師判斷我的情況是極其嚴重的早發性停經。「我沒見過這麼早的案例，」她解釋：「醫學上稱之為『早發性卵巢功能衰竭』，非常罕見。真的很遺憾，目前沒辦法治療。」

我本來想追問是否與雌前腦畸形有關，但其實有關無關都沒意義了，事已至此我也無能為力，最後完全沒提起。

失去月經和卵子就算了，那時候也無心與人交往，得等到將近三十才做好心理準備再去談戀愛。剛好交友軟體興起，認識異性相對簡單，尤其我這種已經成熟但還不至於枯萎腐爛的年紀。

Tinder上面沒有直接右滑離開的人只有兩個，儘管我全心投入卻大失所望。然而我發誓不談戀愛甚至不交新朋友之後，卻再度有人闖入生命改變一切。過去兩年裡我只在乎他，只是想著他都能笑容燦爛。也是因為他，我才開始瘦身減肥。別人的評價不重要，他喜歡就好。這個人是我最大的祕密，比瑪姬還隱祕，全世界沒有人知道。

我割開家具紙箱塑膠捆帶，再將紙箱裁切成能放進回收桶的大小。這套桌椅不須組裝，我擺好之後直接一張張椅子試坐，順便從不同角度看看花園，後來再斟一杯氣泡白酒，獨自享受晚春的週六午後。

隔壁傳來聲音，艾爾希在廚房打開廣播，跟著哼唱但五音不全。歌手不知道是不是麥可・布雷（Michael Bublé），那種低沉嗓音能讓上了年紀又風濕的女人腿軟。又聽見她後門打開，我忍不住冷笑，可想而知事情怎麼發展。隔著木板圍籬能看見她扶著門框辛辛苦苦走進自家後花園，脖子上戴著紅色塑膠墜子，有緊急情況按了就會自動撥號請人救援。以前媽被列在聯絡人名單上，但她「搬去德文郡」了，我就請艾爾希將電話刪除。反正不喜歡這人，多一事不如少一事。

我盡量不動，希望她別從縫隙看見，但每次她都不會錯過。「午安，」艾爾希開口，還看見我兩條腿蹺在桌上。「有陣子沒見著妳了。」她總是狐疑地上下打量，一直沒真正相信我媽生病的說法。

「艾爾希啊，妳最近如何？」我客氣反問。

「還好，就老毛病。幸好芭芭菈每天早晚會過來照顧。我還好有個孝順女兒，有些母親就沒這麼幸運了。」

很難聽不出她指桑罵槐的意圖。

「挺大手筆呢？」她指著這一頭的新桌椅。

我不想理她。「幫我向芭芭菈問候一聲。」說完我別過臉，意思很明顯就不想繼續對話。但艾爾希這人如果不是腦筋轉不過來就是根本不識相。

「妳媽還好嗎？」她追問。

「最近情況不算特別好。」

「妳有沒有多去探望幾次？週末好像都看到妳在家。」

觀察入微是吧？怎麼沒發現自己好朋友就在閣樓呢？「每個月會坐火車下去一趟，」我回答：「車資實在滿貴的。」

「親情無價。」

「車票有價啊，一張就要一整個星期的薪水。何況我媽都認不出我了。」

「如果妳多關心她，沒把她送去那麼遠的地方，說不定她就會想起來。」

「解釋很多次囉，艾爾希。搬去和阿姨住是我媽自己的決定，她在德文郡長大，所以才想回去看看，現在住的地方有漂亮海景又非常幽靜，環境比這兒好多了。」

艾爾希從塑膠袋掏出小片麵包撒在草地餵鳥。「還是覺得很奇怪，怎麼發病會那麼突然，」她邊說邊搖頭：「以前那麼精明的一個人。」

「人類大腦很難說的，一轉眼就能起很大變化。」

「是嗎？」

我們瞪著彼此，眼神同樣冰冷。艾爾希從來就不信任我，我小時候就這樣了，原因直到現在我還是不明白。片刻後她敷衍地揮手道別，慢慢爬回自己廚房。冬天她就知道好看，我暗自盤算如何將水潑到她後門外面階梯等結冰。等艾爾希摔一跤骨盆碎裂躺在地上逐漸失溫，看看那個警報項鍊是不是真能救得了她。

又獨處了，我看看自家花園。這住宅區空間比後來新房子寬敞，畢竟一九三〇年代地價還沒那麼誇張。邊緣我上了防野草塗料並填充木屑，這樣處理比較不用時時維護，即便夏天也是兩週稍微除草一次就夠了。

鋪上石板的混凝土小路從後門穿過院子隱沒在一排垂絲海棠樹之間。隔著樹不容易看見爸的工具棚，屋頂都破了，門得使勁拉才能打開。棚子裡那些東西蒙上蜘蛛網，去年春天的黃蜂巢變得像紙板。再過去那列松樹長到七呎高，後面和旁邊的鄰居都沒辦法看清楚我們家花園，當然我們也看不見人家。

我端著酒杯走入靜謐角落，在花園裡唯一一塊花圃旁邊的草地坐下。後來我常這樣在林子放空幾小時，回想失落的過往與可能的將來。這角落真的很隱祕，我逐漸明白瑪姬為何選擇這裡。沒人看得見的地方最適合當作墳墓。

19 瑪姬

我認識這人嗎？我反覆思索，視線射向窗外，有個男人站在附近。我自己明白：一個人關在小房間久了，對往事的記憶越來越混亂。儘管我以前很會認人，此刻還真想不起來為什麼總覺得他眼熟，腦袋空轉半天沒能得到結論。

從這距離看過去，對方年紀不大，衣著風格很現代，雙手按著臀部朝我家眺望的模樣很像房地產仲介。我不禁懷疑是妮娜要賣了這房子，但想了想覺得不可能，仲介總得進來看，發現閣樓有個遊魂怎麼辦？我掐掐手背，確認自己是否還活著。還好會疼。

那人的樣子像是想靠近，走到門前卻又停下腳步。我不禁暗忖：如果有人闖空門會怎樣？到了二樓發現重門深鎖，會不會以為閣樓藏著好寶貝？然後竟是貪婪驅使下我才被人發現？是否能說動對方助我脫困？

全都是想像罷了，那人轉身進了來時駕駛的白色小車，三點式轉彎後揚長而去。看見黑色天窗我驚覺他幾天前就來過，顯然別有用心。不得不說我還真期待他闖進來。

走到房門拿起保鮮盒，裡頭只有切好的蘋果。妮娜那個盒子又引起我注意，而且這次我不再抗拒，今天心理特別堅強，好像能夠面對。我將盒子放在床上，打開蓋子將內容物一件件取出。成績單、小時候的塗鴉、居然還有艾里斯泰和我走出戶政事務所的照片，她在哪兒找到的？我以為前夫的照片全都丟了才對。看著照片，沒想到我竟然會沉浸在昔日的幸福感。還記得婚禮賓客一隻手數得出來，但我們兩個都不介意。起初婚姻生活確實美滿，但我不讓自己陷溺其中，也不願回憶後來那些日子，畢竟走到結局一切都變了調。

盒子裡還有一張他做的生日卡片，送給他的「唯一的寶貝」。這暱稱看得我渾身惡寒。再來還有一瓶五顏六色的沙子，印象中是妮娜放假打算送給住在德文郡的珍妮佛阿姨。底下是她學生時代每年的大頭照、一本英文作業簿與幾份報告。有個穿著藍色西裝的木頭小玩偶，我記得是她扮家家酒的玩具，娃娃屋裡她、我、爸爸各有一個木偶做代表，三個人如影隨形。旁邊那朵乾燥康乃馨是珍妮佛結婚，她去當伴娘的裝飾品。最後是《甜谷高中》（Sweet Valley High）小說的周邊商品鉛筆盒，側面印著故事人物圖片。

我赫然意識到所有東西都來自她十三歲前那段歲月，確實早該塵封。所以盒子是故意擺給我看，提醒我自從她最後一次見到父親、自從我沒善盡母親職責以後，女兒失去了多少？難道經過這麼多年，她真的開始記得當年的事情？然後透過這盒子呈現那夜種種與她被奪走了什麼？說不定這是求援信號，她已經將片段串起來，只要我推一把就能跨越那道阻礙？

更有可能是我想太多。沒錯，大概——絕對——妮娜只是想用這盒子裡的東西增加我的罪惡感。

「沒用的，妮娜，」我不屑地自言自語：「無論妳怎麼做，我已經在谷底了。」

我將東西收好，只留下結婚紀念照和印著那個人容貌的樂團宣傳海報。他們奪走我太多，沒必要隔著相片陰魂不散，所以我直接撕成碎片讓兩人化作彩炮紙屑散落一地。

20 瑪姬

二十四年前

我對現代流行樂和孩子們愛聽什麼一竅不通，只知道妮娜偷偷見面的對象是本地樂團的人，想了半天才想出個辦法稍微打聽他的消息。下班後清潔工作稍微投機些儘快結束，搭公車進入市中心沿著下坡路很快找到妮娜提過的唱片行，名叫「轉盤」。

店裡面有十來個青少年，穿著學校制服正在翻找架上CD，試穿的T恤上印著我不認識的樂團圖片。喇叭傳出的搖滾樂是鑽進骨頭的吵，真不明白這種環境店員怎麼能每天待得住。

我暗忖自己不知何時開始與流行文化這麼脫節，與店裡面其他人相比才四十四歲的自己已經彷彿史前時代。綠洲和布勒兩個合唱團登上「流行音樂之巔」的時候我是分得出來，一九八〇年代紅到現在的瑪丹娜、喬治．麥可、王子等等當然也認得，但架子上的新面孔一個比一個陌生。

在單曲CD區找了一會兒順利找到杭特兄弟，封面照片正中央就是妮娜那個男性朋友。轉頭張望，店內牆壁貼滿色澤明亮的海報，有些是唱片宣傳、有些則可以買回家當裝飾，其中一區專門介紹本地樂壇，看一下很快發現杭特兄弟佔的篇幅特別大，底下列出他們這個月郡內巡迴演出的日期。我立刻發現今天晚上就有一場，地點距離唱片行走路十分鐘而已。再看看手錶，現在下午五點，說不定瓊恩・杭特會陪團員先過去安裝設備，可謂天賜良機。思考如何應對時不禁猶豫，但怎麼想都覺得必須過去當面對質，要求他與妮娜分開。

我的直覺沒錯。來到「修路工音樂中心」，雖然正門口大門深鎖，繞到側面就看到消防門開著，被人用紅色滅火器擋住。兩個很油膩的年輕人從卡車搬下音響與吉他盒進去，我則在外頭人行道徘徊不前。一方面不希望在對方有優勢的場地碰面，另一方面也因為還不確定該怎麼開口。五、十、十五分鐘過去，他終於露面了，走向小停車場的角落，背對外頭街道劃火柴點菸。我深呼吸一口後靠近。

「瓊恩・杭特——」聲音差點卡在喉嚨出不來。

他轉身望向我，灰色眸子眼白泛紅、眼周發黑，皮膚蒼白得像是好幾年沒曬過太陽，雙頰凹陷骨瘦如柴。儘管如此五官確實俊美。他又吸了一口菸，從氣味就知道裡頭塞的不只是菸草。無言中那雙眉毛挑了一下，彷彿提問道：「妳是誰？」

「能和你談談嗎？」

「談什麼？」

「我女兒。」

「她又是誰？」

「你女朋友。」

從他表情不難察覺連我說的是誰都不確定，換言之他和妮娜不是認真關係、又或者他就愛劈腿。從行業來說應該是後者。「妮娜．席蒙。」我只好說出口。

一瞬間瓊恩．杭特從氣勢騰騰轉為高度戒備：「不知道她到底和妳怎麼說的，但——」

「別把我當傻子，現在還想否認你們兩個認識。」終於佔上風了，心裡有些快感。「我知道你們有約會，親眼看到你和我女兒在酒吧裡頭摟摟抱抱。」

「『摟摟抱抱』？」他重複一遍，不確定嘲笑的是這個詞還是我這個人。「那妳大可放心，我們不是認真交往。」

「最好不是，她才十五歲，還在上學。」我說：「問題是她知道嗎？」

「知道什麼？知道自己十五歲？應該不會不知道吧？話說回來她跟我說自己十八歲，這可不能怪在我頭上。」

雖然優勢在我這邊卻屢屢受挫。「就說了別當我傻，她知不知道自己只是眾多被你哄騙的女孩子之一？」

「妳這種說話方式很難聊下去，」瓊恩．杭特回答：「到底想幹麼？」

「希望你別再和她見面。」

他又冷笑一聲，口裡吐出陣陣輕煙：「是要我給妳什麼保證嗎？乾脆和妳小指頭打勾勾怎麼樣？還是來個童軍宣誓什麼的？」

「難道我去報警對你比較好？」我脫口而出。

那抹笑意當場自他臉上褪去：「妳不會的。」

「不會？坎貝爾廣場警察局離這裡五分鐘而已，我現在就去。」

才轉身他的手立刻搭上肩膀將我擰回去。我正要罵人，他倒先開口了，那張臉近得讓我不太舒服，而且聞得到嘴裡那些味道。

「妳不會的。妳知道自己這樣干預，妮娜會有什麼反應嗎？」

「遲早會明白。」

「別自欺欺人，多管閒事以後就更難見到她的面。把我們拆散只會讓她討厭妳，以後更想逃離妳，投入我的懷抱。」

「她是我女兒，不是你的玩物！」

「可惜她兩者皆是。她說過多討厭和妳待在家裡，怨恨妳逼走爸爸。我彈個手指她就會過來這邊，妳什麼都沒有。」

「警察不會讓你得逞。」

「真的進入調查，警察也會通知社會局，因為妳讓女兒在我家過夜，對她造成危險。」

「我根本不知道她是在你那兒！她跟我說的是別人！」

「不重要。反正妳女兒的性格就愛討別人歡心，當然妳除外。她超怕我像她爸爸一樣忽然消失，所以會對我言聽計從，撒謊陷害妳也在所不惜喔？要找碴的話我也不會放過妳。」

瓊恩．杭特鬆手放開我肩膀，深深吸了一口以後將香菸彈上半空，落在一叢蒲公英中間。

「應該有共識了吧？」他問，而我除了點頭無能為力。

「話說回來，」他離去之前喃喃說道：「真可惜妳沒其他女兒，要是再小一兩歲會更完美。」

說完朝我眨了下眼睛便若無其事走回音樂館。

21 瑪姬

看見的時候只有我一個人在場。餐廳角落，卡在地毯與壁腳板中間。妮娜沒有用髮夾的習慣，應該是我的，而且掉在那邊不知道多少年。或許她用吸塵器才被吸出來，否則我早該發現。就位置而言未免太隱祕，不像妮娜又在設陷阱。譬如之前她將手機丟在餐桌上用手提包蓋住一半，然後自己下樓進廚房。我連忙拿起來想要報警求救，結果她早就將裡頭那張卡給拔掉了。

我得到的結論是：純屬巧合。妮娜在做菜所以沒聽見腳鐐鎖鏈噹啷作響，我悄悄走過去拾起，像看見有東西閃閃發亮就叼回巢穴的興奮喜鵲。對著光線仔細查看，發現是個金屬髮夾，或許可以用來打開腳踝上的鎖頭。

找到這東西我十分亢奮，趕快塞進左罩杯藏好。妮娜將我所有胸罩鋼圈拆光了，因為她洗衣服時察覺鐵絲缺了一段。當然是我取出來當作開鎖器，可惜效果不好沒開成。這回不同，胸罩鋼圈偏軟，髮夾的材質夠硬。

深呼吸幾次鎮定情緒之後我掃視周圍。現在我像是坐牢，而自家餐廳則像是運動場。放任妮娜的話餘生只能在這屋內度過，然而我精神依舊強韌，並未放棄希望，期盼著逃脫、期盼著有人發現，期盼女兒良心發現意識到自己所作所為錯得離譜。如若失去希望也就失去一切，我還沒淪落到那個地步。我還沒放棄。

已經困在家裡兩年了。至少妮娜這樣告訴我。自己的時間感早就混淆，分不清今夕何夕。被關滿一年時她竟然訂了個兩層海綿蛋糕，多花錢要蛋糕師傅在上面畫出牢房柵欄，然後插了根蠟燭。第二年也有蛋糕，我用塑膠刀切開以後裡面有個指甲銼，可惜是砂紙材質派不上用場。不知道滿三週年她又會有什麼鬼主意，或許靠這個髮夾我可以不必待到那時候。

回顧起來，之前的脫逃行動都出於情急所以思慮不周。事情開始沒多久我就做了第一次嘗試，滿懷挫折抓起板凳扔向百葉窗厚木板，完全沒造成損壞，兩條椅腳折斷就落在地上。雖然不忍心，後來妮娜進房間給我鬆鎖鏈下樓晚餐，我便拿起椅子腳當武器。只可惜下手時她從地面影子看見了立刻閃躲，於是只打中手臂而不是腦袋，一轉身搶走武器反過來打得我兩肋瘀青。妮娜眼中湧現怒意，我不敢再反抗。畢竟親眼見過女兒的精神能失控到什麼程度，再刺激她後果不堪設想。然而正因如此，我更明白自己絕不能退縮，逃出去的信念更加堅定。

還有一次也是太衝動，拿起餐盤摔向餐廳窗戶。妮娜的報復方式是抓起酒瓶敲暈我，醒來時不只腳踝而是全身都被鎖鏈纏緊，活像個埃及木乃伊，而且這種狀態維持兩天，泡在自己屎尿中，直到她終於決定進來放人。

能想的辦法我都想了，甚至曾經用馬桶水箱蓋敲碎電池，試著用裡面的酸性液體腐蝕鏈環。可想而知最後只有自己的皮膚受創。還沒嘗試的大概就是燒出一條路，也只是因為始終沒機會拿到可燃物。

像是讓浴室淹水、馬桶阻塞，逼妮娜叫工人來修理，但他們到現場也沒能發現客戶的母親被綁被鎖被下藥，就在樓上而已。

這種妳來我往勾心鬥角不斷延續，我時時刻刻找機會逃走，她一而再再而三阻止我的計畫並施以懲罰。不知道這根髮夾有沒有可能顛覆至今為止的僵局。

妮娜總算端著兩盤隨便料理的東西上來，用餐過程依舊是故作客氣但前言不對後語的無意義互動。至少沒再提起杭特與他病故的事情我就很慶幸了。

即使氣氛總是尷尬，畢竟是我唯一與他人交流的機會，所以我仍舊有期待。都六十八歲了，現在最怕的就是身心退化。有時候覺得一些往事已經想不起來，研究早就發現獨處造成失智或阿茲海默症的惡化與加速，透過交談和讀書活動對頭腦總是有好處。都被妮娜當作囚犯了，我不希望還受困在自己心裡。

今天晚上是難得的例外，我迫不及待等著晚餐結束，所以謊稱頭痛，不想吃點心，問她能不能先回房休息。妮娜也罕見地表現出同情心，居然下樓拿了兩顆頭痛藥上來，而且還放在包裝裡面所以應該不是鎮定劑。她帶我上樓，將腳踝的鎖鏈換成短的以後道晚安。接下來有兩天時間嘗試以髮夾脫困。

我立刻展開行動，先將髮夾從V字形扳成直線，一端微微勾起。戴上缺了鏡腳的老花眼鏡、打開床邊燈的LED以後看得還算清楚。其實我也不懂開鎖技術，只是在電影看過罷了。試著插進去轉來轉去，不出所料沒什麼反應。要是真的這麼快就打開我反而該懷疑自己又中計。

再來試試各種不同方向：順時針、逆時針、上上下下前前後後，希望探到裡頭什麼點就能讓鎖彈開。不知道實驗了多久，總之再抬頭外面天色是黑的。準備放棄睡覺的時候卻聽見鎖孔中傳出啪嚓聲，我倒抽一口涼氣。終於！

瞪大眼睛的我趕緊拉扯，但是鎖頭文風不動。我扭了扭髮夾，明明轉得動，為什麼還打不開？抽出髮夾仔細一看——鉤子部分折斷了卡在鎖孔內。

「糟糕……」我喃喃自語，忍不住像禱告一樣捂著臉難過。後來趕快將鎖頭拿起來上下顛倒用力搖晃想滑出鉤子，可是沒什麼效果。拿去敲床板、敲木地板也一樣沒能弄出來。別慌，我鼓勵自己，還有兩天可以處理，之後換髮夾另一頭再試一遍。

我暗自向上天祈求，因為已經不知道自己還剩下多少力氣與女兒抗爭。

22 妮娜

才打開瑪姬房門要她下樓吃飯就察覺不對勁，那神情就像被汽車大燈照到的兔子一樣驚恐，所以我也立刻保持高度警覺。想必她又做了什麼不該做的事情，原本今晚有事出門沒空瞎耗，但現在又得玩貓捉老鼠的遊戲查清楚她又幹了什麼好事。

「哈囉。」先假裝親切，然後我趕快看看房裡有沒有異狀。撇開上次開瓶器的事情，瑪姬已經有段時間沒再嘗試逃跑，我還心想是不是終於擊潰她的意志了。勝利是把雙刃劍，一旦我贏了就代表瑪姬不再渴望透過窗戶看見的外界，但她什麼都不想要的話也就不再受到懲罰。當然能不必擔心被叉子戳、被盤子砸腦袋比較好，可是她那些舉動是為了反抗，會反抗就代表還在受苦。唯有讓她受苦，她才會明白自己究竟幹了什麼好事。「還好嗎？」我問。

「嗯，謝謝。」瑪姬回答得很快，快得叫人不放心。

這時候裝好人更容易得手：「妳頭還疼嗎？要不要阿斯匹靈？」

「不了，還好。」

「或者呼吸新鮮空氣？兩個人一起去後院走幾圈？」

「現在身體還好，就想一個人躺著休息會兒。」

可以肯定出亂子了。平常她多想被放出去，就算五分鐘也求之不得。「這樣啊，好吧。」我若無其事慢慢靠近，眼睛繼續留意每個角落，連天花板也沒有放過，就怕像卡通那樣有個大鐵塊吊掛在上頭等我自投羅網。

瑪姬起身，轉過去背對我。我準備將鑰匙插進鎖頭要將短鏈換成長鏈，注意到她的腿竟然微微顫抖，不知道是真害怕還是久坐的緣故。結果鑰匙卡住進不去，我蹙起眉頭再試了試還是不能插到底。抬頭望向瑪姬時我想通了，這也不是她第一次嘗試自己開鎖，之前用過的工具有胸罩鋼圈和折斷的鑷子。老骨頭還是挺有骨氣的，也是值得欽佩，但我不會表現出來。

「這回用的是什麼？」我問。

「髮夾。」她立刻回答。

「哪兒找到的？」

「二樓餐桌旁邊，夾在壁腳板和地毯中間。」

「剩下的呢？」

她拉開床單取出給我。

「好吧。」我淡淡道：「乖乖待著，我去拿爸的工具箱。」

我將她丟在房間自己去了地下室，找到一把破壞剪提上三樓。瑪姬應該很清楚這事沒辦法隨隨便便算了，我故意在外頭多晃兩下增加緊繃氣氛。

剪了三次才剪斷，鎖頭砰一聲掉在地上。也就這麼短短一瞬間分神就又出事了。

瑪姬毫無預兆抬起腿，橫向往我面部掃過來，踝上沒連接鎖鏈的金屬腳鐐直接命中我顴骨。我疼得大叫，衝擊力道兇猛加上事出突然，我一下子愣在地上沒反應過來，回神時瑪姬已經往外跑。

以年紀而言她動作非常靈敏，我站起來的時候瑪姬穿出門口準備下樓。但我只是站在上面往下看，瑪姬到了二樓才發現通向一樓的門上了鎖。她慌了，不斷使勁扭門把，我一邊盯著一邊揉臉頰。我的天，真的痛，嘴裡有血味，舌頭舔過牙齒嚐到血腥味，好像被她踢斷一顆。

瑪姬忽然大叫求救，聲音非常洪亮，我從未察覺到她還保留這麼多力氣。她又拔下黏在門和牆上的隔音材料一直往後扔過來，叫得喉嚨都啞了。

她做事之前沒想清楚也不考慮後果，心裡急了就踢人，現在才意識到自己得付出什麼代價。我要讓她體會更深刻一點，所以慢慢地、一階一階地下樓。

瑪姬轉身，背部整個貼在門上，左手擋在臉前面，右手亂揮想擋住我。我輕輕鬆鬆抓住那條臂膀折到背後押回三樓，倒是沒想到她皮膚觸感變得這麼單薄。

將人押進浴室以後我扣住瑪姬脖子推入浴缸，抵抗過程中她不知怎地往後滑一跤，張開手臂想穩定重心但是來不及了。骨頭敲在水龍頭上，清脆的咔擦聲想必她自己也聽得很清楚。瑪姬撞到頭，而且撞得很重。接下來幾秒鐘兩個人都沒動作，等著看她傷勢到底多嚴重。結果居然沒多大反應，她伸手摸了後腦再將手掌挪到眼前確認，掌心完全沒有血。所以聽起來很可怕，實際上沒怎樣。

瑪姬急急忙忙抓著浴缸邊緣想起身。我滿腦都是自己臉頰和好像斷了的牙齒有多痛，全都因為她。但今晚第二次我沒能夠先發制人：瑪姬又拿了橘色泡泡浴瓶子往我丟，打中的位置幾乎與先前腳鐐踢到的地方完全重疊。面頰劇痛、牙齒搖晃鬆脫被我吐在手掌。

腦袋一片空白，任由怒氣與腎上腺素操縱我衝上去抓住瑪姬猛推，她後腦再度撞上水龍頭。「妳以為攔得住我嗎？」我聽見自己咆哮，口沫橫飛如子彈掃射，然後伸手甩她好幾個耳光。情緒爆發以後我無法控制，只想讓她嘗嘗前所未有的痛楚。瑪姬又舉起雙手擋在面前，我隨手從馬桶旁邊拿了一罐漂白水轉開安全蓋。「是妳逼我的！」我狂吼：「是妳讓我以為自己無法被愛、我經歷的一切是活該。但是妳錯了！」

「妮娜！拜託不要！」她苦苦哀求，掙扎著要爬出浴缸，腳鐐在塑膠上刮得沙沙作響，模樣可憐至極。

「妳為什麼總是這樣！」我一邊吼叫一邊高高舉起漂白水準備倒下去，手微微傾斜就會灑在她面部頸部。「為什麼總是想丟下我一個人！」

「對不起，」瑪姬啜泣：「對不起，不會了。我發誓，我會留下來，我會乖乖待著。」

剎那間眼前一切不是紅色便是黑色，我擔心自己會暈倒，但又忍不住盯住瑪姬——她忽然渾身是血，好多好多的血，簡直整個人泡在血池裡。是剛才撞到頭的關係嗎，但怎麼可能流這麼快？心驚膽戰的我左右張望，竟看到牆壁濺滿血跡，地板、毛巾和浴缸全部染成紅色。不可置信之中我轉頭望向瑪姬，驚訝發現她手裡怎麼有把刀？我嚇得拚命退後靠到牆壁——她從哪裡找到刀子的？毫無邏輯，難以理解，而且我的身體開始抽搐，彷彿癲癇發作。

用力眨了眨眼睛，眼珠子好像都要翻過去了，再睜開以後浴室回到原樣。沒有血，沒有刀子，只有瑪姬低聲下氣求我別將漂白水往她頭頂倒。我手一鬆瓶子落地，液體朝著地墊流淌。

我們瞪著彼此，呼吸急促，彷彿能隔著胸口聽見對方劇烈的心跳。然後我意識到自己臉上有淚，卻想不出是什麼原因。那瞬間瑪姬在我眼裡成了不同人：她是我母親，她每天說愛我，直到被我鎖在臥房出不來。一個念頭短暫閃過腦海，原來我很想念她口中的愛。

我朝她靠近。這次瑪姬不躲了，似乎也察覺我脫離了先前那種精神狀態。她戰戰兢兢伸出手，我幫忙將她下半身抬起來跨出浴缸站穩腳步。

瑪姬挽著我手臂，兩個人一起走向臥房。「晚餐半小時好，」我淡淡說完彎腰給她繫上長鏈：「待會兒再拿些止痛藥給妳。」

23 瑪姬

我不停顫抖，並非因為冷，而是因為震驚。渾身冒汗、頭暈目眩，究竟因為撞到頭還是因為承受不起妮娜的怒火？自己也無法確定。甚至連想哭、想吐抑或想尖叫都不知道了……或許都有。但不能在她面前表現出來，只好緊緊握拳，即使指甲深深嵌進手掌好像快要刺出血。我得堅強，我得度過這次難關。

她給腳踝長鏈換上新鎖我沒抗拒，她走出房間我沒轉身目送。我不想與她視線交會，因為我不知道回望的會是哪個妮娜。要我下樓晚餐就已經恐懼不已，經歷方才一切還怎麼面對面坐著講話？

我揉揉後腦撞到水龍頭兩次的地方，腫得和雞蛋一樣大。忽然覺得好疲倦，好想躺下闔眼，但也明白那樣容易腦震蕩，所以勉強自己保持清醒。

女兒被內心黑暗吞噬的場面先前見過兩次，我一起祈禱不會再次目睹。初次發生嚇到的不只是我，還有艾里斯泰，誰也沒能料到這種事情，一切來得猝不及防。何況我沒法怪妮娜，正因如此我才下定決心，不能讓她被自己做過的事情拖垮一輩子。

妮娜第二次因為怒火失控時我不在場，這也是我終生的遺憾。我能做的就是處理後續，身為母親必須保護孩子，別讓她們傷了自己。

只是今夜她又爆發了，而且對象輪到我。同樣不怪她，要怪就怪我自己。怎麼會動腳踹她呢？我到底在想什麼？大概就是恐慌時的人類本能，我選了戰也選了逃，截至目前最大的錯誤。

我關上門躺下來，只是頭痛得受不了，後來像隻刺蝟全身緊緊縮成一顆球。鎮定情緒、呼吸加深放慢、雙手環抱身體壓抑顫抖，全都沒用。撐過晚餐就好，我對自己說，撐過晚餐就好，讓一切回復原樣。

可惜我無法說服自己。

24 妮娜

我讓瑪姬一個人待在臥房自己下樓，心裡反覆告訴自己：剛剛那些事情沒什麼，我們兩個經歷很多次了。

但我知道自己的反應太極端。有大約一分鐘我徹底失去理智，甚至無法判斷周圍情況。那不僅僅是憤怒到盲目，而是更黑暗的某種東西。我很害怕。她挑動埋藏在我內心深處的不可名狀之物，我不願再次體驗。

鎖好樓梯間的門，我扶著欄杆下樓。手掌、臂膀、腰背……全身都很虛弱。剛才到底怎麼回事？

進了廚房我試著整理思緒。我認為我有權對瑪姬動怒，無論她動腳踹我是臨時起意還是早有預謀都越線了。將她關進那個房間已經超過兩年，她似乎至今仍未理解從我奪走的必須償還，沒有商量餘地。她欠了我整整十九年。

雖然瑪姬常常踩到底線，我一直努力維持情緒平穩，從沒有如今晚這般大失控。將漂白水舉到她頭頂？而且心裡有個聲音催促，告訴我擠一下就能讓她渾身灼傷。回想方才那幕，全身雞皮疙瘩都起來了，彷彿有另一個人格躲在體內搶走主導權。我靠著水槽開自來水朝自己潑滿臉再拿茶巾擦拭，漱口時牙齒受損處疼得我忍不住皺眉。明明該做飯，腦海裡卻不斷回顧剛剛浴室內的光景：浴缸裡滿滿的血，地板上都是染紅的毛巾……畫面太過鮮明。

而且瑪姬驚恐的表情揮之不去，我忍不住想關切她的狀態。兩個人吵吵鬧鬧這麼久，這是第一次我有類似罪惡感的情緒，也是後來這麼多年裡我第一次重新將她認識為母親，而並非只是個叫做瑪姬的女人。腦袋裡有什麼東西錯位了，我不知道如何矯正。

原本晚上想去見我現在生命的中心。儘管很捨不得，我還是拿起手機傳訊息向他道歉說今晚去不成。約好兩週見面一次，共進晚餐或喝點小酒談談心之類，不過他前陣子延了兩次，我不免有點擔心。我不喜歡臨時取消，但臉頰那塊瘀血開始發腫，目前這模樣實在見不得人，加上對方觀察敏銳，沒法子用跌倒這種理由搪塞過去。另外牙齒斷掉恐怕暴露了神經所以痛得要命，我只能先從二樓浴室拿棉花墊著咬住，看看會不會止血。

樓下傳來焦味，我這才想起墨西哥辣肉醬一直放在鍋上燉到現在，急急忙忙衝下去看見邊緣的米飯被烤乾烤黑結成硬塊。事到如今也沒力氣重做一道。

正巧在玻璃上看見倒影，感覺都不認識自己了。我究竟怎麼變成了現在這個女人？

25 瑪姬

聽見妮娜腳步聲，應該是上樓給我晚餐。我嚇得縮成一團躲在房間角落，本能撈起旁邊床頭燈橫在身前保護自己。假如她想來個第二回合，即使鏈子拘束我行動範圍也總不能坐以待斃。房門沒打開，妮娜走到門口，接著傳來放下餐盤的噹啷聲。聽見她下樓的腳步我才算是鬆了口氣，至少她改變主意沒堅持同桌用餐。如果還要面對她的暴怒，那我寧可往後沒人陪伴。

我多等了會兒，聽到二樓那扇門上鎖才敢開門看看她留下什麼。三個手工火雞肉三明治、一碗炸薯片、兩顆蘋果、一包Mr Kipling小蛋糕、還有塑膠瓶裝的一人份紅酒。頭一回給我酒喝，難道是拐個彎道歉？她知道剛剛太超過，說不定自己也嚇了一跳？

即使如此我無法放鬆戒備，幾乎整夜沒睡，也不敢吞安眠藥，萬一妮娜脾氣上來我還神志不清那後果不堪設想。以前就有過類似的事情——口頭爭執之後她氣沖沖跑掉，當天夜裡卻忽然站在我床邊破口大罵，似乎腦袋裡一直糾結著沒放下。

只是夜裡不知何時我終究打了瞌睡，驚醒時外頭已經天亮，昏沉中擔心她偷跑進來，幸好睜開眼睛之後確定沒別人在房裡。我凝神細聽門後動靜，怕妮娜潛伏在外頭，但什麼怪聲都沒聽到，三樓應該只有我一個。對著桶子小解後走到床邊正好看見妮娜出門，而且送牛奶的人也在。我記得他敲門都是要收費，收費日都選在週六。妮娜週末休假，不知道去什麼地方。

去哪兒也並非重點，只要她人不在這屋子裡我就暫時安全。話雖如此我仍舊好奇：妮娜是去赴約嗎？交了朋友？會不會是男朋友？又或者對象不是男人而是女人，她其實是女同性戀，覺得我那一輩無法接受所以沒提起？說真的我根本不介意，以前還收了好幾張達斯蒂・斯普林菲爾德（Dusty Springfield）的唱片，自認一直保持心態開明。

我很希望妮娜能夠體會浪漫的愛，這輩子至少該有一次經驗。無論她做過什麼都有被愛的資格，任何人都一樣。不過我也曾經以為懷了孩子代表白頭偕老，誰知道大錯特錯。為人母從未帶來什麼保障。

26 瑪姬

二十三年前

「早。」我笑道。她白色T恤底下孕肚突出很明顯。

「妳好。」她立刻長嘆。

「今天有感覺嗎？」

「唔，有啊。」她點點頭回答：「幾乎整晚都覺得胃酸過多，肚子疼得連翻身都沒辦法。」

「我懷妮娜的時候也是這樣。」希望聽我這麼說她能安心些，最後幾週不舒服是常態。

她狀況不好，懷孕期間三天兩頭跑診所。才十八歲，要我說的話當媽媽還太早。是個五官精緻的漂亮女孩，看著她常常想到妮娜。女孩戴著銀色鼻環，每次望向她的臉，視線自然而然被吸引過去。她將栗子色及肩長髮往後結成馬尾束起來，儘管懷胎造成嚴重不適，這孩子每次露面都有化妝。

「是要找助產士珍奈對吧？」我問。

「嗯，但是我沒有預約，能插進去嗎？」

我看看登記簿，發現時間還有空。診所逐步將病歷按照字母順序輸入電子系統，她的檔案應該還沒進去。「莎莉．安，跟我說一下妳姓氏？」

「米契。」

我點頭：「珍奈半小時之後有空，妳八點上去吧。」

她露出感激的笑容。

幾分鐘後我將她的病歷送到珍奈辦公室，莎莉．安在等候區拿著《新音樂快遞》雜誌正在讀，是我拿家裡妮娜看過的放在診所。

「那本是我女兒的，」我見狀開口：「上面那些人我幾乎都不認識。」

「我男友也玩樂團，雜誌上有他們新單曲的樂評。」

以前聊過不少次，但我從未詢問孩子父親的事情。她沒戴婚戒，男方從來沒陪同，我猜已經分手了。「很紅嗎？」

「慢慢打開知名度了。」女孩笑容裡的驕傲顯而易見。

「是誰呀，我也看看？」

她將雜誌遞給我，伸手指著說：「就他們，杭特兄弟。」

我心跳加速。「妳男友是哪個？」我暗自期望是中間那個長髮男子，誘拐了我未成年女兒還恫嚇說我拿他沒辦法。

「這一個，叫做瓊恩。」

我鎮定情緒才開口免得語氣太刻薄：「女孩子一定很迷他。」

「對啊，是這團的焦點任務。」

「換作我的話真不知道怎麼辦呢。他常常不在家吧？」

「懷孕之後他正好出去巡迴兩個月，不過我很放心，他是知道分寸的人。」

「我也是這麼想。妳們在一起很久了嗎？」

「從我十四歲就開始了。別說出去喔，」她咯咯笑：「我爸媽不喜歡他，還說我想定下來太早了。但是遇上對的人心裡就是知道，妳說對嗎？」

我點點頭，心裡當然不認同。瓊恩．杭特玩弄面前這可憐女孩也玩弄我女兒，不知道究竟在這一帶糟蹋過多少人。實在很想跟她說：別傻了，妳口中的男朋友就是個欺騙感情的變態，但莎莉．安狀態已經很差了，我說不出口。最後只能堆著微笑走回櫃臺。

之後迫不及待等下班，時針一走到下午五點我就抓了外套衝出去，回家路上內心反覆模擬怎麼向妮娜解釋。我打算趁晚餐提起莎莉．安這個人，先問妮娜有沒有聽過杭特兄弟，然後若無其事說自己在診所見到主唱的女友，而且已經懷孕了，其他的交給她自己想像就好。發現她們兩個的事情之後我遲遲沒開口，她也就一直謊稱自己是去莎芙隆家裡過夜。弱點被瓊恩．杭特抓著，我只能配合演出，否則可能永遠失去這女兒。

將鑰匙插進前門鎖孔發現門是開著的。我深呼吸，提醒自己必須面不改色，接下來不容有失。「有人在嗎？」我大叫之後繞遍一樓才停在樓梯口，接著就聽見了——妮娜臥房雖然門關著，門後卻傳出呻吟。

我呆在原地繼續聽，同時向上天祈禱：拜託別是妮娜居然將瓊恩．杭特帶進家裡上了自己的床。她明知道我下班回來大概什麼時間，不至於對那男的著迷到冒這麼大的險才對？躡手躡腳上樓走到房門外，又聽見一次呻吟，然後是短促喘息。我摀著嘴內心震怒，這丫頭究竟把我當成什麼了？但總不能裝作不知道一走了之，這次不能再放過瓊恩．杭特。我舉起手用力朝門板拍下去。

「妮娜！」我提高音量，語氣堅定：「先穿衣服，我要進去。」

可是女兒嗚咽了一聲「媽」，我驚覺自己可能徹底誤會了，趕緊轉了門把用力推開。房間裡只有妮娜一個人，那光景卻令我第一時間難以反應。

她穿著T恤與寬鬆運動褲，但露出隆起的肚子叫我目瞪口呆。回神以後我意識到女兒不僅懷孕，還正要臨盆。

27 妮娜

二十三年前

聽見媽在樓下大叫「有人在嗎」，我明白自己懷孕這件事情再也瞞不過去。已經盡力了，但現在真的好痛，得有人幫忙才行。她推開房門以後還愣了幾秒才反應過來。

「對不起……真的對不起……」我哀嚎前先開口道歉。

「妳……」她連話都說不清楚了。

「好像要生了。比預期早，我不知道怎麼辦。」

之前世界上只有兩個人知道我懷孕。一個是家庭計畫診所的女護理師，她做完檢驗以後怕我換氣過度，逼我休息完才可以離開。另一個是瓊恩，幾個星期前才告訴他的。

一次派對過後我們待在他朋友家裡過夜。凌晨忽然醒來，正好看見瓊恩一絲不掛坐著抽菸。有時候我懷疑他是不是吸血鬼，從來不睡覺、都在夜裡活動。然後我發現他視線在我身體打轉，我本以為有蓋好薄被，沒想到肚子露出了一塊。察覺以後趕緊拉好蓋住，可是來不及了，瓊恩盯著我藏了好幾個星期的祕密，晨光照耀下十分明顯。遊戲結束——他知道我懷孕了。

瓊恩將菸頭按在牆壁，紅而亮的灰燼隨著滋滋聲散落地面。接著他溫暖的手掌輕撫我肚子，眼睛朝我望過來，但我不敢看。

完了，我心想，故事到此為止。一開始是運氣好，肚子沒真的鼓起來，後來沒辦法了只好換上比較寬大的衣服。即使做愛我也不會脫光，反正瓊恩看我穿學校制服就會很興奮。

我還沒有心理準備和他談這件事情。他一定會棄我而去，就像媽不知道做了什麼逼走爸。男人就是這樣吧？碰上無法解決的問題，他們就拿來當藉口逃之夭夭再也不露面。爸就是這樣，小時候一直說什麼我是他的「唯一的寶貝」，結果還不是丟下我自己走了。或許這就是為什麼爸消失之後我很快開始與人上床，我想找到像他一樣愛我的人但是用錯了方法。

要是瓊恩也離開，我不知道自己還能怎麼辦。他是我的一切，我沒辦法想像失去他的日子。現在只能閉眼翻身不面對。

「妳……懷孕了？」瓊恩問：「是我的？」

我轉頭狠狠瞪他一眼。他也看出來自己說錯話。

「真不可思議，」他搖頭：「太棒了！我要當爸爸了！」

我覺得自己聽錯了，遲疑地開口：「你說什麼？」

「我要當爸爸了啊！」他再說一遍：「太好了！」

「真的嗎？」我低呼：「你認真的？」

「不然呢？」他捧起我的臉深情激吻，我真希望時間停在這一刻。吻完以後瓊恩點了大麻菸呼幾口，我伸手過去想接過來卻被他拍開。「肚子裡有寶寶抽什麼菸，」他提醒：「現在開始不准抽菸、不准喝酒、不准亂吃藥，統統改過來，不然寶寶會生病。」

寶寶會生病，這句話在腦海迴蕩，寶寶會生病。

現實太殘酷了。我沉浸在片刻幸福，忘記自己是什麼樣的身體——這孩子還沒出生就無藥可救，即使經過懷胎九月也沒辦法存活。我去圖書館找了醫學期刊，看到前全腦畸形的嬰兒照片以後好想嘔吐。研究說嬰兒不會有正常大腦也不會有正常臉孔，嘴會殘缺、鼻子會移位、只有一顆眼睛放在頭部中央，模樣就像神話裡的獨眼巨人。這種嬰兒出生幾分鐘就會死，所以現在什麼搖頭丸、安非他命、古柯鹼或大麻根本無所謂。已經沒法治的孩子，生什麼病都沒差。

但，面對瓊恩我說不出口。我不想失去他。最後我又哭了起來。

「沒事的。」他邊哄邊抱，手掌還是輕輕貼著我肚皮，聲音非常溫柔：「我的蘿莉塔要生另一個小蘿莉塔了。」

好幾個星期過去，肚子越來越大，彷彿瓊恩知道以後胎兒也有了信心，像充氣城堡那樣不停膨脹。明知道事情會怎麼收場，我還是忍不住想像一家三口幸福美滿的未來。

甚至在心裡告訴自己：媽錯了，小時候給我做的檢驗錯了，我的染色體根本沒問題。我催眠自己相信去年流產只是運氣差而不是生理因素，這次一定能生出健康完整的寶寶。幻想總是美好得多，我流連徘徊不肯回歸現實。

「生了之後怎麼辦？」有一天下午我這樣問瓊恩。那時候我們在市中心外圍的小咖啡廳裡，他在室內還是習慣戴反光墨鏡，頭髮上了髮膠往後梳理得閃閃發亮，怎麼看都是個搖滾大明星，只是白T恤的長袖被底下針孔滲出的血給弄髒了。

「什麼怎麼辦？」他攪拌著咖啡裡的糖，聲音全糊在一起。我昨晚太累沒去看他表演，猜他又宿醉了。

「例如三個人住哪兒呢？過去和你住嗎？」

他打個呵欠，整個人攤在沙發上：「妳明知道我家那種地方不適合養小孩。」

「我不知道啊，又沒去過。」

「沒去過才好，我家跟豬窩一樣，而且樂團會過去排練。那種環境怎麼能給小孩住，連我自己都跑去團員家睡覺。妳繼續待在妳媽那邊不就好了嗎？」

「她知道我懷孕會大發雷霆。」

「那去申請公共住宅吧，按照規定市政府必須安置未成年媽媽。」

「三個人一起？」我滿懷期盼。

「沒辦法呀，妳懂的。」

「我不懂，為什麼？」

「因為妳的年紀。妳現在才十五，懷孕的時候才十四，事情傳出去我會被警察抓走，別說妳和我完蛋，樂團也沒指望了。我們和唱片公司簽約發片就只差一步。」他掐起拇指食指強調距離成功有多近：「妳也不希望我搞砸才對？現在努力都是為了妳和孩子，所以耐心等，遲早能住在一塊兒的，我保證。」

我開始想像與他和孩子搬進新屋，生活美滿又愜意。但現實排山倒海壓了下來——我催眠自己也沒用，錯的不會是醫生。完整家庭對這輩子的我注定是求而不得。

我忍不住落淚，還以為瓊恩會關心我怎麼忽然情緒不好，結果他完全沒講話。陽光透過鏡片，我這才發現他眼睛根本閉上了在打瞌睡。

即使放不開瓊恩，只能慶幸還有母親陪在身邊。等媽情緒平復了一定知道該怎麼處理，她總是有辦法。而且她能向瓊恩解釋寶寶生病不是我的錯，只要瓊恩理解了就不會拋棄我。

28 瑪姬

二十三年前

我驚呼：「妳……」但話都說不完。

「好像要生了。」妮娜哭著說：「比預期早，我不知道怎麼辦。」

女兒疼得五官扭曲全身顫抖，雙手緊緊抱著肚子。我這才明白過去幾星期為什麼總得幫她寫條子請假不上體育課。妮娜給我的理由是經痛，實情恰好相反。如果換上體育服，大家都會發現她肚子鼓起。究竟還有多少事情瞞著我？

「去叫瓊恩，我想見瓊恩……」她哀求。

「我不認識妳說的『瓊恩』啊？」雖然女兒正脆弱好像不該騙她，但我還是撒了謊。儘管內心還在錯愕，至少我知道不能讓那混帳東西接近女兒或這個家。「妳專心控制呼吸。」

妮娜不停抽噎，一句話講得零零落落。「他叫做瓊恩．杭特，是我男朋友，」女兒邊喘邊說：「我外套口袋裡有他的地址。我想見他，這種時候不能沒有他。」

聽她稱呼對方是男友我渾身不舒服：「有他的電話號碼嗎？」

「沒有。」

「那恐怕沒時間跑去找他了，現在總不能丟著妳一個人。」

妮娜似乎聽出蹊蹺：「不叫救護車嗎？」子宮又收縮，她身體幾乎要對折。

「妳和我兩個人就夠了。」我知道這不是妮娜期待的答案，但還是這樣安撫她。表面上我從容鎮定，內心裡則是驚濤駭浪，因為我也不確定怎麼做才對。十五歲女兒第二次懷孕，而我沒法像上次用非法取得的藥物先打掉，嬰兒就要出來了。

不過我明白自己必須克制情緒、主導局面，為妮娜做出最好的決定。現在最妥善的處理方式並非救護車，那會招來外人沒必要的關注，尤其社服單位介入時提出的疑問絕對會讓妮娜無法招架。種種無謂的壓力後果難以預料，也許他們會強行帶走女兒。我不能讓事情浮上檯面。

所以只有一條路：親自為妮娜接生。雖然最後沒拿到證照，畢竟我也接受過助產訓練，相信過了十六年基本原則沒有太多變化。除非妮娜有生命危險，否則我不打算對外求援。

她望向我，神情非常驚恐，我得先穩定自己情緒才有辦法幫她。「相信媽媽，我們撐得過去，媽有騙過妳嗎？」妮娜搖頭，我暗忖幸好很多內情她還不知道。才起身走向房門，她立刻慌張大叫。

「妳要去哪裡？別丟下我。」女兒苦苦哀求，看她如今這麼需要我，心裡真是感慨萬千。

「馬上回來，我先去做點準備。」

走出房間，我站在樓梯頂端捂著嘴巴，不敢讓她聽見自己崩潰啜泣的聲音。我這母親怎麼當的？竟然讓女兒承受這種痛苦第二次？而且這麼長一段日子都沒察覺異狀？要怪就怪艾里斯泰，把我和女兒的生命攪得一團亂，如果有機會我一定親手殺了他。

接下來我趕快找到乾淨毛巾與床單、稀釋消毒藥水裝了好幾碗，再來是滅菌好的剪刀。做好心理準備，我回到她房間面對這場硬仗。

幾小時裡我不斷輕撫妮娜頭髮，她小時候生病我也這麼做。儘管反反覆覆告訴她不會有事，但我知道孩子離開身體那一刻她的人生就要大轉彎。

「到底會怎樣？我好怕。」她說。

「別擔心，有我在。」

「我是怕小孩也有病。之前翻書查過雌前腦畸形看到圖片，要是我女兒也長那樣怎麼辦？」

「女兒？」

「我覺得是女的。瓊恩也想要女兒。」

「現在先不要想那麼多，」我安撫。不過妮娜會恐慌是人之常情。

「我不想眼睜睜看著她……死掉……」

這時候究竟該怎麼回應才對？「嗯，」我勉強擠出聲音：「我會守著她。」

「真的嗎？妳保證？」

「我保證。」

幾次宮縮之間，妮娜交代了我錯過的事情。她回憶自己怎樣認識瓊恩、發現懷孕已經太遲不能墮胎，也解釋怎樣瞞過我，還有男友迫不及待想當爸爸、知道孩子畸形會傷心欲絕。妮娜又為先前種種向我道歉，我都原諒了。

從傍晚到黑夜，再從黑夜到天明，我看得出來寶寶即將出世。胎兒露頂後再過幾分鐘，我將孫子抱在懷中，妮娜的苦難結束，接下來就看我的了。

「是女兒嗎？」她問。我以浸泡沙威隆完成消毒的剪刀剪短臍帶，用平常夾冷凍袋的夾子夾好。經歷太多痛楚，妮娜躺著幾乎一動不動，沒勇氣坐起來看看寶寶的臉。

「嗯，」我回答。

「那她……」

「孩子，我先出去一下。」說完我立刻用烘熱的毛巾將嬰兒裹緊並抱向門口，「抱歉。」

「她都沒哭，」妮娜靜靜問：「我可以看看嗎？」

「還是別看比較好，」我說完將房門關上匆匆下樓。妮娜已經承受太多，原本不該再傷她，但此時此刻別讓她看到孩子才是最佳選擇。對我而言，這是此生最艱難的決定，為了妮娜必須堅持到底。

嬰兒抱到地下室以後我回去房間，替妮娜取下胎盤裝在洗滌盆裡方便丟棄。接著我檢查女兒傷口，心裡為她慶幸，就年紀而言撕裂算小也沒傷到肌肉，過一陣子會自行癒合。妮娜沒哭，應該說她沒表現出任何情緒。我拿了兩顆藥一杯水過去給她服下。

「狄倫。」她忽然開口。

「什麼？」

「孩子。就叫做狄倫。」

「女孩子叫狄倫有點奇怪？」

「巴布·狄倫是瓊恩最喜歡的歌手。」

「好吧，那就叫這名字。」

妮娜挪動雙腿想下床：「得告訴瓊恩事情經過。」我說還是躺著休息比較好，她不肯聽。「瓊恩會擔心的。」

我可不覺得，兩個人越久不見面越好。「之後還有很多機會可以好好說。」我要她躺下，她也沒力氣一直抗拒。

「待會兒回來。」我急忙回到地下室，做我該做的事。

29
瑪姬

二十三年前，兩天後

雖然距離我住處不過十分鐘車程，卻是我非常不熟悉的一塊區域。

車上手套箱裡有一張字母排序的地圖，我按圖索驥找到妮娜外套口袋那張紙條寫的地址。此外還有艾里斯泰遺留的手套，我取出戴上。到了離目標有點近又不會太近的地方我停車在街邊等待，剛過正午不久所以既沒有午餐車流、下午茶人潮也尚未湧現。時間急迫，但欲速則不達，被人看見可不妙。等了幾分鐘確定附近沒有行人或單車，我心裡做好準備才下車，車門不鎖方便完事回來立刻上路。

這排房子都是四層樓，前方面對賽馬公園，是個頗有歷史的景點，距離北安普敦市中心僅僅幾步之遙。周圍建築可以追溯到維多利亞時代，但大部分被分割成公寓。紙條寫著溫斯頓廣場十四號之一，想來也是經過改裝的樓房。門牌號碼數字不斷下降看得我掌心冒汗，找到目的地看見兩條石階，一條連進一樓、另一條通往地下室。我走後面那條。

來到十四號之一門口，我再次確認前後無人才按下對講機按鈕。完全沒聲音，我站在那邊等，怕是敵暗我明、只有對方那端聽得見。等了半天還是沒反應。

我再隔著窗戶想偷看，但裡頭有百葉簾遮擋，只好轉頭直接敲門。沒想到手才碰到門，門板自己輕輕開了一條縫。電影看多了都知道：這麼簡單就打開，門後不會有好事。可惜我太愛妮娜，現在沒有別的選擇，只能硬著頭皮進去。

「哈囉？」我稍微出聲試探，很希望得到點回應，可是什麼聲音都沒有。手指不斷打顫，我握緊拳頭克制情緒，結果反而整隻手抖起來，乾脆收進外套口袋。「有人在嗎？」我又問了幾次，都沒人出來。

屋內簡單而雅致，玄關走道過去我猜是客廳，兩側牆壁用了木屑壓紋壁紙，還畫了朵鮮艷的木蘭花。右邊有間二字型廚房，收拾得頗乾淨，麵條罐、醬料罐、麵包箱這些排列整齊，烤箱門上掛的茶巾印著可愛小狗，瀝水盤上還有好幾面碟子。

我走得提心吊膽，經過一間臥房，裡頭是雙人床，已經鋪好，覆蓋一條顏色鮮艷的羽絨被。我停下腳步仔細觀察，雖然行前也沒想過自己該看到什麼，但絕對不是打理這麼好的空間。更何況旁邊抽屜櫃上竟然擺了不少化妝品與香水，都是雅麗（Yardley）、雅芳（Avon）這種平價商品。電暖氣遮罩上有個相框，相片裡瓊恩・杭特將墨鏡掛在頭頂，微微轉頭親吻懷孕的女友莎莉・安・米契。她直視鏡頭，面露微笑。

我再探頭到隔壁另一間臥房內。裡頭的大紙箱外面印著嬰兒床圖片，四幅裱框的迪士尼卡通人物海報還沒釘上牆壁。人家都在準備嬰兒房了呀，我不禁為妮娜失去的一切感到心酸。

走到客廳我才察覺自己一直閉氣，然後才剛放鬆立刻又倒抽一口，因為看見他了。瓊恩·杭特只穿著內褲躺在沙發，兩腿大大打開、腦袋往前垂下，呼吸十分淺，不知道是熟睡還是昏過去了。簾子拉了一半，我沒辦法看得很清楚，只能悄悄湊近。

電視機開著卻關靜音，房間隨著螢幕光影忽明忽暗。我留意到玻璃咖啡桌上有支發黑的湯匙倒著放，旁邊擺著打火機。而他結實臂膀上有條橡膠管，針頭還插在靜脈上，墮落行徑與素雅的居家環境格格不入。杭特胸口不停起伏，我猜想是毒品玩過頭失去意識。我女兒怎麼會看上這種一塌糊塗的男人？

背後忽然有動靜，我嚇了一跳，轉頭看見還有扇門微閉著，裡面似乎是浴室。我生性並不好鬥，但若需要自衛也已經做好準備。只是聲音沒繼續靠近，聽起來像輪胎洩氣，而且一陣一陣。我緩緩走近，出腳輕輕撥開門板並瞬間退後，以防裡頭的人衝出來。

鉸鏈嘎嘎作響，門卻忽然靜止，被裡面什麼東西擋住。我前進半步便與站在浴室內的莎莉·安·米契面面相覷，她那雙藍眼睛本來就大，現在更是睜到極限，錯愕顯然不下於我。起初彼此都不敢輕舉妄動，想看對方會有什麼反應。

但我別無選擇，只能掏出藏在口袋的水果刀向前一撲。

30 妮娜

二十三年前，一週後

我沒辦法正常思考，思緒彎來彎去，腦袋糊裡糊塗，像個被捅的蜂窩，許多念頭不受控制四處飛散。日子過得恍恍惚惚，彷彿世界正常運作，自己卻陷入慢動作中，沒法加速跟上。

醒著的時候媽總是在附近，還會和我講講話，但我其實聽不懂她說些什麼。心智與身體一樣虛弱，我沒力氣要她一再重複，所以不停點頭然後躲回自己狹小混沌的世界。有時候醒來好像聽見怪聲，還有人壓低嗓音對話，可是無法確定。

不知道今天睡了多久，甚至不知道怎麼進到浴室。大概媽扶我的吧。回神時已經躺在溫水泡泡浴裡，空氣中瀰漫薄荷清香。她在我背後替我洗頭，我腦海閃過一些記憶，很小的時候爸也這樣幫我洗過頭。接著很短一段時間我聽懂媽說的話了，她提起去藥房幫我拿藥時遇見的一些人。

後來媽問我記不記得曾經來家裡給我看病的金恩醫師。還真的沒印象。她看得出來我一直回想頭很痛，要我別費勁了，直接解釋當時情況：媽沒有告知醫師我失去孩子這件事，謊稱我是沒辦法接受爸棄我們而去。醫師診斷為「重度憂鬱」，認為我大腦無力承受失落感的時候可能會暫時關閉，是種保護機制，就跟電器過熱可能會停機，要關掉重啟才能繼續運作是同樣道理。

不吃藥的話我會極度憂鬱和焦慮，只想蜷成人球等死。但吃藥以後腦袋蒙上一層霧，太厚了，我分不清現實與幻想。我向媽講過這個狀況，她承認金恩醫師其實建議將我送去專科醫院才會好轉得快些。我知道她們說的是什麼地方：市區另一頭的聖克里斯平療養院，大家都知道神經病才去住那兒。上學就會聽說了，那裡營業好幾十年，最初專門收容發瘋的小孩。就算現在不是瘋人院，只要進去了我就永遠擺脫不了異樣眼光。我求媽把我留在家裡照顧，她也答應了，交換條件就是我得努力振作和按時服藥。

媽開了蓮蓬頭，等水溫適中才幫我沖洗頭髮泡沫。她打開櫃子要那潤絲精，我卻看到架子上還擺著擠奶器。媽說得用個幾天，因為身體不夠聰明、不知道發生什麼事，即使嬰兒夭折還是會分泌母乳。但她說很快就會停。

悲傷一波一波席捲過來，我無法控制自己何時落淚為何落淚。現在也是，心裡忽然湧出情緒，眼淚就撲簌撲簌掉下來。媽看了沒說什麼，只是摟著我肩膀、讓我的頭靠著得到一點慰藉。以前我總覺得自己是個大人了，現在才知道還差得遠，根本沒辦法一個人承受這種傷痛。要是沒有她，現在不知道是什麼情況。其實不能說不知道，我大概會去格羅夫納大樓停車場從頂樓一躍而下。

罪惡感啃噬我的心。我內疚的原因第一個是這副笨身體害了女兒，第二個是母親抱走女兒前我沒堅持看一眼。媽用毛巾裹住狄倫的時候我只看得到五隻小腳趾，那時就很想伸手碰碰看。後來我才意識到自己半句話都沒對女兒說過，她從我的身體離開，然後就這麼消失了。

心底有個渴望，想感受她皮膚的溫熱，一秒也好。我連好好看她一眼都做不到，但媽說最好不要看。或許沒說錯，如此一來女兒的樣子任我想像，現在她在我心裡可愛天真、完美無瑕，只是沒有堅強到能留在這世界。

媽還說或許這孩子出生前就死去比較好。的確，我也無法想像親眼目睹女兒受苦，一秒都受不了。如果還在我肚子裡睡覺的時候就走了確實幸福，生命雖然短暫但依舊是我和瓊恩燦爛的愛情結晶。

「她呢？」我問過。

「妳忘了？」媽反問。我想了很久還是搖頭。「我在花園挑了個好位置，這不能讓外頭知道，否則會有人來強行帶走。放在自家的話，我們隨時可以過去看看。」

「我想現在去。」

「怎麼不等身體舒服些？」

我沒有時間感：「過多久了？」

「一星期。」

我驚覺這段期間都沒有見到瓊恩：「瓊恩有聯絡嗎？」

「抱歉，還沒有，」媽說。

「妳不是說會幫我過去找他，跟他解釋事情經過嗎？」我勉強擠出這句話，字跟字都糊在一起。

「我去過，可是他不打算來看看。孩子，妳還是別想太多。」

我又哭了。

幾天過去，媽帶我下床去花園。她攙扶我的腰一起散步，陽光照在臉上很暖和。我們順著小路走到底，穿過那些垂絲海棠到了靠近棚子的地方。前面有個花圃，種了很多顏色鮮艷的植物，正中央是一小叢玫瑰，只開了一朵黃花。

「坐下休息一會兒？」媽提議，我就照做了，手掌與指尖滑過鬆軟草地時忽然有種重生的感覺，可是轉瞬即逝。

「她就在這兒？」我望向花圃。

媽點了頭：「特意挑了僻靜角落，妳可以過來陪她講講話，沒有別人會看見。」

她親手接生，卻又親手抱著失去生命的孫女下葬，心裡一定也難受吧。雖然都沒提到壞了的染色體對狄倫外表造成什麼影響，想必看了一定很不自在。「用什麼裝？」我問。

「妳小時候的娃娃連身衣，外面再包一層以前艾爾希給妳縫的娃娃被幫她保暖。我在棚子找了個盒子洗乾淨以後將她好好放進去。」

狄倫，我的小狄倫。如今只能抓一把她墳上的土向風撒去。

藥效慢慢消退，我開始意識到自己的人生就是如此：過去、現在、未來，每個我愛的人都會離我而去。爸走了，瓊恩走了，女兒走了。我無法孕育健康的新生命，也無法與人定下來家裡完整家庭。我是殘缺的，沒有男人想要。瓊恩不要，其他人也不會要。留在身邊的只有媽，儘管她也不會陪我到最後，至少現在就在身旁，會以我為第一優先，絕不辜負我期盼。

一下子心裡壓了好多好多。我只是朝媽看了一眼她就明白，過來扶我起身、進屋上樓回房休息，還再拿了兩顆藥過來。

漸漸地我也比較喜歡吃藥以後的朦朧。比較不難過。

31 妮娜

我烤了個巧克力蛋糕，廚房空氣變得非常香甜。材料是麵粉、蛋、糖、可可粉、烘焙粉和鹽，用木湯匙攪拌均勻，得使勁，就像爸以前那樣。烤好的兩半已經在廚房檯面鐵架上放涼。

洗滌之前忍不住用手指挖一點碗裡剩下的嚐嚐，因為這幾天吃得很少。牙齒被瑪姬踢斷，我只好找牙醫清理碎片然後做根管治療，腫是慢慢消了，但裡面還在瘀血。這星期常常想起爸，在廚房做事也勾起一段童年回憶。我站在他旁邊，手裡有一條紅色茶巾，他洗好盤子就遞過來給我擦乾。那時候應該不到十歲，兩個人一起跟著音樂哼唱，隔壁客廳音響放的是ABBA精選輯。每個週末爸都會親自烤蛋糕或麵包，而且是從麵團做起，我會過來幫忙。

現在我當然並不經常烤蛋糕，但今天不免想像自己站在水槽前面，孩子就在身旁，和我小時候一樣熱心想幫忙。我彷彿從窗戶倒影看見狄倫，自己開心地向她解釋材料先後次序和為什麼這樣做，還叮嚀她要有耐心，不可以動不動就打開烤箱想看烤成什麼樣子。

可是一眨眼，她就不見了。

媽抱走狄倫之後的事情我記得不多，後來知道我整個人關機將近一年，與外界徹底斷了關係。十六歲生日前夕，媽開始幫我降低抗憂鬱藥量，我逐漸回復正常，卻發現自己回不去原本生活，無法重返校園、團體與日常流程。受的傷太多，沒辦法繼續當個普通女孩，變成另一個模樣。

也是這時候開始，瑪姬必須兼三份差才有錢僱用家教幫我補習，用功一年以後通過七項中等教育普通證書的考試，足夠我申請北安普敦大學的英語語言與文學先修班準備A級考試。

為了保持理智，我刻意將瓊恩逐出腦海。首先不再聽音樂了，無論他們的歌或別人的歌。也不再去市中心、不再看雜誌和報紙，並且與以前的朋友都斷了聯繫。只要有可能讓我想起在苦痛中結束的往昔，任何人事物我都不碰。即便如此我還是擔心某一天會在街頭與瓊恩偶遇，卻又相信他已經成了大明星登上全球舞臺，這個小城市已經留不住他。

但在先修班認識的新朋友擊碎我自欺的幻想。

「有沒有看昨天晚上的地方新聞？」史黛西．丹頓問道。午餐時間我們在學校食堂吃東西，她身材偏豐腴卻喜歡穿黑暗歌德風服裝，不太符合主流文化價值觀，所以交不到多少朋友。但她也喜歡夏綠蒂．勃朗特，所以與我有共同話題。「記不記得以前『杭特兄弟』的樂團主唱？」

瓊恩在修路工舞臺表演的景象從心底破土而出。「大概知道，」我回答。

「記不記得他殺掉懷孕的女朋友然後被抓去關？竟然還大動作提出上訴要求重審，昨天被打回票了。以前我挺迷他的。」

一下子太多資訊我無法消化，便謊稱身體不適請病假，與史黛西告別後急急忙忙跑去《編年回聲報》總部，坐在接待區借出舊報紙開始翻，想知道這一年裡自己究竟錯過什麼大事。那些報導太不合邏輯，瓊恩懷孕的女友不就是我嗎，這個叫做莎莉．安的又是誰？我活得好好的，他也從未對我動粗，即使玩藥太嗨也是直接睡死不動，怎麼可能傷人？我猜媽早就看過報導，怕傷我的心才隱瞞。

鈴聲響起，思緒回到當下，不知道自己恍惚了多久，洗盤子的水已經微溫，我的雙手也發白發皺。手機螢幕顯示是珍妮佛阿姨打來的，我讓電話轉接語音信箱。大約半個月她就打來問一次媽的「病情」如何，阿姨自己是真的有病——多發性硬化症——所以沒辦法親自前往我隨口瞎掰的療養院探視姐妹，為此每次和她通話之後我還得做筆記免得前後不一致。只能說，我的天！自圓其說可真不容易，這點必須承認瑪姬厲害，那麼多年都不會穿幫。

擦乾手，我回了文字簡訊，伸兩根手指試試蛋糕溫度對不對，然後在蛋糕體上塗抹巧克力慕斯，以裝滿鮮奶油的擠花袋寫出狄倫的名字，接著拿出昨天去超市買的二十三根蠟燭插好。分娩到今天剛好二十三年整。

「生日快樂。」讓蠟燭燒了一分鐘以後我代為吹熄，許下不可能實現的心願。

32 瑪姬

現在只是看見他，我就心跳加速。

仍舊不知道他的身分與動機，但已經第三次開著同樣的白色小轎車過來，而且只是一直盯著這棟房子看。還是有點差別：今天他慢慢順路靠近。我伸長脖子想看清楚，但該死的護窗板擋住大半視野。我索性將矮凳搬過來站上去，這樣能直接從窗戶頂端向下望，總算勉強看得見。我從閣樓縫隙這樣子偷看，他倒也站在客廳窗戶外頭東張西望。如果是小偷應該難成大器，動作未免太醒目。會不會是便衣刑警或私家偵探？也許某個記得我的人不相信妮娜說我搬去海邊與姐妹住在一塊兒，而且還會想念我？

忽然又看見另一個人影，我覺得是艾爾希。艾爾希就像這兒社區守望隊的唯一一個隊員，大小事情都逃不過她法眼。她倚著助行器走向男子，聊了什麼我當然聽不見。不過艾爾希指了指自己手裡的電話，對方落荒而逃開車離去。我知道艾爾希是好鄰居，但若那人本來真要闖空門，對我而言絕無僅有的逃命機會就這麼飛了。

車子開走、艾爾希進門，我視線掃過整條街，注意力被艾爾希家對面那棟樓一個房間拉過去。這戶人家我完全不認識，因為是我被囚禁之後幾個月才搬過來，兩大兩小，小孩一男一女，應該都還不到十歲。丈夫模樣很不得我眼緣，身材微胖、兩條手臂滿滿的刺青，即便從這種距離眺望也能發現他走路大搖大擺特別跩。妻子臉孔我還沒清楚看過，但總覺得物以類聚，所以想像之中她也長得刻薄不討喜。妮娜小時候會在街上玩耍，而我至今沒見過那兩個孩子出來嬉鬧，懷疑是不是父母不稱職。

現在能看到兩個大人和女兒都在樓上臥室，開了電燈而且沒裝燈罩。他們正在裝潢房間，窗戶玻璃被塗上稀釋乳膠漆，拉下窗簾的話從外頭什麼也看不見。不過從我這個高度和角度還是能從直開窗頂部看到裡面，他們沒有完全遮住。

我立刻開始注意那個太太，她一副兇悍模樣伸手指著女孩，越靠越近好像正在罵人。那個丈夫轉身走出房間，身體擋住了過程，可是我確定狀況不對，因為他走開以後女孩撞在牆上，我只能眼睜睜看著她身體滑落地面被窗戶擋住。是媽媽狠狠動手打了她吧？我很肯定。

「怎麼可以這樣！」我忍不住大叫，握緊拳頭祈禱女孩趕快爬起來。只見她媽媽又張大嘴巴，應該還在破口大罵，罵完竟然就甩上門走掉了。所幸後來女孩還是起身給我看見，她揉揉眼睛和方才撞到頭的地方，接著走到門前面轉了轉門把，似乎轉不開。轉幾次以後她無奈接受自己被鎖在房間的事實，女孩又走到我視角外，我看得心都要淌血了。

她想要看看窗外，想盡辦法試著抹掉玻璃上擋住視線的塗料。被父母關在房間而且沒人知道她受傷，想必心情糟透了吧。真想讓她發現還有我在，我會關心她。

我有個點子。

拿起床頭燈將電線拉出來，快速撥動開關造成連續閃爍，希望女孩能夠注意到。以前嘗試過這個手法，沒別人察覺，連艾爾希也不例外，尤其大太陽底下根本看不到。我猜想是百葉窗木板的傾斜角度問題，角度很低的人才有可能看見。「快看，快看呀！」我喃喃自語不停重複，不久後卻聽到一個怪聲——微弱的砰，然後燈泡熄滅。「別呀！」我又大叫，暗忖是不是接觸不良所以下意識用手轉動燈泡，結果指尖差點兒燙傷。我低聲罵了罵以後趕快去拿另一側的床頭燈，可是沒辦法拉到窗前，就算我想拔插頭也被卡在櫃子後面。為了搬開家具我重心不穩絆到鎖鏈，整張臉往床鋪栽下去。

爬起身，將燈換了插座以後再試試看。整整十五分鐘過去，那孩子終於朝這方向抬起頭，臉緊緊貼在玻璃上。隔著護窗板想必她沒看到我，但已經知道這閣樓裡有人，所以舉起手掌按在玻璃上，似乎也想向我問聲好。

我心裡好激動。撇開妮娜，這是兩年多來我第一次與別人互動。外界終於有人知道我還存在！我強忍淚水，還不能放棄。

女孩小手左右搖晃好似朝我揮，然後忽然跑掉，房間暗了下來。我瞇著眼睛觀察，發現她將自己房間點燈開開關關才又走回窗邊。我用床頭燈打訊號示意時還是忍不住痛哭失聲。

可惜我們之間的互動戛然而止。她母親出現在門口，以為女兒居然拿電燈當玩具，揪著女孩手臂拉走，房裡也不再有光線。我暗自發誓要設法幫助那孩子，或許我幫了她、她也會有辦法幫我。可惜這件事情只靠自己辦不到。

33 妮娜

「有件事情想跟妳說。」瑪姬一副緊急的模樣小步跑向窗戶，鎖鏈叮叮咚咚的聲音好像雅各・馬利❸，「妳過來看。」

儘管臉頰還有瘀血、牙齒也掉了，我覺得還是得向前看，今晚一起用餐好了。十天前她想逃走之後第一次面對面，沒料到瑪姬是這樣歡迎我的，不由得狐疑起來。

眼睛轉了轉看看房間情況，發現軟凳被搬到窗戶下面，墊子凹痕明顯，代表她常常坐在上頭。其餘部分一切如常，但看不到不代表沒有異狀，要我信任瑪姬不如叫我把她丟到窗外。不過考慮到那天的經過，我是認為她不會這麼快輕舉妄動才對。「怎麼了？」我回答時從口袋取出腳鐐鑰匙，結果她根本沒在聽我講話，只是站在窗前伸手指向艾爾希家對面那棟屋子。

「看見那扇窗戶沒？」她問。我猜是說被塗了一大塊白漆的地方。「我能看見裡面。」

「這是什麼大新聞嗎？要我聯絡誰，《每日郵報》還是CNN？」

❸雅各・馬利：《小氣財神》裡的守財奴。

「還沒說完嘛！」她不耐煩起來，隨即意識到自己沒有立場，停下來看我什麼態度。我懶得計較。

「繼續說。」

「妳有沒有見過住那戶的人？」

「經過的時候打過一兩次招呼吧。沒有太注意。」

「昨天晚上我看到那個媽媽搧她女兒。」

「妳說『搧』是什麼意思？」

「就是妳以為的那個意思。」

「打女兒屁股？還是彈女兒耳朵？」

「我很肯定她是打耳光，力道很大，那孩子撞上牆壁滑到地板了。」

我聽了寒毛豎起，最受不了虐待兒童、動物、老人。最後那一項很諷刺沒錯。我走向窗戶想看清楚。

「妳確定自己沒看錯？」

「嗯，我很肯定，絕對沒錯。」

「妳連續說了兩次自己很肯定，但有真的看見搧巴掌嗎？」

她遲疑了一下，對我來說太久了。「雖然妳跟外頭說我腦袋不清楚，但我知道自己依舊心智健全，」這語氣聽起來似乎覺得我說話不厚道。「而且那女孩兒被鎖在房間一整晚，今天早上才開門。她父母沒打她的時候就只是不管她死活。」

瑪姬與我四目相望，兩人都意識到她的處境與那女孩兒多類似，差別在於小孩子不可能是活該。「今天還有看見嗎？」我問。

「她又被鎖在房間，一個鐘頭前的事。後來她爸爸露面，將人帶走了。妮娜，我們得想想辦法。」

假如瑪姬說的是真話，那的確，不能眼睜睜看一個孩子受苦。但會不會她老眼昏花或看走眼？又或者只是脫逃計畫的另一環？利用我的同情心，尋找我疏於防範的機會？

「我待會兒回來。」說完我留下瑪姬自己先走出房間，停在門口四下檢查提高警覺。不過她根本沒看我，獨自留在窗戶前面朝外觀察。看起來好像是認真的。

我端晚餐上來，兩人坐在矮凳旁邊，香腸和馬鈴薯泥直接擱大腿，四隻眼睛盯著那女孩房間窗戶。彼此都沒提起那天浴室的事情。

第一次在她房間吃晚餐，瑪姬拿起叉子叉香腸，我們同一時間意識到那不是塑膠叉而是金屬叉。我很氣自己——剛剛懷疑人家設了陷阱，現在竟親手將武器交給對方？但瑪姬將叉子轉了個方向，用握柄遞過來。

「沒關係。」我本能回答，她也就繼續拿著用了。

「味道不錯，」瑪姬說：「裡頭餡料是什麼？」

「森寶利超市正在打折，」我回答：「裡頭加了辣椒片。」

「辣椒？真沒想到。話說回來妳小時候就很喜歡香腸和馬鈴薯泥。」

「這年頭香腸和馬鈴薯泥都被當作『療癒系美食』了。」

「我要療癒的話會吃牛肉、約克郡布丁和烤馬鈴薯。」

「我做約克郡布丁都沒辦法像妳的那樣發得很漂亮。」

「重點是火候，爐子溫度太高的話就發不起來。像艾里斯泰就怎麼都學不會。」

聽她提起爸，我心裡嚇了一跳。那麼平凡的口吻，彷彿我們經常將他掛在嘴邊。瑪姬從來不用「妳爸」這種稱呼，早就不承認他是我的父親。於是我也剝奪了她母親的頭銜。

「他會吧，」我反駁：「週末他常常進廚房，我還過去幫忙。」

「他是會進廚房，但俗話說不會做菜就去用烤箱，他就是那種只會烤東西的人。記不記得我長皮蛇那時候，他得自己做晚餐，結果把魚柳條放進微波爐熱了十五分鐘？拿出來變得跟門擋一樣硬。」

我忍不住嘴角上揚。「我也沒有很會做菜，」我說：「有一次家政課要我們燉蔬菜湯，妳特別在食材包裡放了一罐調味料，然後我以為要整罐撒進去。」

瑪姬跟著笑了起來：「妳拿回家的時候我們都傻眼了，才嚐一湯匙就感覺嘴巴燒起來。」

我忽然很想問那個這麼多年她都不肯正面回答的問題。瑪姬從來沒說出爸爸失蹤的真相。我張開嘴，卻又遲疑了。這兩年活在對她的仇恨中，突如其來的休戰反而令我格外珍惜，捨不得打斷。

「她又動手！」瑪姬的驚呼將我喚回現實，趕快轉頭望向窗外。「妳看到沒？她又打她女兒！」

剛才盯著瑪姬，現在轉頭能看到的只是母女好像有爭執，等了半天只有動口沒有動手。瑪姬真的看到家長體罰？我能相信她嗎？

「得想辦法幫她，」瑪姬語氣堅定：「快去報警。」

那份積極我是挺動容，但終究只能搖頭。

「為什麼？」

「因為警察會問我怎麼看到的，從一樓二樓不可能看見那個房間。」

瑪姬瞪著我，我感覺像個令父母失望的頑劣孩童。但引來外人注意的風險太大，我承擔不起。

「還是聯絡兒少保護？」她問：「匿名？」

「不一定有用，他們應該每天都接到很多惡作劇電話。一個案子得調查多久？爸媽當然都不會承認，如果女孩身上沒有外傷，也不肯作證支持我的說法，結果案子沒了，她往後過得更慘。」

「唉，總不能袖手旁觀吧？」

能感覺到她的無奈。「我沒說要袖手旁觀，只是得想想怎麼做才妥當。」

「知道附近有孩子受虐我都睡不好了，她和她哥哥給那種爸媽養不如送走。平安長大最重要，就算——」

瑪姬話說一半沒說完，她也意識到自己哪壺不開提哪壺，連轉頭看我也不敢。

「怎麼不說了？」我問：「妳應該是想說『就算寄養家庭也好』對吧？妳當初就是這麼想的，所以剝奪我當母親的機會？」

34 妮娜

兩年半前

我緊張得雙手顫抖，藏進外套口袋免得別人注意到。

腦袋裡好多猶豫。會不會看我一眼直接拒絕？會不會說我年紀太大不合資格，甚至理由都不給直接叫我走？忽然不太想進去了，可是感應器已經發現，玻璃門在面前滑開，裡頭工作人員都朝這兒投以友善微笑，我總算稍微不那麼恐慌。

北安普敦市政大樓才剛啟用不久，裡頭還有股新建築的特殊氣味，和我們那棟老圖書館非常不同。習慣舊書報和人來人往以後，都忘了這種辦公單位的空氣中也該嗅得到厚地毯和木頭家具等等。走廊兩邊立著很多附輪的告示板，上面張貼今晚活動海報，大部分附帶幾張兒童照片。我猜都是專門當模特兒的小孩，各種年齡層都有。旁邊小桌有格子櫃，塞滿手冊和傳單。

「妳好，我叫布瑞奧妮。」一個女子走過來，語調很活潑。她先伸出手，笑容填滿半張臉。看上去和我年紀應該差不多，不過眼角細紋少得多。

「我叫妮娜，」我回答：「妮娜．席蒙。」

「妳好，妮娜。是因為領養和寄養開放申請才過來的吧？」

我點頭。

「好，那有沒有先做線上登記？」

「呃，沒有，我下班後才決定過來問問看。」

「沒關係，」她遞出寫字板與原子筆要我填上個人資料：「妳有點緊張喔？」

我又點點頭。

「別擔心，這兒大家都很熱心幫忙。現在妳先寫一下聯絡資訊，都不是太隱私的項目。」

動筆之後我想著要不要留工作地址，萬一我還沒和媽講清楚東西就先寄到家裡會很尷尬。其實我也覺得自己該先想清楚究竟適不適合，但後來發現有個選項是只收電郵不收實體郵件，趕快勾起來解決了兩難。開放申請的海報在圖書館張貼了好幾個星期，每次我視線都忍不住被帶過去，還想像圖片裡那個楚楚可憐的小女孩認自己做媽媽會是什麼光景。看著她就想起狄倫，接著重新意識到自己這副破皮囊已經失去當別人親生母親的機會。話雖如此，養別人生的孩子總沒問題才對，儘管我失去了很多，但沒有失去母性。

只是有時候我太想當個媽、太渴望孩子對自己的愛，會忽略其他事情。我多麼希望能親自陪伴、引導孩子成長，尤其別讓她們犯下與自己同樣的錯誤。即使她們長大離巢，我相信孩子對自己一定滿滿的思念與感激。父母男友都會離自己而去，孩子卻永遠停留在心中。狄倫就是這樣，她還在我心裡。

填好表格，布瑞奧妮又叫我別緊張也別害羞，她說今天晚上很多像我這樣願意當單親家長的人來到現場。之後帶我去飲料區，說隨意自取，並且開始解釋寄養與領養的相關事宜。我偷偷瞄了四周，什麼年紀和族裔都有，成雙成對居多，但確實也有其他落單的。不知道這些人是什麼情況，或許與我一樣，生了具會害死嬰兒的身體。

「初步講解到這邊，」布瑞奧妮說完給我一疊資料：「這幾張單子上說明了面試流程和階段，妳有意願繼續的話可以參考。如果妳有興趣，我現在幫妳安排，可以和已經領養小孩的一對爸媽聊聊天。別擔心，這不會列入紀錄，然後妳想問什麼都行。等十分鐘就好，要嗎？」

「好啊，謝謝。」說完我給自己倒了杯茶，留在原地翻看文宣，片刻後布瑞奧妮帶著一對年輕男女回來。她介紹女的叫潔妮、男的叫多姆，我跟著三人走到休息區。布瑞奧妮說兩人三年前領養一對孿生姐妹，請他們盡量分享自身經驗。

「我覺得醜話說在前頭比較好，領養不是容易的事情。」潔妮開門見山說：「像我們接孩子回家的時候她們已經四歲，養成很多壞習慣。」

「例如？」

「親生爸媽完全沒管教，所以姐妹兩個不懂什麼叫做規矩，也分不清楚能做和不能做的事情，家教禮貌之類更別提了。她們只吃垃圾食物，完全不出門玩，而且不會讀書寫字。之前三年時間我們主要是幫她們追上同年紀小孩的進度。」

「現在情況如何？」

「快成功了，」多姆眼神帶著驕傲：「發展程度追到只差一年左右。雖然很慢很辛苦，但也會覺得很充實很滿足。」

「你們一定很有耐心。」我不免懷疑自己能不能做到他們這樣好。

「嗯，對，耐心很重要，但更重要的還是孩子需要關愛。」多姆繼續說：「每個孩子都一樣，得給他們安全感、讓他們明白自己不會再被遺棄。」

這我做得到，因為我最明白被遺棄是什麼感覺。與這對聊了好一陣子又換下一對，最後來了社工。等我再看時間已經過了十點，活動接近尾聲。

「感覺如何？」布瑞奧妮笑著看我穿上外套，「會不會說得太可怕讓妳覺得做不來？還有興趣繼續申請流程嗎？」

「當然要繼續。」我很認真。繼狄倫之後，我第一次生出這麼強烈的渴望。

「只有領養，還是也會考慮寄養呢？」

我搖搖頭，明白自己無法傾盡全部還眼睜睜看著一星期、一個月或一年後孩子離自己而去。失去過太多，我不可能再自投羅網。「領養感覺比較好，」我回答得很肯定：「下一步該怎麼做？」

「嗯，妳留了聯絡資料，我們這星期內就會用電子郵件通知，並且開始跑流程。後續還有很多表格要填，會調查妳是否有犯罪紀錄、請妳繳交推薦信、接受面試和心理評估，再來是居家訪視和上課……過程漫長，而且不保證最後會成功。短則幾個月，長則可能好幾年我們才找得到適合妳的孩子。」

「我不介意，」我說：「反正來日方長。」

離開市政大樓走向公車站，心中好久沒有這麼澎湃的情緒。感覺終於找到人生目標，自己仍有成為母親的資格。

35 妮娜

兩年半前

我家客廳裡，名叫克蕾兒．莫茲利的社工坐在對面。她將略微破舊的褐色手提包擱在腳邊，裡面塞滿文件夾，要用的表格都先堆在大腿上。

應她要求，我帶她參觀屋子內部與外面庭院。發現欄杆搖晃她就做筆記，我一時情急說已經預約工人維修。其實沒這回事，但等她離開我會立刻上網找。她又記下明火沒有防護、木頭咖啡桌桌角太尖銳，我趕快表示這些東西的兒童防護都很容易安裝。

不愧是專業，大小細節都不會錯過。「這是常春藤對吧？」她指著攀附在花園角落那座棚子的綠色葉片。

「嗯？不是啊。」嘴上這麼說，其實我也不確定，反正今天下午鏟掉就對了。後來看見她站在花圃前面，有一瞬間我好想向狄倫道歉：媽媽不是要找別的孩子取代妳。但其實我說不出口，事實上那是自己部分心態沒有錯。

克蕾兒翻找下一份需要填寫的表格，我腦海浮現網路上看過的糟糕經驗——有些人滿懷期望要領養小孩，卻被社工判定居家環境不適合，於是被迫搬遷才有可能申請成功。雖然我沒有堅持一輩子住在這裡，但還是很希望能通過審查，因為一下子要自己出去住也負擔不起。

坐在旁邊靜靜觀察她寫字，我猜克蕾兒應該四十出頭，前額有幾條明顯紋路，頭髮粗硬且開始斑白。我不禁心想或許這份工作讓她見過些大場面，所以老得比較快。

「申請流程繼續的話，大約會有五次社工拜訪。」她說：「今天快結束了，接下來就是請教一下妳的個人背景、想要領養的動機、自己評估優缺點等等。」

討論到與父母的關係，我表示爸爸很早離家不回，所以許久沒聯絡。她問起我對此事作何感想，我說已經不那麼在乎他為何離去又去了何處，畢竟在我的生命中缺席是他的損失。當然我心裡根本不是這樣想，除了狄倫夭折之後那年混沌，恐怕每一天我都想像若父親還在該是多麼不同。從前到現在我都一樣想念他。

雖然非我所願，但心裡清楚除了爸的事情以外，我還有很多事情得對克蕾兒撒謊。

「可以談談妳過去的戀愛關係嗎？」她問。

「想知道什麼方面呢？」

老實說也沒什麼好講。十四歲喜歡上大自己快十歲的人還搞到懷孕，幾個月以後因為自己身體有毛病嬰兒死了，孩子的爹也因為殺人坐牢沒再露臉。這些說出來的話等於在自己身上插滿紅旗，社工連我家的門鈴都不必按了。

「有過比較長期的關係嗎？」

「三次。」

「分別維持多久，因為什麼原因結束呢？」

沒料到會被問得這麼細，我只好臨場發揮。「第一任叫做瓊恩，是我還在念書的時候認識，一直相處到二十幾，」我亂編：「學校裡認識的，考完A級之後還在市區租公寓同居一陣子……」

說著說著我說不下去了，腦海忽然冒出奇怪的畫面——一大片開闊綠地的對面，公寓大樓的地下層。瓊恩與我在裡面過著平凡生活，我讀書的時候他在旁邊彈吉他以音樂相伴。太真實了，我不禁懷疑是不是遺忘許久的記憶。但不可能。回神以後我趕快清清喉嚨告訴克蕾兒：「抱歉，那時候甜蜜回憶太多。總之，他是玩音樂的，常常出門表演，所以兩個人就漸行漸遠。」

「其他呢？」

沒辦法說實話，我又捏造兩個幻想中的前任男友。「第二次交往比較久的是山姆，透過朋友介紹認識，在一起兩年。」我決定用點苦肉計：「他想要個完整家庭，我先前也說過自己身體有狀況，所以沒辦法實現他的心願，最後只好忍痛分手。比較近的一次是麥可，同樣問題導致我們之間卡住。真的很難找到不想生小孩的男人，除非對方與前妻已經有小孩。」

「接下來的問題比較尖銳，」克蕾兒繼續說：「但工作需要，我一定得問。妳之所以想領養小孩，有沒有一部分原因是覺得有小孩就能直接構成完整家庭，比較容易吸引到條件合適的異性？又或者想證明妳能比自己的父母做得更好？」

心裡閃過爸的模樣。今天第二次想起他。先前在衣櫃底層想翻件套頭毛衣出來，卻翻到厚厚一疊生日卡片，全都是爸寄的，而且每一張都只有一句話：「愛妳的爸爸」。既然還會說愛我，也從未忘記我生日，代表無論去了多遠心裡都還有我，儘管每年也就這麼一次但總有些意義。很多次我想試著找他，看是僱用私家偵探、還是問問那種幫助失聯親人團聚的電視節目都好。但一年一年過去，我漸漸接受現實，認清這段空白已經拉長到了無法跨越的程度。

拿捏好分寸，我回答克蕾兒：「當然都不是。我想給孩子一個家，單純因為我有這個能力。我覺得就算我自己能生，其實最後還是會申請領養。」

克蕾兒似乎有點被打動，後來問了些別的。我完全不敢提到狄倫，否則她們一查資料就完蛋了，雖然是親生女兒但沒就醫沒登記，不可能找到正式紀錄，只存在我和媽兩個人的世界之中。但失去狄倫徹底改變了我的人生軌跡。

媽並不知道我申請領養，也不知道她去上班的時候家裡客廳來了社工人員。遲早得告訴她，但有個小祕密我挺開心。一開始還是得和兒子或女兒住在這兒，但時機成熟我就會找地方搬出去，因為不想一輩子守著這屋子。做些改變對我們三個人都有好處才對。

「好。」聽克蕾兒這語氣就知道第一次評估結束。她再喝了口應該已經涼掉的茶，收好文件拎起包包時臉上表情依舊和善，我猜應該勉強過關了才對，趕緊起身送客。「得麻煩妳用電子郵件給我六個推薦人的姓名住址，其中三個不能是親戚，他們得願意提出理由說明為什麼相信妳適合領養小孩。」

「沒問題。」我早有準備，已經找到三個願意幫忙的同事。

「另外我們也需要與妳那幾位前任男友聊一下。」克蕾兒這句話說得異常輕巧。

但我可完全沒有心理準備。「為什麼呀？」

「就是慣例而已。」

「我連他們現在住哪兒都不知道了。」

「這沒關係，妳之後給一些具體資訊，我們會自己想辦法找到人。」她說很快再聯繫：「既然是與母親同住，我們當然也需要和她談談。別擔心，」克蕾兒補充，「目前進行得很順利。」

聽她這樣說原本應該要開心，問題是關上門之後我就開始慌，非常非常慌，因為真相很難堪。我明知山姆已婚還去招惹人家，因為他在社交平臺貼出三個孩子的照片實在好吸引我，我心想要是將他搶過來不就連小孩也有了嗎？等我將事情告訴他老婆，他老婆居然原諒了，而我則被拋棄了。至於麥可和我分手，起因是他下班以後與朋友跑酒吧喝通關，我在後面跟蹤卻被他逮到。是他先不回電話和訊息，我當然會朝最壞方向去想，擔心他和別的女人搞上。這件事大概是所謂壓垮駱駝的最後一根稻草，他後來指責我「佔有慾過剩」，幾個月以後報警阻止我沒事前通知就在他公司或住處站崗。

換句話說我得想法子避開克蕾兒那些要求，同時也得拉攏自己媽媽。為人父母應該也會期盼孫子孫女才對，只要她明白我對領養多認真一定會全力支持。

36 瑪姬

兩年半前

我讀完一次信件內容，接著又一行一行再確認一下，就怕自己眼花看錯。最上面有市政府蓋章，應該是真的。信裡有兩個承辦人的聯絡電話，我拿起話筒隱藏，隱藏自家號碼才撥號。第一人接聽了，我立刻掛斷。第二人轉到語音信箱。反正都是真有其人，不是惡作劇。

於是我往沙發一倒，讓整個事情在心裡沉澱、消化。完全沒料到下班回家竟然就看見社會局寄來通知，裡頭說妮娜打算領養小孩。事前我絲毫不知情。

應該不是一時衝動？提出申請之前她應該也想過很多，但怎麼不和我講一聲？或許因為她覺得我會勸阻。信上說相關單位需要我的推薦，也想與我討論妮娜是否適合教養小孩，畢竟孩子來了要與我住在同個屋簷下。另外還要對我的背景與犯罪紀錄做調查。我閉上眼睛猛搖頭，十分不喜歡這個情況。

等了整整三小時才等到妮娜下班回家，又多了兩小時我們坐下吃飯，終於有機會提起那封信。「說老實話，我非常吃驚。」

「我已經思考了好幾星期。」妮娜回答。

「卻沒想過告訴我？」

「最後會說的。」

「信裡說都有社工來對妳、對居家環境做過評估了，妳打算拖到什麼時候？」

「原本想等確定進入下個階段。」

「妮娜，」我語氣比自己以為的強硬了些：「妳把領養小孩講得像是參加《X音素》初選似的。這麼重大的決定，我有知道的權利。妳不覺得小孩來到這個家，對我也是有影響的嗎？」

「我以為妳會想要個孫子或孫女？」

「想是想，但我想不想並不是重點！重點在於這件事情不只關乎妳，也關係到我。」

「唔，一開始是會有關，但我也沒打算一直待在這兒。」

一波未平一波又起。「什麼意思？」

「意思是我沒打算後半輩子跟妳相依為命啊，媽。我都三十六了，沒剩多少時間，再不抓緊機會就……這樣說有點抱歉，但我不想像妳一樣。」

「我？」我問：「我怎麼了？」

「妳很寂寞。」

「我哪有寂寞！」

「妳覺得自己不寂寞只是因為我還在家裡。爸走了以後妳和幾個人交往過？」即使過了這麼多年，聽她提到艾里斯泰依舊彷彿有人用指甲刮黑板那麼刺耳。「妳明知故問。」

「對，一個也沒有。我有時候會懷疑，就是因為我們這樣守在一塊兒，結果兩個人都沒辦法去過正常生活。」

「妳認為領養小孩就能開啟人生新階段？」

「對，沒錯。」

我一下子沒了胃口，緩緩點頭掩飾心底湧出的恐懼。妮娜這種觀念從太多角度來看都大錯特錯，偏偏我沒辦法跟她解釋。妮娜說起自己的感受：同事帶小孩去圖書館的時候她竟然躲起來，不然心裡太嫉妒會承受不住。她還說狄倫夭折之後自己從未釋懷，好像心上有個填不滿的大空洞。她甚至坦誠自己創造了幻想世界，在那裡女兒活得好好的。妮娜會想像自己送孩子上學、讀故事書給女兒聽，晚上幫她蓋好被子。

這些告白我聽了真心疼，好想緊緊抱住她再也不鬆手。這些年母女倆沒再提起狄倫，所以我不知道她一直沒放下。從前我以為妮娜生存的祕訣是將孩子埋葬在記憶深處不去面對，沒想到是我自己不夠敏銳，沒察覺女兒的母性如此強大。而且我太天真，以為孩子死了就不再是個母親。其實我也有好多事情一直藏在心裡沒告訴過妮娜。

比如我也想像過狄倫的人生，不知道是比較像妮娜、還是和瓊恩．杭特一個德行。那天我和女兒都失去太多。

看著妮娜在面前強忍淚水，我好想陪她大哭一場。但我選擇咬緊牙關，因為她說越多心裡話、越解釋自己為什麼想領養小孩，我越明白背後的動機是什麼。

於是也更加確定自己該怎麼做才對：我必須阻止事態發展到不可收拾。妮娜提到後續還會進行面談與精神評估，我不能讓外人窺探女兒腦袋，否則我努力封存二十年的祕密或許會被挖出來。

37 瑪姬

兩年半前

前門重重甩上，震動的畫框打在玄關牆壁噠噠作響。

「為什麼！」她衝進廚房大聲咆哮。

我做好心理準備，她知道了。「還好嗎？」我嘴上這樣問，心裡當然知道她一點也不好。

妮娜氣得雙頰發紅，抓起包包就朝地板扔，裡頭一些東西散出來。「告訴我，妳為什麼要那樣做。」

「我為什麼要做什麼？」

「妳為什麼跟社會局說我沒辦法當個好媽媽！」

「我沒有這樣說。」我洗碗盤到一半，先拿茶巾將滿手泡沫擦掉。

「個案專員克蕾兒都告訴我了，妳把我故意省略的事情全抖出來，弄得她也沒辦法一定得退件！」

「她有明確說是我洩露妳什麼祕密？」

「哼，當然沒有，但還能有誰？誰知道我那麼多事情？」

「那妳隱瞞人家什麼？評鑑過程不是應該坦白嗎？」

「不必什麼都說吧！」她又抬高音量：「什麼我流產過、我前男友是殺人犯、我曾經精神崩潰，我沒辦法挑起照顧孩子的重責大任。妳憑什麼？」

「孩子，我可沒說妳無法承擔，我只說妳與小孩相處經驗不多，甚至會迴避朋友的新生兒。」

「幹麼拿我私下說的事情暗算我？外面世界都快跟我絕緣了，我還指望領養小孩之後能活得像個普通人，結果機會就這樣被妳給毀掉。」

「她們遲早會查到杭特的事情。」

「查什麼？我們在一起都多久的事情了！何況有必要跟人家說我流產嗎？這件事情除了妳和我沒有第三個人知道。」

「我沒提到狄倫。」

一講到孩子名字她淚水就要決堤。妮娜不明白這樣做我也很心痛很不好受。我多想告訴她：就算表面看不出來，媽做的一切都是為妳好。可是我不能說。背負的祕密太沉重，壓得我快無法喘息。

「這是我人生幸福的唯一指望。妳是我媽，應該要為我著想吧，怎麼反而這樣對我？」

「我也不樂意，妮娜，但我必須誠實回答她們的問題。我不認為妳有為人父母的心理準備，妳有什麼經驗可言？」

「我可以學呀。」

「碰上問題兒童呢？那種背景很糟糕、有過慘痛經歷的孩子？妳有辦法處理？」

「社會局會安排課程與工作坊，任何問題都能得到協助。」

「訓練課程與實際情況不能相提並論，養育子女會帶來巨大壓力——」

「我能承受壓力的。」

「妳確定？」我雙手抱胸，希望妮娜明白我說的都是肺腑之言，是她在自欺欺人。「如果妳領養的孩子和妳叛逆期那時候一樣，妳要怎麼處理？妳行為荒腔走板的時候我也已經是個單親媽媽，那兩年我過得生不如死，簡直活在地獄裡，好多次覺得是不是算了任妳自生自滅，可是我沒有放棄，我有撐下來的意志力。換作是妳呢？我看過妳在極度焦慮的情況會有什麼反應，外界給妳太大刺激的時候妳會倒退、會封閉、會關機。當媽媽的時候這些都是不行的。」

妮娜用力搖頭，似乎對我這番話難以置信。「妳居然用那段期間的事情來說我？那時候我才十五歲啊，媽。十五歲！還是個小女孩！現在我都三十六，已經長大了，遇上什麼問題都能自己處理。」

「妳人生幾乎沒經歷過那種壓力，怎麼能確定自己會如何反應？妳從來不必操心房貸、不必養家活口，沒有被工作佔掉大半時間，也沒有與人長期交往的經驗。妳根本不懂真正的壓力是什麼狀況。」

「那不就是妳的心願嗎？說穿了妳就是想把我綁在身邊嘛？我不向前走的話妳也不必了，我一直住在這兒就不會只剩妳一個。」

她口氣中的怨懟令我訝異不已，可是回顧與批判自我是之後的事，現在得先避免事態惡化。

「孩子，如果讓妳誤會，以為媽是故意害妳，那我真的很抱歉。但我跟社工講的全都是實話，我坦白是為了妳好，也是為了可能會住進這個家的孩子好。」

「別睜眼說瞎話，妳這麼做就是想困住我而已……妳希望我永遠是那個沒能力也沒人愛的可憐小女孩，像妳的複製人一樣沒有自己的人生。妳跟我一樣孤單，所以硬要拉我作伴。妳還見不得別人好，發現我有機會改變就非得從中作梗不可。我這輩子都不可能原諒妳！」說完以後妮娜掉頭就走。

我獨自留在原地哭泣。女兒不明白我為她犧牲多少，而我永遠無法解釋自己為何這樣做。

我做得沒錯，我只能不斷告訴自己。我做得沒錯，妮娜根本不知道自己是怎樣的人。

38 妮娜

瑪姬和我坐在她房間的矮凳邊緣，吃著盤子上三角形的馬麥醬土司。

「好多年沒吃到，」她每口細細品嘗，但眼睛還是盯著艾爾希家對面。「記不記得伊迪絲？」

「不記得。誰的親戚？」

「我這邊的，我表妹。總之就是她兒子亞倫以前吃馬麥醬可以用加侖計算，所以她有一次做了好多罐送過去。亞倫在那個很多電腦公司的地方上班，西點還是什麼的。」

「是矽谷吧？」我忍不住笑了。

「啊，對。結果她坐飛機在海關被攔下來搜行李箱，原來三個罐子在托運過程都摔破了，全灑在衣服上面。伊迪絲廢了好大一番功夫才解釋清楚那是什麼東西，人家原本以為她內急急到用行李箱充當便桶。」

這次我們兩個都笑了，但眼神卻沒有交會。已經連續三個早上坐在這裡監看，今天我揹好包包、穿好外套和運動鞋，信也已經塞進口袋。忽然有人走出家門，從我們懷疑虐兒的那間屋子。

「她們要出發了，」瑪姬提醒：「準備好了嗎？」

「嗯。」我伸手探探口袋，確定信封還在。「晚上見。」

「加油。」瑪姬說完拍拍我手臂，我也沒有嚇得後退，只是拿起一片土司準備邊走邊吃就下樓，但還是將樓梯間的門上鎖。衝出自己家的時候鄰居正好也帶著兒子女兒走出來，兩個小孩穿著紅色制服毛衣、炭灰色長褲與黑色布鞋，至少臉上都沒有明顯瘀青，不知道衣服遮住的地方情況如何。

這是我第一次看到他們走路上學，通常是爸爸開車接送。媽媽忙著看手機，沒有牽住兒子女兒也沒發現他們有點跟不上。我還覺得兩個孩子都離馬路太近，而且他們只是低著頭，完全沒有交談。

因為關心鄰居小孩的情況，我和瑪姬這幾天相處時間長了很多，比過去兩年加起來還多，兩個人商量怎樣能夠幫忙小女孩。這不代表我回心轉意要讓瑪姬重拾人生，但同時我也無法否認與她正常互動其實有些開心。最後擬定的計畫是由我直接接觸那孩子，將我們一起寫好的信偷偷交給她。

「給住在二號的女孩，」信裡這樣說：「別怕，我是想幫忙。我看見妳被媽媽打了，知道妳在家裡過得不好，想告訴妳的是妳媽媽不該那樣做。好爸爸好媽媽不會這樣對待孩子，不管她們怎麼說，錯的不是妳。我希望妳能找別的大人幫忙，越快越好。下面有個電話號碼，妳打過去會有『兒童專線』的人接聽，他們都很友善。如果妳不願意，可以不要說名字，但記得說出爸爸媽媽在家裡怎麼對妳。如果妳沒辦法用電話，可以找妳相信的人，像是學校老師，或者朋友的爸爸媽媽，他們也會幫忙妳和哥哥。我明白妳很愛爸爸媽媽，要妳這樣做不容易，可是請妳相信我，只要妳勇敢起來一切都會好轉。」署名則是「關心妳的朋友」。

之前一直沒找到女孩落單的場合執行計畫，今天總算有機會。她們三人繞路停在小店前面，媽媽要孩子在外頭等，我還擔心她會像綁狗一樣把孩子綁在路燈。小男孩小女孩等待同時盯著櫥窗上的明信片廣告，我從縫隙瞥見那個媽媽在櫃臺前排隊。趁這時候靠近女孩，假裝撞翻她書包，幫忙收拾的時候將信塞進去就好。

左顧右盼，確定沒人注意這邊，我邁步上前。

39 瑪姬

昨天我大半時間待在窗戶前面，只有用桶子尿尿或需要伸懶腰才會離開。即使天色變暗我還是守在那兒，期盼也祈禱女孩會找到妮娜塞進書包鼓勵她求救的那張字條。

我還想著會不會有警車開過來直接帶走那對夫妻，或至少有社會局團隊登門查看。結果什麼事情都沒發生，唯一去敲那戶家門的是送貨員。夜深了，我知道不可能有什麼轉折，卻還是捧著燈坐在窗前，只為了有可能靠燈光告訴她還有人看著。但最後只看到女孩走進臥房，她母親立刻將燈給關掉。至少躲在被窩還算是安全，我這才起身換衣服。

暗忖妮娜怎麼還沒上來告知事情進展時我看見了：一半在門內，一半停在門外樓梯間的地板上有個白色信封，上面沒寫名字。我不用打開也知道怎麼回事，這是妮娜與我一起寫的那封信，換言之她並沒有將信交給女孩，一整天沒有變化也是理所當然——那孩子依舊不知道自己有什麼選擇。儘管妮娜親眼看見了，最後還是不相信我、不肯幫忙，甚至連當面告訴我結論的勇氣也沒有。

幫小女孩逃離虐待自然是第一優先，但我心裡多少希望從中找到重獲自由的機會。或許女孩會說出斜對面鄰居的閣樓有人朝她閃燈之類。現在想想自己天真得好笑，卻壓抑不了沉重挫折感長嘆一口氣。

今天晚上妮娜還是來房間帶我下去晚餐，彷彿什麼事情都沒發生過。我本想與她對質，問她為什麼不相信有小孩受虐，但又覺得何苦？妮娜這個人打定主意就絕不退讓。所以吃著吃著她自己忽然聊起上班狀況，後來兩個人回憶她小時種種。母女之間只剩下陳年舊事，擦不出新火花。

不過另有兩點令我摸不著頭緒。早先我洗澡時水比往常熱，享受完還發現妮娜給我換了電視機。事前完全沒提，事後也不解釋原因，我回房就看到東西擺好了。再來，我面朝反方向抬起腳踝等她把長鏈換成短鏈，妮娜沒動手，說了句「星期五見」就走出房間。

我很懷疑背後有什麼動機，反正現在她表現出任何善意我都怕是別有居心，畢竟誰知道下次又會如何，電視機她也隨時可以搬走。但至少目前我終於不被限制在房間裡，想用浴室就能用。有馬桶了，不必蹲在臥房角落桶子上。

夜裡醒來想小解，沒蹲桶子而是坐上冰冷馬桶墊，心裡感慨萬千。如此微小的恩惠竟足以使我感覺重獲新生，再度活得像個人。

40 妮娜

我有點好奇，或許目前處境就是縮小規模的獨裁者，在統治範圍內自己說了算，沒人能夠提出異議，或者說提出異議的人很快就被收拾掉。現在與瑪姬的相處模式正是如此，我是這個專制體系的領導者，一肩挑起決定兩人如何生活的重責大任，儘管之前那麼多年都是她主導。獨裁者幾乎都會被推翻，所以即使關係有改善，只要在她身邊我就沒辦法安穩度日，否則權力平衡或許又要顛覆。

她回房了，我利用短暫空檔享受花園裡的新桌椅與好天氣，希望別再碰上艾爾希。今天晚上不想應付她的唇槍舌劍與指桑罵槐。我倒了一杯酒帶過來，嚐兩口之後閉上眼睛沉浸在靜謐中。

斜對面那戶的小女孩回到腦海。我希望自己做了正確選擇。最後並沒有將信偷偷塞進她書包，因為只差兩步就能撞翻女孩書包時她媽媽忽然現身，拿著兩條巧克力棒與色彩鮮艷的漫畫書走出店門。孩子們很興奮，衝上去抱她說謝謝，三個人手牽手繼續上學的路途。先前瑪姬說女孩被打了，但我只看到後來的事情，無法百分之百肯定會不會是她在胡思亂想。或許一直關在閣樓導致她產生幻覺，昨天看見的鄰居媽媽怎麼樣也無法和虐童連結在一塊兒。我很難以文字形容，但總之感覺人家家裡是真的相親相愛，與我和瑪姬這種關係大不相同。

手機發出聲響提醒，我伸手從口袋取出一排泡殼包裝的藥片，擠出一粒配酒服下。吃藥不該喝酒，我心裡明白，但覺得影響應該也沒那麼大。我討厭吃藥，所以吞很快。治標不治本，但這裡兩年我不敢想像停藥會有什麼後果。

41 妮娜

兩年前

新醫生坐在對面仔細閱讀電腦螢幕上我的病歷。看上去至少比我小十歲，耳朵上面一點的頭髮沾著豌豆大小的白色物體，大概早上用了什麼造型產品沒仔細整理。我好想探身過去幫他梳開。

決定不在媽工作的地方看醫生之後第一次跑診所。我猜我轉移病歷應該會被她發現，不過兩個人都沒提。對我而言已經與她無關，既然她蓄意破壞我領養小孩的計劃，那我沒道理再讓她知道自己任何事情、窺探我的個人資料。

母女之間又產生嫌隙，比爸離家出走那時候還嚴重。接下來我會好好存錢搬出去，離她遠遠的。領養計劃失敗造成的打擊之大連我自己都沒預料到，連著幾個月彷彿頭上罩著烏雲如影隨形。別無他法，我只好來找這位凱利醫師。

凱利醫師外表年輕但值得讚許，他表現得像個經驗豐富、充滿同情心的家庭醫生，聽我滔滔不絕訴苦的時候非常誠懇。

「這種狀態維持多久？」他問。

「幾個月了。」

「有演變成想自殺的感覺過嗎？」

「沒有。」

「完全沒有？」

「沒有。我沒想過自殺這種事。」

「會有自殘的念頭？」

「也沒有。」

「常出門活動，與人交際之類嗎？」

我真想謊稱自己社交活躍，說自己通常留在家裡和討人厭的媽媽一起看電視好糟糕。「沒有。」我還是老實回答了。

醫生分析了一些憂鬱感的可能成因，也與我聊到以一個三十六歲的人而言這種生活狀態很不充實。我差點連失去狄倫和領養失敗的事情也說出口。

凱利醫師轉頭望向螢幕：「病歷上說妳很早就停經了。當時有沒有好好處理這個事件造成的情緒？」

被他這麼一問，仔細想想還真沒有。對我而言就是聽天由命，接受瓊恩和狄倫自生命消失的殘酷現實。「或許沒有吧，我想。」

「然後妳為什麼想要我直接開抗憂鬱劑呢？」

「因為我沒別的辦法了。」我實話實說：「我很努力嘗試，但就是走不出這次情緒。」

狄倫夭折之後那年我持續服用強效抗憂鬱劑，後來變得不喜歡吃藥，連感冒與流感也包括在內。藥物對我而言是最後手段。這讓我覺得自己好窩囊，開始懷疑也許瑪姬說得對，我真的抗壓性不足，沒辦法像一般人坦然面對接踵而來的失敗與失望。說不定也就是這樣我才一直沒試著找回爸爸。我害怕冒險，害怕他再一次棄我而去。

「有沒有考慮過團體治療？保健署的等候名單是滿長的，不過總比個人諮商容易排到，有意願的話我就儘快幫妳送件。」

「我比較內向，能自己處理最好。」看得出來凱利醫師有點遲疑，但最後還是不勉強我。

「而且劑量不用開很高。」見他開始打字我又補充：「十幾歲的時候就吃過，副作用嚴重到我一整年渾渾噩噩。」

「什麼時候吃過？」

「一九九幾年那時候，我不想再來一遍。」

凱利醫師搖搖頭。「不應該有這麼強的副作用，」他說：「除非妳吃的是鋰鹽類或者丙戊酸才可能，但是這兩種藥物只開給躁鬱症之類病患。妳確定當時吃的是抗憂鬱劑？」

「對啊，吃了大概十個月。」

「妳病歷上也完全沒相關紀錄。」

我蹙眉：「是一位金恩醫師開的藥。」

「沒有，完全沒提到。而且這邊說妳在那段期間有大約三年都沒看過醫生。」

我癱在椅子上大惑不解。為什麼那段日子從病歷中消失？「應該是我記錯時間了。」過了一會兒我才擠出這句話，凱利醫師也將處方簽印出來交到我手裡。

「還是希望妳考慮看看，去做個諮商。」我起身時醫生又建議：「有時候解開心結效果才最好。」說完他輕輕點頭，我道謝後答應會想想看，然後離開診所。

那天夜裡我還在想病歷的事情。視線飄向旁邊，沙發上媽兩腿壓在屁股下面，盯著電視上的喜劇小品笑個不停。我不知道該不該提。

多年來我一直相信金恩醫師來家裡為自己看過病，發現憂鬱症很嚴重於是開了很強的藥。但其實我想不起來他在家裡的畫面，也不記得他有跟我說過話、有做過後續探視。我只是接受了媽的說法而已。就連所謂不服藥只好送進精神病院的說法，表面上是醫生說的，實際上也透過媽的嘴轉達。難道她騙了我二十一年？不可能吧，我對自己說，她有什麼理由這樣做？應該是媽沒研究過醫生到底開了什麼藥。我想說服自己，但消不掉心上的疙瘩。

Facebook跳出通知，我一看發現是完全不認得的人發出好友申請，直接按下拒絕。自己愁雲慘霧不必拉別人下水，將別人捲進低氣壓並不公平。

42 妮娜

兩年前

躲在圖書館一間小會議室滑手機時Facebook又跳出好友申請。這次我沒直接按掉，推開午餐仔細看看對方是誰。

與昨天同一張大頭貼照片，名字叫做巴比·霍普金森。我檢查一下，確定沒有共同好友，那他為什麼不死心？我猜是認錯人了，但好奇心戰勝理智，我還是按了接受，反正之後有需要還可以封鎖。

我在社交平臺上不很活躍，儘管負責管理圖書館的Twitter與Facebook頁面也只做到最低限度。本來就是沒人願意做，我不得已才接手的。我連自己有Facebook這件事情都常常忘記，好多年前心血來潮就建立的個人檔案，之後一兩個月才想起來看一次。偶爾會搜尋一下以前的女同學，希望有人生活像我這樣一攤死水，不過多半會看到人家曬老公、曬小孩、曬漂亮裝潢、曬度假旅遊。我沒辦法，全部封鎖，免得這些人也心血來潮忽然聯絡我。

翻了翻巴比的個人頁面，住在隔壁的萊斯特郡，過去大概四十五分鐘。我暗忖該不會是假帳號，但覺得是的話對方未免太用心，每本相簿都好幾十張照片，可以追溯到二〇一一年。話雖如此也可能是直接盜用帳號，天知道鍵盤後面究竟是誰在操作。類似新聞多不勝數，就算是監獄裡偷拿手機的囚犯、隱藏身分的連續殺人魔、或者地球另一端的專業詐騙也沒什麼好奇怪。今天我的妄想膨脹特別迅速。

「嗨。」他先傳訊息了。

引人遐想的開頭呢，我心裡嘀咕。

然後遲疑了。真的要和陌生人展開對話嗎？不過接下來十五分鐘客人到訪前我也沒事做，所以就簡單回了句「哈囉」。

「妳好嗎？」他問。

「還好，謝謝。你呢？」

「還不錯。對了我叫巴比。」

「我知道，看過你檔案了。」

「啊，好。」

我不知道他期望我接什麼話，也不知道自己為什麼要配合。

「妳在忙嗎？」他又問。

「午餐時間。」

「從事什麼工作呢？」

「在圖書館。你呢？」

「記者。」

「哪一家？」

「萊斯特郡這裡的報社，當編輯。」

「所以是要談工作的事情？」

「不是啦。」他加了個微笑的表情圖案，我又掃一眼他照片，心想或許這人也沒什麼別的動機，就只是想交朋友而已。「先不打擾妳午餐，」他繼續說：「我也快截稿了。」

「好，」我回答。

「之後再聊？」

「嗯。」

「太好了，」他說完還加上一個 x，我不知道該怎麼詮釋。回到樓上辦公室以後我開了電腦，找到他在 Twitter 和 LinkedIn 都有檔案，《萊斯特信使報》線上版甚至在文章署名底下有附相片。

當天晚上回家，媽在樓下用洗碗機，我上樓在房間看電視。電話又響了，是巴比傳訊息。

「嘿！」他寫道。

「你好啊，」我回應。不知道為什麼，他還傳訊息過來我竟然有點高興。抗憂鬱劑不可能一天就有這麼大效果吧？根本沒在身體裡留下多少才對。

「在做什麼呢？」他問。接著我們聊了一會兒電視節目，發現兩個人都喜歡描述黑暗和逆境的戲劇，對驚悚片以及男女演員的品味差不多。與巴比聊天十分輕鬆自在，彷彿認識了很久。我再一次翻看他的照片，這次想知道他有沒有另一半。我很清楚自己比他大不少，也留意到同框的女子大半與他年齡相仿，不過他明確在感情狀態欄填上單身，而且超過一年時間沒有與異性合照。

品味相近，但他和我還是有些差異。例如我不擅長交際也不是能吸引男性目光的人，適合融入背景。他年輕英俊、穿著時髦且跟上潮流，而我首先得找穿得下的衣服，衣櫃裡大部分是小賈斯汀和小甜甜布蘭妮還在交往那年代的流行。

後來媽在樓下叫喚，打斷我們聊天。「我要泡點熱巧克力喝了再睡，妳要不要？」

「不了，謝謝。」我回答之後搖搖頭回神。她總是將我拉回現實——我幹麼騙自己，巴比不會對還和母親同住的人有興趣。而且我有什麼優勢？再聊幾天他注定發現我的生活枯燥乏味，漸漸不回訊息，屆時我又要陷入自怨自艾，所以何必呢？

我決定關機當作什麼都不知道。

早上鬧鐘將我叫醒，我又打開手機，看見兩條未讀訊息。其中一條是巴比延續昨天聊到一半的電影，另一條則是很有精神的「早安！」配上太陽公公的微笑圖案，「妳昨天很早睡？」他問。

「嗯，」我撒謊：「抱歉昨天很累。」

理智說不要，結果我還是斷斷續續在淋浴、更衣、包午餐的空檔繼續與他聊天。我在廚房盯著手機被媽留意到了，但我懶得解釋自己和誰對話而她也沒開口問。領養失敗之後我不想與她分享私生活的點點滴滴。

「和妳聊天很開心。」我搭公車時巴比傳了這樣一句話過來。儘管心裡有同感，但我不願承認，反而質疑他動機。

「說老實話，」我回訊息說：「我還是很好奇你到底是誰。我在社交平臺不活躍，你與我沒有共同好友，兩個人完全沒見過面，所以為什麼會來加我好友？」

「我想找幾個住在北安普敦的老朋友，結果『你可能認識的人』那一欄就跳出妳了。」

乍聽之下沒有破綻，但我仍舊覺得他沒有開誠布公。「那你都這樣很忽然地與陌生女子開始聊天？」

「哦，沒有，真的沒有。」他立刻澄清：「只是妳看起來很親切。」

看起來很親切，我在心裡重複這句話。親切，好比親人的老狗，大家都想靠過去拍拍頭？「那是對我照片的印象？」我追問：「你看了我的照片，覺得『啊這個比我大一截的女人看起來很親切，我應該跟她打聲招呼』這樣？」

「呃……不是這個意思。抱歉，我措辭不當惹妳不開心了對吧？我沒有惡意。」

「我要上班，先不回了。」

說完我就登出Facebook，免得忍不住拿手機看他是否繼續傳訊息。即便如此，心裡其實沒放下。

43 妮娜

兩年前

我沒能對巴比置之不理太久。實際上只撐了一天。說不定真的是抗憂鬱劑有奇效，抑或是與新面孔講講話多少成為陰霾中的一束光。短短時間裡，我已經開始期待他每一次的訊息。

將近一週時間我們聊天就像打桌球那樣有來有往，只要醒著幾乎每小時都會交談，也都會逗笑對方。我挺喜歡他的，人很有趣，還開始埋怨工作佔據了我和巴比聊天的時間。說雖如此，我依舊不明白他想從我身上得到什麼。

透過交友軟體和交友網站和男人對談的經驗並不算少，可是聊著聊著沒話題了，等對方傳陽具照片過來就會被我封鎖。巴比似乎不同，好像真心在乎我說了些什麼，而且明明該有代溝才對，我們卻有許多相同的喜好與觀點。

比方說我們都喜歡獨處，雖然從他Facebook照片得到的印象還是比我走入人群多些。有些問題我很想問他，但遲遲沒開口。

這種關係能走到什麼程度？我無聊查了一下：Facebook每個月有二十億活躍用戶，他到底基於什麼理由選上我？每次我提起這件事，巴比就開始閃爍其詞，導致我疑心更重。

昨晚我開始想像與他本人見面，腦海裡編了整個場景。我會提議在韋靈伯勒路那間法國餐館碰面，再去酒吧喝點睡前的小酒，然後他開車送我回家，兩個人在車上像青少年那樣忽然接吻。但我立刻驚覺這些幻想都好蠢，用力搖頭將那些畫面甩乾淨。於是我下定決心做個了斷，既然大腦處於脆弱狀態、需要藉由藥物控制，我更必須好好保護自己。最後我在對話到一半的時候忽然消失，完全不讀不回。

本以為他發了十幾則訊息之後會意識到我不想繼續，然後主動消失，沒想到今天早上他又問候兩次，還說很擔心我。我都不記得上次男人對我說這種話是什麼時候的事情，瓊恩好像從來沒講過。我很想忽略他，讓他知難而退，但總覺得不管他真實身分是什麼、有什麼隱藏的動機，我應該以成年人的態度解決。我並非冷血無情的人，不辭而別說不過去。

手指在觸碰鍵盤上徘徊，最後打下「哈囉」。

「妳回來啦！」巴比答道，而且我能從中感受到他的熱情。「本來都準備放棄了，妳一直沒回話，我想是不是把妳嚇跑了。」

「抱歉，」我說，「有點忙。」說完我又決定坦白：「不對，其實不是因為忙，是故意躲你。」

「為什麼？無論我做了什麼，真的很抱歉。」巴比加上皺眉的表情圖案。

「你沒有對我實話實說吧？」

通常他回應很快，幾秒就會講句話，這回卻沉默好幾分鐘。緊張情緒在我體內蔓延，從腹部慢慢爬上咽喉。我想、但也不想知道真相。巴比沉默越久，我的恐懼就越深。

手機終於又響了。

「的確沒有，」他回答：「很抱歉。」

我嘆口氣，即使心裡早就有答案，此時此刻仍舊不免失落。他或許坐在東歐某處網咖，將我當作那種太過寂寞、隨便承諾個不可能實現的未來就會上鉤給錢的好騙女人。以前我總覺得那些女的太蠢了，怎麼隨隨便便就上當，可是和巴比聊了一星期之後我開始能夠理解。覺得自己與別人產生共鳴以後，明明雙方素昧平生，想像力還是不受控制。

「所以你究竟是什麼人？」我問。

「我說的身分都是真的。」他這樣回答，而我當然更困惑。

「你為什麼傳訊息給我？」

「妳願意出來，和我當面談嗎？」

「面對面？」我蹙著眉頭打字飛快：「怎麼可能！你剛剛才承認自己說謊騙我？」

「我沒有騙妳，妮娜。可是這件事情我希望當面解釋，而不是透過文字。」

我搖搖頭，發出最後通牒：「現在說清楚你到底玩什麼把戲，不然我就封鎖你，以後都別聊。自己選。」

「別這樣。」

「為什麼不？」

「因為，妳是我姐姐。」

44 瑪姬

從生下女兒那天起，我就努力想要建立良好關係，希望別和自己母親一樣狀況。

我母親人不好。是她自己說的，那時我也早已不再受她左右，因為她是臨終前毫無戒心的狀態忽然冒出這句話。口吻不像自白，反而像是陳述事實，而我與妹妹珍妮佛早就認清。姐妹倆一人一側坐在病床旁的扶手椅，母親薄被底下探出的導尿管連接到裝了四分之一褐色液體的尿袋。因為脫水嚴重，同時手臂也插上點滴。塑膠面罩放在她的手旁邊隨時能搆到，以免無輔助的呼吸一下子太辛苦喘不過氣。病床面對落地窗，母親望向外面花園裡一叢小灌木。

「我沒有愛人的能力，」她語氣並不帶有歉意：「對妳們的關愛沒達到該有的程度。」

聽她這樣說我既不驚訝也不失望，畢竟本就沒有母親哄我們、親我們、在我們跌倒時攙扶、或者直接說過愛我們的回憶。她沒讓孩子挨餓口渴，家裡總是整齊乾淨，也一直提供我和珍妮佛最好的教育。或許母親藉由這些表達愛，又或許只是善盡義務，但總之她做的也就只有這麼多。

「那年頭每個人都得成家，」母親繼續說：「就算不是真愛也得找個男人嫁出去，共組家庭以後再也別說出自己真正感受是什麼。逆來順受。妳出生之前，我本以為第一次將孩子抱進懷裡應該就能觸動內心什麼地方，像燈泡開關那樣。結果沒有。後來將期望放在珍妮佛出生，結果還是沒有。」

「回想自己的童年，我會覺得好像該恨妳，但其實也沒有。」珍妮佛說：「反而是遺憾，覺得妳為了照顧我們失去很多。不過我們應該也沒那麼糟糕吧？」

「當然沒有。」母親回答：「妳們兩個已經遠遠超乎我期望，這麼多年之後還來陪我最後一程。就算妳們都沒露臉，讓我孤孤單單地走，我也沒什麼好怨的。以前倒是怨過為了妳們沒辦法活成自己想要的樣子，但那是我的問題，妳們沒有不對。」

「妳愛過爸嗎？」我問。

「也許有吧。用我自己的方式。話說回來我不覺得我真的瞭解妳爸，他不是在賭就是在拈花惹草，根本沒空理我們。妳們的爸爸和媽媽都不稱職。」

母親第一次握住我們的手，皮膚好冰涼，靜脈突起的觸感很像甘草糖條。「丫頭們，從我身上記取教訓。珍妮佛，遇上文森是妳的福氣，要過得幸福點。瑪姬，我覺得艾里斯泰是個可靠的好男人，不會叫妳失望。他一定會填補那些妳沒能從我、從妳爸得到的部分。」

後來沒隔幾年我就認清一點：母親除了原本那些問題，還很沒有識人之明。

從診斷到死亡只有四個月時間。如果及早發現乳房第一個硬塊並接受治療還有機會存活，但她什麼都沒說，一廂情願盼著硬塊來匆匆去也匆匆。那年代很多人下意識將癌症與污穢劃上等號，所以等她迫不得已求醫也為時已晚。

如今我和母親一樣，乳房出現了硬塊。

早上偶然發現之後心中五味雜陳。我親眼見識過乳癌的可怕，因為不只是母親，連祖母與阿姨都是這麼走的。存活率而言我毫無勝算。然而母親是被自己的思想囚禁，我卻是被親生女兒關在房裡出不去。

對我而言，進退兩難。與妮娜的關係好不容易有進展，雖然無法預期維持多久，我並不希望提早結束。這個節骨眼上說自己在乳房找到硬塊一定又讓氣氛尷尬起來。但倘若真的是最壞情況，或許反而變成不幸中的大幸——成了脫困的好機會。

45 妮娜

今天晚上瑪姬很嚇人。不是因為她做了什麼，而是因為她不做什麼——她不講話。看她這麼安靜我反倒焦躁起來。上回她悶不吭聲是為了用腳鐐往我臉上招呼，隨後一連串事情我現在記不大清楚。我以為彼此關係有改善，或許是我想太多。

趁她茫然盯著餐廳牆壁時我好好打量了一番。同樣是ABBA精選輯唱盤，但每次和她晚餐都放同樣幾首歌，我自己都不免覺得聽得很膩。播這張唱片最初是挑釁她，我很肯定這些歌曲會讓瑪姬聯想到爸。她最討厭想起爸。事到如今可能連我自己都被刺激到了。得先想辦法知道她腦袋裡轉些什麼，會不會對我構成威脅。

然而我也一時分心了，因為赫然驚覺瑪姬最近老得好快，頭髮眉毛已經全白，奶油色運動衫在她瘦削肩上鬆鬆垮垮像床單，整個人有種卡通鬼魂的風格。這麼一來我成了電影《靈異第六感》裡的布魯斯·威利，正在與老婆共進晚餐。會不會只有我能看到瑪姬呢，其實我完全瘋了，她只活在我的幻想中。說實在話，我也沒辦法跟別人確認瑪姬是不是真的還存在。

我開始吃了，瑪姬卻只是將酸奶燉牛肉和蘑菇在盤子邊緣攪來攪去，乍看還以為是在輪盤賭桌放籌碼。後來她的叉子刮到餐盤，我們都嚇了一跳。給她用金屬餐具只是最近的事情。我們都沒特別提起這種待遇怎麼變成了常態。

受不了了，我只好主動填補空白。「味道還好？」我語氣有點尖銳。

「嗯，很棒。」她說完露出的笑臉我太熟悉了，每次都用這種表情謊稱一切順遂實則不然。爸爸離開的那天她也是這麼笑的，笑容裡除了歉疚還有大事化小的意圖。

「不是冷凍肉，特地買了新鮮的，醬料也是從頭做起。」我繼續說：「在傑米・奧利佛的書上看到食譜。」

「很好吃。」她又擠出同樣的微笑。

也是壓垮駱駝的最後一根稻草。我放下餐具，拿紙巾擦拭嘴角。「妳究竟說不說？誰都看得出來妳心神不寧。」

「沒事。」她回答的同時卻不敢或不能看我眼睛。

「媽——」我才出聲立刻改口：「瑪姬，別耍心機了，我有那麼笨嗎？」

她深呼吸一口氣，將還剩一大半的盤子推到旁邊。「我在乳房找到硬塊。」

出乎意料的答案。我試著在她臉上找到說謊的蛛絲馬跡。「硬塊。」我複頌一遍。

「沒錯，在左邊。」

「多大？」

「豌豆大小。」

「什麼時候發現的。」

「幾天前。」

「為什麼沒說？」

「不想害妳擔心。」

我還是很懷疑，只有一個方法能確定。「讓我看看。」

瑪姬那反應似乎是對我不信任她十分心寒，但我不會妥協。哪個獨裁者會妥協？她乖乖脫下上衣，赤裸上身坐著等，模樣前所未見的可憐。

「在哪裡？」我湊近之後伸出手讓她拉到定點，拇指食指底下立刻察覺異狀。真的有硬塊。

「該死。」我未經大腦脫口而出。

「我可以穿衣服了嗎？」

我點頭之後她將上衣套好。

等我回到座位，兩個人都沒再多言。我能意識到自己腦袋裡是些很自私的念頭：她的乳房硬塊使我進退維谷。原本計畫是關她個二十一年，沒能關夠就關到死為止。就她的年紀是很可能刑期結束前人就走了，只是來得比預期早太多，我連該怎麼感覺都拿捏不定。

良心還在這時候忽然冒出來了——難道凶手是我？我造成的巨大壓力在她體內不斷累積，最終誘發癌細胞？我用力搖頭，不對，我提醒自己這是綿延三代、宛如詛咒的遺傳疾病。正因如此瑪姬很早就教我如何自我檢查，而我身為高風險族群也從未錯過預約好的乳房X光攝影。接著我又發覺自己是做了最壞的打算，硬塊可以是癤可以是囊腫，不是只有癌症一個可能性。

但思緒兜一圈以後，我又發現硬塊成因無關緊要。它已經存在，萬一是最糟的情況我不確定如何應對才妥當。忽然蹦出個念頭是打電話和巴比商量，但我知道後患無窮、無法收拾所以絕對不可行，即使將來龍去脈交代清楚他恐怕也無法真正理解我所作所為是為了什麼。何況瑪姬已經將他害得那麼慘，不能再將他牽扯進來。

46 妮娜

兩年前

天花板音響播放長笛與小提琴演奏的民謠音樂。我一個人躲起來將Facebook上巴比傳來的訊息點開之後讀了又讀，可能不下千遍，彷彿這麼讀下去就能找到別的詮釋。

因為妳是我姐姐，他是這麼寫的。這句話無論從什麼角度去解讀都找不出別種意義。

我將手機螢幕朝下擺在桌上，試著將心思從巴比的事情轉移到周圍環境。格局與外面花園沒有太大改變，但整體裝潢與朦朧記憶起了矛盾。瓊恩與我來的時候是白天，而且當年這兒是搖滾主題酒吧，不像現在走上莫名其妙的愛爾蘭民謠風，裡頭沒半樣東西來自翡翠島，連大力促銷的健力士啤酒也不在那邊釀造。

我又拿起手機看時間。還有十五分鐘，我卻緊張得要命，吸了一口檸檬水就後悔怎麼不點酒，可以稍微緩和情緒。不過我必須保持腦袋清醒。

因為妳是我姐姐。

過去二十四小時，這句話在我腦海轉個不停。盯著手機我想起自己怎樣回覆。我斬釘截鐵說家裡只有我一個小孩。

「恐怕不是這樣。」巴比答道。

「夠了，我不知道你在玩什麼花樣，但這並不好笑。」

「我有證據可以給妳看……拜託，我們見面談好不好。我可以去接妳。」他姿態放得很低：「要是妳看了還是不信，那以後再也不理我沒關係。」

他好像真的認為自己沒說錯。我雖然無奈但還是答應見面。

「那等明天我下班後吧，」說完我傳了市中心的酒吧地址給巴比。

所以今天我才會出現在這裡。整件事情我翻來覆去想了不知道多少遍卻理不出頭緒。雖然狄倫夭折之後那年我精神恍惚，但媽總不可能在那時候懷孕，換句話說巴比是爸後來生的兒子。那麼爸之所以離家出走也許真的是有別的女人，為了對方捨棄我和媽。媽當年的說法是夫妻間起了摩擦，而我始終懷疑她有所保留，如今看來或許只是羞於承認自己被別人取而代之。

直到長大我都心存怨懟，認為自己沒了父親全是她的錯。萬一巴比說對了我該怎麼辦，誤會媽這麼多年怎樣彌補才足夠？

「妮娜？」

我嚇了一跳，巴比居然也提早過來。想必我瞪大眼睛的樣子很像沒見過別的人類。所幸他與Facebook的照片一模一樣，伸出手時臉上笑容和我同樣緊張。不過看著本人，我留意到從照片不會發現的細微線索：我們眼睛與嘴唇是同樣形狀，下巴也都有美人溝。於是一整天在腦海排練好的說辭瞬間忘光——直覺告訴我，面前這人真的是我同父異母的弟弟。

「我請妳喝一杯吧？」巴比開口，但我婉拒了。他將黑色皮革手提包放在桌上，轉身走去吧檯點飲料。我望著他身影心裡難免羞愧，前幾天居然還有那麼多非分之想。

巴比提著玻璃杯與一瓶檸檬水在我對面坐下。

「這間店還算好找吧？」明明有那麼多事情該講清楚，我也不懂為什麼自己開口先冒出這句話。

「還好，我跟著衛星導航就到了。」

「車停哪兒？」

「格羅夫納大樓的停車場。」

「希望你有記一下自己停在幾樓，否則等會兒想找到車子會非常痛苦。」

他亮出手機，居然留了照片，可以看到牆壁上漆著4B字樣。換作是我一定也會拍照。

接下來該說什麼我真的不知道，還好他主動延續話題。「怎麼感覺有點像相親？」他說完自己先臉紅：「當然我是沒有和姐姐相親的經驗啦。」

沒人叫過我姐姐，心裡其實有點高興。

「你為什麼覺得我們有血緣關係？」

「我爸我媽從我懂事以後就開誠布公，」他解釋：「所以我一直知道自己是被領養的小孩。」

「領養？」我複誦一次。

「對啊。妳好像很訝異。」

我們的媽媽被同個男人拋棄。這下子就算不提血緣，光是都遭到父親遺棄也夠同病相憐了。真想給他大大的擁抱，但當然我克制住內心衝動。得問清楚為什麼他先找上我，而不是去找親生父母，難道找到以後對方不肯相認？相信待會兒巴比會解釋。

他做了簡單的自我介紹：還是嬰兒時全家搬去萊斯特郡，兩個哥哥一個姐姐是父母親生，在校時成績大致普通，只有英文特別好，從小就想當記者，準備存夠錢要環遊世界。

巴比問起我的生活狀況，能上檯面的部分實在不多，我盡量挑選出適合分享的片段。我對他每句話都很感興趣，他似乎也對我的一切高度關心，明明自己過得比我精彩不知道多少倍。更奇怪的明明第一次見面，我心裡卻生出了與有榮焉的感受，總覺得不大正常。

聊天過程中爸的模樣在腦海中進進出出。這是第一次我稍微瞥見他離開之後過著怎樣的生活。不知道同父異母的弟弟妹妹總共幾個，因他而生又遭他遺棄的到底有多少？即便都是血親，大家在街頭擦肩而過也渾然不察。得問清楚巴比對他掌握到什麼程度。

「這些年關於爸的事情我想了很多，」我開口說：「好像不應該，但我就是很想他。你有找過嗎？知不知道他現在是生是死？」

巴比一臉疑惑望著我：「『爸』？」

「對啊，」我回答：「應該是他丟下我和我媽以後才生了你。」

「我不知道我生父是誰。」聽了巴比的答案，輪到我一頭霧水。

「那我們為什麼會有血緣關係？」

「同一個媽媽。」

我忍不住伸手推了下桌子往後彈。「媽媽？」我又重複他的話：「這誤會大了。你和我是同父異母，不是同母異父。」

「出生證明上不是這樣寫的。」

「不可能。」

「那，拜託，妳看一眼。」巴比從手提包取出牛皮紙袋，裡頭塞了不少文件。他翻了翻抽出其中一張，的確是北安普敦市政府發下的出生證明，父親「不詳」，母親那欄居然寫著「瑪格麗特．席蒙」，連生日都與我媽吻合，職業則留白。

「但不可能是她呀。」我說。

巴比點頭：「可是我是從選舉人名冊查到的，發現她還在北安普敦，而且有個女兒同住。我不知道直接聯絡她是否妥當，所以先從Facebook著手調查，結果找到的是妳。真的對不起，妳一定也很震驚。」

「巴比，」我語氣堅決：「我媽懷孕生小孩，我怎麼可能不記得？這種事情瞞不住吧？」

說完我卻想起自己成功隱藏身孕，因為早產才被媽發現。難道她也成功瞞過我？畢竟事情大概就發生在我精神崩潰那一年裡。緊接著我便想起上週醫生提到的疑點，我以為那年自己吃的是普通抗憂鬱劑，但也許並不是。瑪姬總不可能為了隱瞞她自己懷孕就給我下藥？太荒謬了。

可是再仔細看看那張出生證明，我感覺整個人被掏空了。巴比出生在我這輩子都不會忘記的那個日子。然後他在證件上登記的名字又是什麼？找到以後我心重重下沉，彷彿別人從摩天大樓頂端往下丟。

他本名叫做狄倫．席蒙。

「『狄倫』？」我失聲低呼。

「對。」他回答：「巴比其實算綽號。因為本名的關係，很多人聯想到巴布．狄倫，亂叫叫久了就變成巴比。」

我們不僅錯，還錯得離譜。巴比不是什麼同母異父的弟弟，他是狄倫。狄倫不是我這麼多年無法釋懷的夭折女兒，因為我生的是個兒子。

47 妮娜

兩年前

我的大腦當機了轉不過來。困惑、憤恨卻又心花怒放，種種情緒同時達到前所未有的高峰。如果是開玩笑，未免太精細也太殘酷，何況誰會大費周章特地偽造巴比的出生證明？換句話說我哀悼了二十二年的女兒根本不存在，實際上是個兒子，而且我兒子活得好好的。媽口中的難產夭折是假的。我該如何面對？

回家時我盡可能小聲掩上門，想先整理思緒再面對她。可惜還是被聽見。

「妮娜妳回來了嗎？」她在廚房叫道。

「嗯。」我咬著牙回應。

「今天忙這麼晚？」

「貨運拖延了。」我隨便敷衍。

那頭傳出碗盤在流水下碰撞的聲音。「燉鍋裡頭還有些馬鈴薯燜肉，餓了的話可以吃。」她說：「喔，冰箱裡有一盒蘋果香酥，保存期限是到昨天，但應該沒壞。」

語調那麼輕快愉悅，彷彿一切如常毫無異狀。她自己的世界裡確實如此，但我的世界已經天翻地覆面目全非。完全不知道自己身上發生過什麼，挫折感孤立感太過巨大，我開始想弄疼自己轉移注意力。

只是聽見媽的聲音，我心裡就好想尖叫、好想衝過去摑一巴掌。但必須鎮定，必須在下一步之前確認事實，必須回歸原點。

她走到我能看見的地方，還沾著泡沫的手在圍裙上抹了抹。然而在我眼裡，她已經變了個人。

「怎麼了嗎？」她問。

「什麼怎麼？」

「妳臉色好白，像見鬼了似的。身體不舒服？」

「好像有點偏頭痛。」

「啊，可憐的孩子，」她回答：「好幾年沒聽妳說偏頭痛了，怎麼忽然又犯了呢？」

「可能圖書館地下室的日光燈管吧。今天在底下待比較久。」

「吃過藥沒？我應該還有些阿斯匹靈……」她轉身走向櫃子，裡面一排排一罐罐的藥，簡直是個小藥房。

我得極度壓抑才能阻止怒氣忽然如火山爆發，再受刺激的話可能會隨手抓個東西就往她後腦打下去。「嗯，吃過了，」我趕緊說：「想躺下休息。」然後不等她回話速速上樓，怕自己繼續與她同處一室就會失控。

回到房間關上門，我終於能鬆開握緊的雙拳。最可憐的是巴比，我暗忖，他現在一定不知所措吧。剛才在酒吧，我意識到坐在眼前的人並非同母異父的弟弟，而是自己的親生兒子。於是我慌了，隨便說了個藉口就走，完全沒解釋清楚。事情發生得太快太多，我沒辦法消化，但走之前有告訴他絕對不是他說錯做錯什麼，而且我會保持聯絡，只是今天真的得先走一步。同樣沒等他回話我就起身竄出酒吧了，得趕快釐清思緒給他個交代。

走出狄倫夭折陰霾那一年，我過去的生活軌跡幾乎都自這棟房子消失。「得幫妳重新開始，」媽是這麼說的：「我把會影響妳心情的東西都處理掉了。」她口中的東西是我的照片、唱片和衣物，那樣輕巧地將我十幾年人生給清空。當時我身心都還很脆弱，沒辦法和她吵架，而且我以為媽是真心為我著想。

但她百密一疏，沒料到好幾年之後我誤打誤撞找回了過去的片段：一張杭特兄弟的傳單，我原本答應會過去看演出。儘管那兩年意識朦朧，這件事情我卻記得很清楚，因為表演時間就在我分娩那個下午。疼痛與恐懼之中我依舊想著瓊恩發現我不在現場一定很失望。傳單對折之後夾在我小時候最喜歡的小說《咆哮山莊》裡，後來打開書發現它還在，上面印了樂團成員的照片。看見瓊恩肖像我怔了一下，父子倆不算非常相像，但眉宇間仍有些許重疊。

我最初以為媽是顧及我心情，所以連抱的機會也不給就急急忙忙將嬰兒帶走。現在我明白了，她根本是怕我聽見孩子發出第一聲抽噎，打定主意要把孩子送給別人養。太多問題需要得到答案，一下子全湧進我腦袋。可是我知道媽絕對不肯說，真相得靠我自己挖掘。

既然是政府文件，驗證巴比的出生證明副本並不困難，上網申請之後兩天就送達了。他給我看的內容不假，本名確實是狄倫．席蒙，出生在我分娩那天，生母那欄填的是瑪姬。二十二年前想必她沒能預料到網際網路與社群平臺將世界縮得多麼小。

「餐桌上有妳的信，」媽說。

「謝謝。」我拿起一看，白色信封、大約半英寸厚，如我要求的沒有診所字樣。調閱自己的病歷用了五天時間。媽在附近徘徊，好像希望我告訴她裡頭裝了什麼。我當然沒說。

截至目前為止我什麼都沒說，但與她相處的每分每秒都很難熬，越來越接近極限，輕輕一推可能就會跨過那條界線。一旦越過線，無論我或者她都無法回頭了。我很肯定這點。

我躲進房間撕開信封，讀病歷的時候心臟跳得好厲害。從出生到最近請醫生開抗憂鬱劑、從麻疹到腮腺炎再到肺炎，感覺整個人生被濃縮其中，唯一沒寫下來的就是為什麼我會需要申請病歷。

凱利醫生說得沒錯，病歷顯示十四到十六歲之間我完全沒有就醫。媽口中金恩醫生到家看診？沒有紀錄。他開的抗憂鬱劑？沒有提及。甚至我的精神崩潰？一個字都沒有。彷彿生命中有一整個章節都是自己虛構捏造。我還特地檢查頁碼，擔心該不會診所印表機有漏。有沒有可能金恩醫生來看診，但是衝著媽的面子不留下病歷？即便如此，用意是什麼？我也沒辦法當面問，因為金恩醫師幾年前過世了，世界上知道真相的人只剩下我媽。

還有一件事情我不懂：既然我有雌前腦畸形的基因，為什麼狄倫一點毛病也沒有？我將病歷往回翻，結果上面完全沒提到。翻到最前面，因為我很確定媽當初說是七歲做的檢查，果不其然什麼紀錄也沒有。專家做完檢查難道不用告知家庭醫生嗎？這麼大的事情怎麼可能會略過？

我拿起手機，第一次在Google搜尋了「雌前腦畸形」這個詞。這麼多年了我都不想面對。之前懷了狄倫，我在圖書館查期刊是想知道自己該有什麼預期，但一看到畸形兒圖片我就已經無法承受不敢往下讀。現在後悔也來不及，要是當初我讀完就能早知道自己媽媽是個大騙子——因為雌前腦畸形根本不是父傳女，甚至不是遺傳疾病，醫學界沒觀察到任何規律或原因，自然也無法發展出可用的檢查。何況發生率極低，全球每年也才五個新生兒是雌前腦畸形，我有這問題的機率小於十億分之一。

接著我想起媽說狄倫埋在花園，這麼多年裡我也一直去那裡尋求慰藉。可是我為孩子灑下的淚都是白費，那兒根本沒有墳，就只是個花圃。狄倫活得好好的，就在四十英里外某個陌生人家中。

或許我該花些時間整頓思緒。想是這樣想，實際上辦不到，我的生命已經虛耗太久，不能繼續延宕。看了看床邊時鐘，現在晚上七點四十，距離可以行動還有兩個鐘頭。媽通常九點半上床睡覺，她服用的安眠藥藥效很強，半個鐘頭以後就會不省人事，而我可以展開調查。

忽然一個念頭閃過腦海：我有孩子，是個母親，夢想終於成真。這麼多天下來我第一次露出笑容，卻又立刻強迫自己收斂。要慶祝之後多的是時間。

48 妮娜

兩年前

聽見沉重呼吸從媽的臥房門後傳出，我開始尋找自己究竟是誰、身上出過什麼事。要將嬰兒送給別人撫養免不了得跑一堆公文，那就是我需要的如山鐵證。她聰明的話其實應該會銷毀所有紀錄，不過我知道她有保存舊物的習慣，現在就是指望她沒全部處理乾淨。我拿手機當手電筒潛入她房間，躡手躡腳走過地毯先搜了抽屜、衣櫃，但心裡清楚大概不會這麼簡單就找到。一如所料，她臥室與家裡兩個空房、以至於餐廳櫥櫃和客廳的寫字櫃裡都沒線索，自廚房空手而返以後所有希望押在地下室。

我打開點燈踏下混凝土階梯。上次進來是什麼時候、什麼理由我想都想不起來。

地下室和一樓面積相同，空間頗大。搬進來爸做的第一件事就是加裝防水層、拉電線和粉刷牆壁，原本想當作他的「個人空間」使用，但還沒等到擺好撞球桌他已經不住這裡了。後來我們只是將雜物和一些紀念品堆進來，也不知道該從什麼地方下手才對。

想找的東西埋在累積幾十年的破爛裡，有媽沒丟掉的老家具、幾組壞掉的庭院桌椅、我的兩架舊單車、一臺壞掉的烘乾機，架子上都是沒用完的油漆罐。雖然亂七八糟卻勾起很多童年回憶，不知怎地好像吃了顆定心丸，忽然不再害怕上面世界的風風雨雨。

開始行動之後一下子翻了幾十個紙箱。上面都沒貼標籤，得撕開褐色膠帶打開折蓋才知道裡頭裝了什麼。確實找到一些裝了文件的資料夾，但都是舊的銀行通知或帳單一類。其他還有媽那些已經退流行的衣服、她和我的成績單、沒用完的壁紙捲等等。

找到一箱上學時的作業簿害我短暫分了心。隨便拿一本出來，正好是八歲時英文課要大家寫作文，題目是想像三十歲的自己會做些什麼。那時候的我好天真，看得都笑出來了，居然一心想著嫁給喬治．麥可、和他住在海邊大房子然後照顧生病的小馬。

接著還找到小時候的玩具，感覺再翻下去會變成一場童年之旅。有芭比和肯尼、森林家族、豆豆娃的玩偶和很多桌遊，喚醒我塵封已久的記憶。三層樓的白色娃娃屋以前我能一個人玩上好幾個鐘頭，從廚房還找到三個象徵美滿家庭的小木偶：男人穿著小小的藍色西裝、一手拎著提包，我特地拿麥克筆給他畫上紅色微笑。看著他，忽然覺得長大以後我的笑容也都是畫出來的。

至於為什麼媽沒把這些東西也丟掉我就想不通了。或許她也想回到那個過去，保住美滿的婚姻與還童稚的女兒。

找到爸做給我的紀念品收藏盒，我喉嚨忍不住哽咽。裡面有流行音樂雜誌《Smash Hits》剪下來的海報和歌詞、一些明信片與生日卡片及其他小東西。我從其他紙箱找了些特別有意義的東西收進去，好想留在那個十三歲年代別前進。但眼前有很重要的任務。

我沒留意時間，看手錶才發現已經凌晨一點半，進地下室過了好幾個鐘頭，但針對媽的謊言一點進展也沒有。又翻了更多箱子，一小時過後已經沒東西可以繼續翻，我拿了張老木凳坐下，臉埋進手掌裡深感氣餒無力。雖然花園裡那個工具棚還沒搜過，但這麼多年了，如果有什麼文件之類東西收進裡面我應該會注意到才對。

起身以後打了好大的一個呵欠。儘管疲憊不堪，但抱著這麼多疑問的話今晚一定睡不著。走向樓梯的時候，忽然發現階梯下面有些東西用防塵布蓋著。好奇之下我拆開罩子，找到六個立起來的行李箱和爸留下的高爾夫球袋。看見球袋我雞皮疙瘩都起來了。行李箱上用線綁著卡紙標籤，墨水褪色不少但能看出是爸的筆跡，寫著他和媽的名字與住址。標籤上面註記了托運地點，包括西班牙、法國、德國等等，我都沒去過，應該是生我之前夫妻倆一起出國玩。有時候我都忘了自己出生之前她們就已經結婚。行李箱都有小鎖頭，但我用鞋跟使點兒勁就能敲斷。我將一口箱子平放並解開扣鎖、掀開蓋子。

裡頭有很多紅白兩色的藥盒，看來都是同一種藥品。盒上貼的標籤有打字列印的人名與住址，全都是相同的四個陌生人與陌生地點。會花點時間，但我一個個檢查。最早的是一九九五年七月，最晚的則是一九九六年五月。有幾包沒拆封。繼續比對標籤，我發現來自七個不同藥劑師，店面分散於市區七個不同位置。

我從口袋掏出手機查詢藥品名稱。Moxydogrel是一種已經停用的藥物，維基百科上說：

／

Moxydogrel於一九九三年獲得藥證，作為處方用藥直到一九九六年。開發之初針對成年人長期服用需求，可用於控制行為問題及嚴重焦慮，保持病人鎮定並出於可控制、較不具攻擊性的平靜狀態。持續用藥會導致病人長時間失去活動能力、喪失記憶和高度服從。

／

我一口氣憋了不知道多久才呼出來，拿著藥盒在手中轉來轉去之後不可置信大聲叫道：「她對我下藥！」媽一定是利用職務之便偷了人家的處方箋，還故意分散好幾家不同藥局領藥。可想而知我的病歷上當然不會有什麼抗憂鬱劑的紀錄，因為根本沒有醫生開過藥給我。就是因為Moxydogrel，我生下狄倫之後才有好長一段時間精神恍惚，罪魁禍首就是她。

注意力回到手機，我繼續往下讀，「副作用」三個字將我視線勾了過去。

／

一九九六年十一月藥廠從全球市場收回Moxydogrel，因為後續研究發現長期服用可導致早發性停經以及男女兩性的不孕症。受害者人數不明，許多訴訟案最終以庭外和解收場。

／

「早發性停經。不孕症。」

我唸了又唸，深怕是夜深了加上連日壓力讓自己思考錯亂。我不想相信，決定暫時擱置這件事，之後再好好理清楚。

想闔上行李箱的時候卻看見另一個藥盒與眾不同。Clozterpan，我又上網查詢，發現這藥物會終止妊娠，「可藉由此藥物自行墮胎」。想必我第一次懷孕的時候被媽偷偷餵了這個。我之所以流產不是遺傳體質，是她一手造成。

陷入迷茫，不知道下一步該往哪裡走，我只能呆若木雞坐在地板上。媽殺掉我第一個寶寶，將第二個寶寶送給別人收養，然後還害我失去生育能力。淚水撲簌簌掉下來，我控制不住。

我被頭頂上那片烏雲徹底吞沒，沒辦法待在地下室了。真相太可怕，太痛苦。就算手腳並用也得爬上樓，鎖在房間裡面再也別出來算了。

但不知從什麼地方湧出了力氣，我竟然繼續調查，又撬開一個行李箱的鎖頭，裡頭有成年人衣物與裝著文件的牛皮紙袋。是我最初的目標——與狄倫有關的檔案文件，包含出生證明的副本在內。

其中一份是社工對狄倫和媽的結案報告書。

／

多次家庭訪視後，瑪格麗特女士清楚表明兒子不在其人生規畫內因此不願養育。她堅持拒絕母子團聚機會，直言自己已婚，但兒子為婚外關係所生，不希望在異地工作的丈夫得知此事。經過多次努力，瑪格麗特女士依舊不願探視或接回其子。

／

根據報告書日期，社工訪視和談話就發生在家裡。我近在咫尺，只是被下了藥，在樓上昏迷不醒。

還剩下兩個行李箱。其實我真的很不想打開。開了之後鬆口氣，只是很多舊衣服。襯衫、牛仔褲、T恤、內褲、襪子、外套、鞋子，全部亂七八糟一團團塞在裡頭，好像收拾得很匆忙，然後擺了很久有股霉味。翻開這些衣服卻又找到十多個白色信封，上面竟是我自己的字跡，還都貼了郵票，收件人是我爸的名字，可是都沒有郵戳。媽說會幫我把信寄出去，結果它們從未離開這棟屋子的地下室。

準備將第五口也是最後一口行李箱關起來的時候我察覺異樣。兩口箱子只有男性衣物，而且一件外套特別眼熟，是爸以前很愛穿的丹寧布牛仔風格，手肘部分曾經被鐵絲刮破，媽自己做針線補起來，所以不會認錯。認出一件就認出其他，像他的愛迪達運動鞋、上班領帶等等。另一件外套口袋裡有他的護照和錢包，錢包裡的六十五英鎊鈔票已經不再流通。再來又找到他過期失效的信用卡與駕照。不對勁，一個人要遠走高飛怎麼會留下這些東西，何況決定搬走又為什麼不帶高爾夫球桿？就算想要拋下過去從頭來過也不至於真的身外之物全丟了。

片刻過後，我想通了。

根本不是爸要離開我們。

49 妮娜

兩年前

我渾身冷汗，得用手按著地板免得昏過去。深呼吸了好幾次還是有點眼花，感覺整個世界沉入深淺不一的紅色與黑色。我雙拳緊握、保持專注，不想失去意識。

後來雖然起身了，但身體顫抖得厲害，牢牢扣住扶手一步一步爬上樓才回到廚房。烤爐上數位時鐘顯示凌晨三點三十九分，用不了多久天就會亮。我繼續拿手機照明開了後門出去。夜色茫茫萬籟俱寂，只有一絲月光引路，帶我找到院子角落的花圃。

踩碎好幾個蝸牛殼之後來到我的聖域。超過二十年了，我總是反覆回到此處悼念狄倫。發現原來自己孩子沒死，我原本以為花圃底下是空的。此刻，我真的希望是空的。

從棚子提了把鏟子出來，我將手機放在地面開始挖。隨著花朵與泥土一鏟一鏟倒在草坪，體內腎上腺素不斷分泌。每回鏟子觸碰到硬物我都要仔細檢查，看見不是骨頭才能鬆口氣。汗流浹背、肌肉痠疼，但我使勁繼續挖，坑洞越來越深越來越大，膝蓋沒入地面以下。

然後，終於到了這一刻。鏟子戳出悶響卻無法往下。我意識到腳底下不再是沙土，拿手機照亮坑洞之後看見褐色纖維。我伸出手指試著搓了搓，覺得應該是羽絨被的被芯，絕大部分腐爛了只留下褐色羽毛，彷彿天使葬身於此。

儘管手很髒我還是忍不住捂嘴，一層細沙沾上嘴唇。我得看看底下到底掩蓋了什麼，真心希望別如自己所料，是母親又從我生命奪走的另一樣東西。做好心理準備以後，我蹲下掀開纏在被子上的那層膠帶。洞裡有反光，形狀很眼熟，只是褪色了。我撿起來撥開泥土，果然是爸那串鑰匙，鑰匙圈嵌了我在學校的照片。這是我給他的父親節禮物。緊緊握在手中片刻之後我將東西塞進口袋。

接下來會找到什麼我心裡有數，只是無論如何難以承受。雙手拍開更多沙土礫石之後能看清楚了，果然有個成年人的肋廓。所謂失蹤多年的父親如今就在我腳底下。

50 妮娜

我探頭窺看房間內部，瑪姬面朝電視機方向側躺在床上，但應該沒真的在看，心思飄到別的地方去了。

而且我猜得到她在想什麼，因為那件事情也懸在我心上。此時此刻她不僅僅是我的仇人，同時也是我病弱年邁的母親，這種矛盾心情令人坐立難安。

開口打招呼之後她嚇了一跳還皺起眉頭。「沒想到妳會過來，」瑪姬說：「昨晚才一起晚餐不是嗎。」

「對，」我回答：「妳看看。」我拎起提上來的購物袋，瑪姬那副表情似乎是不懂我期望她如何反應。「有很多。」我又說。瑪姬撐起身子的時候我將東西都倒出來，十多個小包與紙盒散在被子上。她戴起剛修好的老花眼鏡一個個拿起來閱讀包裝說明。

「我上網查了很多乳癌的替代治療方案。」我開始解釋，「原本都不知道有那麼多方法可以用。」我大聲讀出來：「洋甘菊、Omega-3脂肪酸、益生菌、連翹萃取物、生薑……好多網站都重複講到這幾樣，一定有用才對。」

「連診斷都沒做。」她說。

我不理她：「科羅拉多大學有一份研究說紫錐花、大蒜、薑黃、亞麻籽也有效，之後我會盡量用這些東西做菜。還買了個保溫壺來，我在裡頭裝熱水，妳就可以泡綠茶。綠茶富含抗氧化物。」

我講得興高采烈，瑪姬卻反應冷淡、眼神中帶著質疑。「妮娜。」她開口了，語氣猶豫，又被我打斷。因為我知道她想講什麼——她大半輩子在診所工作早就被洗腦，認為人造藥物才是所有疾病的解答。才不是這樣。她不知道自然療法這些年進步多少，我得說服她敞開心胸。

「妳想說妳不信這些東西對不對，但試試看又沒什麼損失？」

「或許沒損失，但是——」

「我還找到一本書叫做《癌症烹調》，從裡面影印了一些食譜。書上好多建議可以參考。我趁午餐時間在線上購物訂了維特羅斯的有機生鮮，明天晚上就送到。另外維生素D也不錯，或許週末天氣好的話可以到後面花園坐坐？」

瑪姬聽了眼睛微乎其微放大，我意識到自己說錯話了。果然不能得意忘形，剛才完全沒考慮到艾爾希就住在隔壁，不過或許可以把瑪姬放在院子角落不會被人看見的地方。「我還查了乳房硬塊的統計數據，有八成不是惡性，所以很可能只是囊腫或脂肪細胞。」

「妮娜，」她又開口。這回語調比較強硬，每次她講話我沒在聽就是這個聲音。這回也有效，我說到一半停下來。「妳知道我們的家族病史，」瑪姬說：「知道這種乳癌源於體質，所以才取名為『遺傳性變異基因』。我現在正好與我媽、我祖母過世的時間是差不多的歲數，她們都是死於乳癌。這個硬塊是惡性腫瘤的機率在我身上遠比其他人要高。我還知道早期發現的存活率是多少，如果真的是乳癌，絕對不是吃些營養的東西、補充維生素之類就能好轉。無論要怎麼處理，最重要的是先進行專業診斷。」

「順勢療法已經有好幾千年歷史，」我反駁：「美洲原住民一直用各式各樣的蕈類、藥草、苔蘚那些來治病。」

瑪姬想碰我臂膀，我在還沒接觸之前就避開。搞不懂為什麼她心態不能開放一點，好煩。她大概也看出來我心情糟了，這才轉頭再看看我買的東西。「謝謝，」她說：「真的。」

我其實很想將她抱進懷裡一起大哭，但很快放下這種沒意義的念頭。事已至此無可挽回，我只能堅定，於是起身將東西都收進袋子。

「晚餐好了叫妳。」說完從餘光看見瑪姬點了下頭。

我讓門開著直接下樓，反覆在心裡提醒自己：之所以要關她，是她罪有應得。過去種種不能因為她生病就全部算了。只不過，我還沒做好心理準備，面對又一個人走出自己生命。

51 瑪姬

失去了才懂得珍惜，不能自由洗澡以後才明白原來這是種奢華享受。以前一週只能兩次，水也不熱。妮娜不再給我換短鏈之後，我不僅有了馬桶不必屈就於桶子，還能不受時間限制想洗澡就洗澡。

我習慣趁妮娜白天上班泡澡。她在樓下淋浴過後，我把剩下的熱水都流進浴缸。預防萬一，通常我會等到看見她走出家門才行動。其實她沒禁止，應該說完全沒提起過這件事，但我不想留下把柄，免得日後她又拿來對付自己。

我脫光跪在浴缸旁邊等著水滿，轉頭望向今天的早餐、午餐與替代藥物，妮娜全都裝進保鮮盒放在臥室門口。說不失望是騙自己，幾顆杏仁、幾包綠茶不可能消除腫塊，看醫生才有機會。

浸入水中時我抬起雙腿擺在浴盆邊緣，否則鎖鏈會濕掉。妮娜將柑橘味泡泡浴換成薰衣草香味，感覺舒服多了。我躺下放鬆，拿折好的毛巾當枕頭，又伸手摸了摸乳房的腫塊。或許我期待奇跡，一覺醒來它會忽然消失。當然沒這麼好的事。

我真不知道如何面對妮娜給我的那些東西。我認為替代療法、補充療法有它們的價值，但只能作為輔助，無法取代正統醫學。畢竟我在診所工作三十年，見證了現代醫學如何延長壽命與對抗癌症。妮娜只是尋找浮木罷了，我也不知道如何能幫她明白這道理。

感覺昨晚那道基輔雞裡的蒜味還常常從胃裡湧出，非常濃厚。我不禁心想往後是不是每道菜都得塞一堆塗一堆所謂的「自然餽贈」，吃的時候她還拚命說自己在網路上讀到其他什麼東西有幫助，我好想拿盤子砸牆壁，大聲叱喝叫她閉嘴。但我做不到，一方面那也算辜負她美意，再者我需要與她維持良好互動。

很難真的放鬆，我索性爬出浴缸擦乾身體，套上衣服回到房間。依舊坐不住，我站著來回踱步。

分析了一下，自己未來大致就三個方向。一個是進了棺材才得以離開這房子，一個是我成功說服妮娜並接受專業診斷與必要治療。以這兩種情況做比較，感覺等棺材比較實際，妮娜繼承了她父親很多特質，例如牛脾氣。最後一條路是天助自助者，截至目前為止所有逃脫計畫都失敗，我得更聰明才行。

於是我東張西望，從不同角度思考牆壁與天花板的意義，然後留意到牆壁高處、挨著天花板的地方有一張艾里斯泰的照片，是妮娜故意貼的。如果都用長鏈，我能走到牆角，所以就踩著矮凳撕掉，撕下來也變成兩半了，直接丟進馬桶沖走。這時我又意識到臥房幾乎每一吋都觀察過，浴室卻沒有，所以又到處翻看，雖然不知道究竟該期待什麼，只求能找到逃出去的機會。然而妮娜預先防範了，浴室櫃帶鏡子的門被她卸下螺絲拆走，馬桶水箱的沉重瓷蓋也早就換掉。

我忽然忍不住哭了起來。才六十八歲，我不想死，而且就算要死也想死在外面，不是困在這屋子裡頭。剩下的日子或許不多了，我不希望變得跟母親一樣，只能躺在床上感慨沒能好好走完自己的人生。

審判來臨時，我該懺悔什麼？因母愛而做的，抑或是沒做的？出於愚昧無知而令女兒失望，能得到寬恕嗎？但若我真心相信自己做的沒錯，又如何請求寬恕？

52 瑪姬

兩年前

我腦袋似乎被異常沉重的東西壓住，整個陷進枕頭動彈不得。想用手將自己撐起來，但卻覺得身體像個小寶寶一樣使不上力，只能慢慢伸到頭皮上試著將鉗制我的物體挪開。奇怪的是我只摸到糾結又油膩的頭髮。於是我明白了：那個重量不在體外，而是在體內。

於是我慌了。中風就是這種感覺吧？血液不再流入大腦、細胞逐漸死去。我得求救。我想動脖子，脖子也僵硬得像塊木頭，而且一陣抽痛從左側往上擴散到後腦，感覺越來越難受。連眨眼都力不從心，專注了好一會兒才讓睫毛和眼瞼動起來，但瞳孔也沒能立刻聚焦，面前一片灰暗朦朧。我不知道身在何處，周圍都是無法辨認的物體。等我終於緩緩撐起身體，發覺自己躺在很鬆軟的東西上面。好像是某種墊子？我沒辦法真的起身，動一點點就覺得頭痛欲裂渾身乏力。

不知何處傳來聲音嚇了我一跳。「我幫妳，」那意思好像錄音帶用一半速度播放。「瑪姬，手給我。」我忽然反應過來，是妮娜，但她說話方式變得好奇怪。

「還好。」我口乾舌燥地咕噥，手揮了好一會兒才摸到她。「幫我叫救護車。」

妮娜將手抽開，從體溫能感覺到她靠過來，手掌拖著我臂膀下側將我上半身微微抬起。我頭疼換了一遍，忍不住倒抽涼氣，覺得妮娜沒動我好像還舒服些。

她輕輕撥開我嘴唇，一個細小光滑的物體滑進嘴巴，接著是冰涼濕滑的觸感。液體沿著我下巴灑落。

「把水喝了吞下去，」妮娜說。

連請她幫我打九九九叫救護車也這麼艱難，我只能乖乖照著妮娜的吩咐做。至少有她在旁邊我就安全無虞，索性閉上眼睛繼續休息，還夢見她是個小娃娃的那時候。一直以來我就只是把她當作心肝寶貝……

又一次微微回復神志，頭還是痛得好像被人拿大錘一塊塊敲碎。伸手碰到了妮娜，我馬上覺得安心，然後睜開眼睛深呼吸。周圍不再彌漫怪異的霉味，隱隱約約感到氛圍卻又帶著陌生氛圍。

「慢慢來。」妮娜說完扶著我上半身坐起，讓頭往後仰的時候因為脖子還很僵硬我就叫了出來。「眼睛睜大一點，」她說完就有一條濕布朝我雙眼抹過來，隨後兩滴冰冷液體刺進眼球。

「沒事，這個有效。」妮娜又說。

我發出嘶啞嗓音告訴女兒自己頭疼得要命，她拿了藥給我吃。嘴巴太乾了，我從瓶子飲水的速度好像在沙漠發現綠洲。

感光漸漸敏銳，看到自己還在家、而且躺在自己臥房就放心很多。只是感覺比平常暗。

「我怎麼了？」

妮娜握住我的手。她的身體溫熱，我的卻很涼。

「Moxydogrel，」女兒低語道。

「Moxy……什麼？」

「Moxydogrel，」妮娜重複一次。

我腦袋還糊裡糊塗，停頓好幾拍從才剛回復運轉的記憶裡搜索這個詞，然後驚覺自己知道那是什麼東西。她一定看見我表情了，所以手指扣得更緊。

心臟跟著腦袋抽痛的節奏狂跳，好像隨時會從胸腔炸開。

她知道多少？

我不想待在這兒，得趕快離開。然而移動肢體的時候被妮娜的手牢牢鉗制，如果我不保持原本姿勢手腕會像小樹枝那樣啪一聲折斷。

她到底知道多少？

我抬起另一手揉揉眼睛望向女兒。她貌似平靜，但顯然心裡驚濤駭浪，那種故作疏離的神情我以前就見過。於是母女像一對蠍子彼此對峙，高高舉起尾巴毒刺等待對手先出招。不過我太虛弱了根本撐不下去，妮娜也很清楚這一點，畢竟造成我虛脫乏力的一定就是她。

她究竟知道些什麼？

轉頭望向窗戶，我一下子沒反應過來。紗簾不見了，變成木頭做的白色百葉窗。地毯也不知去向，直接就看見地板。但臥房裡其他東西卻都沒改變。

片刻之後妮娜終於鬆手退後一步。我擺動顫抖的雙腿想下床起身，這才發現腳踝被很沉重的東西給綁住了沒法自由活動。抬腿一看，這些東西應該是叫做腳鐐和鎖鏈。

「妳……妳對我做了什麼？」我恐懼得眼睛疼了起來。

「那是我要問妳的，」女兒回答。

「妮娜，妳這樣很嚇人，為什麼這麼做？」

她聳聳肩，接著露出一個極地般冰冷的笑容。「理由那麼多，妳自己隨便挑一個。」

她全都知道嗎？

53 妮娜

兩年前

這種體驗挺奇妙的：看著自己母親滿面驚恐，眼珠子轉來轉去，想知道自己臥房有什麼地方與十天前最後一次清醒時不同。家具和床鋪我都沒換，只是剝奪不必要的感官愉悅，例如梳妝臺上珠母貝首飾盒清空了，袋子裡只有最低限度的化妝品，抽屜裡沒內褲，鞋櫃裡沒鞋子。這些改變等她自己日後慢慢發現。過去幾週我費了好大功夫安排，現在她這反應值回票價。

樓梯間、浴室、臥房已經改裝防裂三層中空玻璃。我另外聘請木匠製作百葉窗，瑪姬看得到外面，但外面沒有人能看見她。為了在房間中央插上鋼筋再焊一個鐵環也得找工人，人家倒是沒過問為什麼要這樣處理。我從德國的特殊嗜好網站訂製長度剛好的鎖鏈捆住她。二樓天花板、牆壁和樓梯間那扇門都做好隔音處理，我對那位女技師說兒子是業餘鼓手，在樓上很吵。

房子動工前夕我第一次在瑪姬吃的東西裡頭摻入Moxydogrel。多年前她給我下了同樣一種藥物。雖然比紙盒上的保存期限晚了十三年，我拿自己做實驗發現一整個晚上醒不過來，所以有把握能用在她身上。施工期間她被鎖在地下室，一直昏迷不醒可能會直接拉屎拉尿，幸好現在有成人紙尿褲可以解決。手機設定每八小時提醒我一次，瑪姬要清醒時我就泡些好消化的嬰兒食品讓她配藥服下。

我打電話通知診所，說瑪姬生病了，好像是流感。她兩個同事跑到家門口，不只買了花，還自己煮湯裝在保鮮盒。我直接說瑪姬疑似中風，目前還在醫院觀察，而且後續檢查發現中風引發了血管性失智症。她不會再有機會與同事們聯絡。

幾天過去，我對診所與隔壁艾爾希說已經將瑪姬送到德文郡珍妮佛阿姨家裡休養，再一把鼻涕一把眼淚向珍妮佛報告母親的「病情」，表示迫於無奈只能將瑪姬送進療養院。

屋子裝修完成，接著就是將媽搬到樓上，讓她在閣樓房間了此殘生。要把昏迷的人從地下室拖到三樓可真辛苦，大功告成之後就等她醒來。

我知道自己有很多選擇，例如將事情藏在心底然後與她斷絕一切往來，也可以報警，或者親手殺掉她。最後這個選項我確實考慮了很久，怎麼下手都模擬過了，屍體預計就埋在我深愛的父親、她親手謀害的男人旁邊。可是無論我多恨她，畢竟我不像她是個殺人凶手。

因此我決定讓她再也見不到她心愛的人事物，包括工作、同事、朋友，還有自由、家庭和親情。她想要的一切近在咫尺卻永遠搆不到。

說實話，我常常良心不安，懷疑自己的做法對不對。但只要想起爸那顆碎裂的頭骨，我就不再遲疑。她的手法迅速殘暴，而我則會盡可能拉長時間。她奪走我的爸爸、我的兒子，必須為此付出代價。

54 瑪姬

兩年前

恐慌症發作大概就是這種感覺，我不停喘息、彷彿渾身著火，明明很想吐，但呼吸淺得連乾嘔都做不到。

儘管頭還是疼得沒法正常思考，我很快意識到問題的嚴重性。瞞了妮娜大半輩子的祕密，現在她至少發現一個。之所以故意提起Moxydogrel代表她拼湊出一部分過去，察覺我曾經以這個藥物為她鎮定情緒。可是她明白原因嗎？不先問出她究竟知道多少，我根本沒辦法解釋自己為何那麼做。主動交代悲劇故事的來龍去脈很可能透露更多資訊被她用來指控我，以妮娜的精神狀態而言開誠布公可能釀成大禍，我不願親手毀掉世上唯一所愛。

當務之急是離開這房間和回復頭腦清醒。我想先起身，她並沒有阻攔，但臉上浮現一抹笑意。呼吸稍微穩定了，我伸手按著床邊桌緩緩站立，再扶著牆壁走了幾步，然後停下腳步回頭直視妮娜眼睛，以她面孔為錨點等待天旋地轉的暈眩感消失才走向房門轉動門把。門沒鎖，只是想要跨過門檻時鎖鏈拉扯雙腿，掙扎的話就嵌進皮膚。彎腰試著扳開鎖頭上金屬彎曲部分，完全扳不動。

妮娜眼睜睜看我垂頭喪氣回到床鋪。如果她是認真的，也就是我被下了Moxydogrel，代表地下室行李箱那些紙盒裡頭居然還有剩。只能怪自己傻，這麼多年了都沒丟。原本是想連同艾里斯泰的衣服、其他與往事有關的物品一起搬到掩埋場，不過當時找不到空檔，久而久之竟然拋諸腦後忘掉這件事。我實在太蠢，將所有祕密放在同一個地點就算了，還留在自己家裡，受影響最深的人走幾步就能找到，幾大箱證據擺在那邊證明我這個母親多失敗。

「我是為了妳。」我開口說。

「哪一部分？」她問。

「全部。」

「那妳倒是解釋清楚。是讓我流產那部分？還是跟我說女兒難產，但其實是兒子而且被妳送走的那部分？逼我吃藥吃到不孕又怎麼說？殺掉我爸還假裝他每年都有寫生日卡片給我又怎麼回事？裡頭到底哪一部分是為了我？」

看來妮娜幾乎全知道。「我得保護妳。」

「保護我？什麼東西會對我不利？」

我很想說妳自己，但說不出口，只好找代罪羔羊。「杭特。」

「所以妳做這些事情只是為了逼我們分手？說謊不打草稿，爸被你殺掉之前難道我見過瓊恩嗎？我看出來妳為什麼那麼做了，妳心裡有病，無法忍受和別人分享自己女兒，別說瓊恩了，連我的爸爸、我的兒子也不例外。只要任何人靠近我，威脅到妳和我的關係，妳就會發作，所以連我想領養小孩也要暗中破壞。」

「不對，妮娜，妳完全搞錯了。」我已經忍不住淚。

「那瑪姬妳就說清楚為什麼啊！」她破口大罵：「說清楚妳為什麼做出這種事！」

但我不能。我沒辦法將自己一路以來的想法說清楚，那是糾纏我的鎖鏈，就像現在這副腳鐐一樣解不開。不可以告訴妮娜真相，所以我得繼續說謊。「杭特不是好對象，妳最後會傷得很重。」

「他想當爸爸！」

「他不適合。他是誘騙妳的戀童癖，他有女友卻不告訴妳還私下殺害。誰知道妳會不會變成下一個莎莉．安．米契？難道妳連這點都看不出來？」

「妳不像我一樣瞭解他，」妮娜不屑地揮揮手：「瓊恩對我是真愛。」

「帶著個嬰兒和他在一起，妳能有什麼前途？我將妳拉出那段關係是希望妳有重生的機會。」

妮娜冷笑：「重生？我現在這模樣就是妳所謂的重生？不就是妳害我活到現在一無所有嗎！」

「所以妳是這樣想的？」我抓住噹啷作響的鐵鏈：「因為我希望妳過更好的生活而懲罰我？因為我想給孫子更好的人生而懲罰我？」

「那些事情輪不到妳來做決定！明明是我的孩子，憑什麼被妳送給別人？」

「妳那時候根本沒辦法做人家的媽。」

妮娜起身走過來，伸出手指刺向我胸口：「妳連嘗試的機會也不給我。妳沒有資格決定我的人生。」

我知道她骨子裡是什麼性格，但這種狀態我毫無抵抗能力。得先緩和她情緒，可是我不知道怎樣引導這段對話，實在無計可施。「我是妳母親，」最後我只能這樣回答：「我做的一切都是因為我覺得那樣對妳最好。」

「對我好，所以騙我說什麼染色體有問題，我懷的孩子都會死？」

「只是想嚇唬妳，讓妳小心一點。」

「叫我吃避孕藥就好了吧？」

「那時候我說了妳也不會聽。我說妳身體有狀況，妳還不是沒做防護？」

「妳是說一個我根本沒有、全是妳捏造的身體狀況吧，我連妳怎麼想的出那種東西都不懂。」

「助產士訓練課程的個案研究，讀完以後印象很深。」

「妳有打算告訴我真相嗎？」

「有，等妳成年。」

「我這不都三十六了！還打算瞞多久？」

我無法回答。

「為什麼騙我說是女兒，不告訴我是兒子？」妮娜追問。

「希望妳至少覺得一部分夢想有實現。」
「妳說得好像妳真的在乎一樣。」
「我當然在乎！從以前到現在，我一直都很在乎妳。或許就是太在乎了吧。」
「不相信我能當個好媽媽，妳難道不能幫忙嗎？」
「妳不會讓我插手啊。」
「妳又知道了？每件事情都一樣，妳連問都不問我。」
「因為妳那時候太迷戀杭特，即使他絕對不會是個好丈夫、好父親。而且妳把我說的當作耳邊風，恣意妄為、不管白天晚上想偷溜就偷溜，然後才十四歲就懷孕兩次？妳該不會認真覺得當時的妳和那個毒蟲有辦法扛起為人父母的責任吧？」
妮娜心裡明白我說得沒錯，所以立刻以轉換話題的方式想要反駁。
「狄倫在家裡待了多久？」
「不記得了。」
「妳一定記得。」
「都多久以前的事情。」
「這種事情妳絕對不會忘記。」
「大概兩三天吧。」
「妳怎麼同時照顧我又照顧他？而且我怎麼都沒聽見他哭聲？」

「只是比較小心而已。」

「小心的意思是下藥讓我昏睡吧。」

我不肯回答這件事，也不肯描述孩子剛出生那幾天的情況、如何為他找到新家等等。妮娜無可奈何，又換個方向質問。

「妳知道Moxydogrel會導致早發性停經嗎？我才十九歲就被宣判這輩子不可能有自己的小孩了？」

「當然不知道。全世界都不知道，發現副作用已經太遲了，所以他們才緊急召回所有藥品。」

「如果妳沒餵我吃那種東西，或許我還有機會找到結婚對象。」

「我明白。這件事情我真的、真的覺得很抱歉。請妳相信我。」

「我還信妳做什麼，妳把狄倫送走有覺得良心不安嗎？」

我猶豫了，小心斟酌該如何回答：「在那個時候，這麼做才是正確的。」

「妳甚至不肯在他的出生證明寫上我名字。為什麼要謊稱自己是他媽？」

「如果有一天他試圖找親生母親，就會先找到我。我認為處理這件事情對妳壓力太大。」

「是對妳自己壓力太大吧。到時候妳一定又說謊騙他，就像妳騙了我這麼多年。那爸的事情又怎麼說？為什麼殺他？」

我別過臉沒講話。他死了我一點也不心痛，這話說給妮娜聽自然不大妥當。「我只能說很遺憾事情得這樣收尾。」

「到底為什麼動手？」

我搖搖頭保持沉默。

「為什麼？」妮娜怒吼。

我沒辦法解釋，只能緊緊抿著唇，轉頭不願與她目光交會。

但我不回應也足以引發妮娜失控。她毫無預兆撲過來，我完全無力阻擋。

55 妮娜

兩年前

這五個星期我得知瑪姬隱瞞的太多祕密，一瞬間無法克制全部爆發出來。我抓住她脖子往後推到床墊，整個人跨坐上去。瑪姬雙臂還沒什麼力氣，三兩下就遭到壓制，我的手指在她咽喉越扣越緊。

我不知道自己變成了什麼，能確定的是不再受控，彷彿真正的妮娜站在房間角落，眼睜睜看著與我長得一模一樣的人想要勒死我母親。被我牢牢箍住的脖子內部氣管也鎖緊閉合，空氣再也進不去肺葉。瑪姬張開嘴巴想講寫什麼，全部糊在一起聽不懂。她一條腿在我背後甩來甩去到處亂踢，完全踢不到我。另一條腿揮舞時牽動腳踝鐵鏈，叮叮咚咚響個不停。「我恨妳我恨妳我恨妳——」一連咆哮的聲音聽起來也不像我了。

以前從未想過自己有這樣暴戾的一面，然而腦海中卻閃過似曾相似的場景。同樣快得朦朧、光線幽暗，整個世界染成紅與黑。可見得我在憤怒驅使下出手傷人應該不是第一次。問題是我想不起來上回同樣事件發生在何時，原因是什麼。那個模糊記憶轉瞬即逝，我的意識回到當下，赫然驚覺自己再不鬆手的話可能回不了頭，即將親手殺死賜給我生命卻又剝奪了我大半生命意義的人。

手指一點一點放開，儘管手掌還按著她頸部但力道緩和許多。後來我翻下床，站在旁邊低頭注視。差點窒息的瑪姬大口喘息，而我也以新生之姿吸進第一口氣。趁她還虛弱，我從口袋掏出鑰匙解開鎖頭，迅速將她腳鐐替換為預先放在床下的長鏈。

再站起來，我抓著她臂膀將人拉下床。沒見過她這麼無力驚恐的樣子，我訝異發現自己竟然為此極度得意，但同時僅存的一絲自我覺察則意識到普通人應該不是這種感受。關鍵在於瑪姬不是普通的母親，她沒給我留餘地，將我推向成為怪物的不歸路。我只不過是她的延伸。

我將瑪姬拖出房門到了樓梯間。長鏈夠我把她一路帶到樓下餐廳，穿過餐桌和櫥櫃來到窗前可以看見後花園。我端著她後腦，逼她望向林子後面埋葬我爸的花圃。

「妳害我大半輩子都以為自己被爸爸拋棄了。」我吼道：「妳還站在我背後，看著我給他寫信求他回家。妳為我擦眼淚，跟我保證他會回信。但其實妳一直都知道他就埋在哪裡，因為是妳親手殺了他。」

「我別無選擇。」瑪姬啜泣。

「哪裡別無選擇了！我才沒有選擇，每個決定都被妳給剝奪了！後來看我傻傻坐在那邊，以為親生骨肉埋在土裡，妳心裡又是什麼感受？有過一丁點悔意嗎？」

「當然有。我每天都對妳身上發生的事情感到自責。」

我分辨不出瑪姬此時此刻痛哭流涕究竟是她真的在乎，抑或只是謊言被揭穿、知道自己再也逃不過報應。

「真的很抱歉。」她又說：「妮娜，相信我，事情比妳以為的要複雜很多。」

「那就告訴我啊！妳為什麼殺他？他外遇？還是家暴？或者把妳賺的錢拿去賭光了？妳不說出來誰會懂，這麼簡單的道理總該明白吧？」

瑪姬張開嘴巴似乎準備回答，卻在遲疑之後縮了回去。「跟妳以為的不同。」她淡淡說完搖了頭，好像洩了氣似地聽天由命。

我也跟著哭了起來。「瑪姬，我見到他了，」我這麼說是想喚醒她良善那一面：「我親手捧著他的殘骸，為他撥掉頭骨上的泥巴。我失去他兩次，失去所有愛過的人，每件事情背後都是妳。」

「我還在啊，」瑪姬回答。她當下的口吻好像我有她就該足夠，她持續在我生命中出現就能夠彌補一切。「發生這麼多，我沒有離開妳，沒有拋棄妳，即使妳不要，我還是陪在身邊。」

「可是妳從來就不夠。」我故意傷害她：「過去五個星期我仔細把這輩子聽妳說過的謊言全梳理了一遍，超過二十年時間我沒有爸爸、沒有兒子，現在要從妳身上奪走同樣的時間。妳囚禁了我，所以這裡也會成為妳的牢籠。妳會失去朋友，與外界隔絕，除了我以外再也沒有別的對象可以說話，一個也沒有。妳凍結了我的歲月，我就凍結妳這個人。」

「不，」瑪姬啜泣：「妮娜，孩子，別做這種事情，妳明知道這樣不對。」

我提起她手臂，押她回到樓上。進入臥室，我逼她轉身抬腳，換了短鏈，長度最多停在門口，之後就留她一個人適應新生活。等我關上隔音門，她的哭聲徹底消失，屋子回到原本的死寂。

56 妮娜

硬塊。瑪姬乳房那個該死的硬塊。我很難將心思放在別的事情上。

早上在圖書館電腦系統輸入新館藏書名一直犯下低級錯誤，因為我擔心她的腫塊，也擔心那個腫塊會不會顛覆現狀。瑪姬那種年紀的人生了病風險很高，但我沒料到這一天來得如此之快。此外我意識到自己對她的態度時冷時熱，明明應該鄙視她直到她生命結束，可是我壓抑不住心中憂慮。

撇開過去種種，我和她建立了可謂共生的關係。談不上情誼，姑且稱之為各取所需。所以想到她這麼早或許就要撒手人寰，心裡還是很糾結。三十八年來生命中唯一不變的就是她，我不確定自己有心理準備面對她的離去。

午餐時間我找了間空研究室趴在書桌前打開黃色筆記本，拿紅筆在頁面中央畫了線。線的一邊寫上「有用的方法」，另一邊則是「牽扯的風險」。

第一條是「讓瑪姬預約家庭醫師」。但才寫完我就知道這行不通，前僱主與前同事都以為她失智之後住在三百英里外的沿海地帶，毫無預警忽然露面，大家接觸瑪姬沒多久一定能察覺她腦袋還清楚得很。

再來是「帶她去現場掛號診所」，線的另一邊我寫了「沒意義」。那種診所不可能給她照X光或做切片檢查，一定會轉介到乳房專科。

更何況這兩種方法能實行有個大前提：得確保瑪姬出門後絕口不談過去兩年自己的處境。我能信任她守口如瓶嗎？當然不能。換作我的話，一走出家門我肯定拔腿狂奔，跑起來說不定比尤塞恩．博爾❹還快。

我等著筆記本忘記時間，始終想不出什麼好辦法。最後寫下唯一一個選擇。

「靜觀其變」。

❹尤塞恩．博爾：牙買加前男子短跑運動員。

57 瑪姬

好幾天沒有見到妮娜，她又回到以前的模式，趁我熟睡時將三餐連同維生素或其他粉劑擱在門口。眼不見心不煩，她不想討論我的乳房硬塊怎麼辦。妮娜內心應該也在糾結，這個狀態或許能說動，但隔著房門當然什麼辦不到。

晨間電視節目說已經過了八點半，但我遲遲沒看見妮娜出門上班。就算輪班時間有變化，她也很少這麼晚還沒動身。而且妮娜從來不請病假。可是想到這件事情問題就來了……萬一她真的生病了呢？要是妮娜出了事，我又怎麼辦？以前讀過一些故事說單親媽媽猝死，嬰兒無力通知外界，只能跟著餓死。我的情況沒什麼不同，存活完全依附在另一個人。就算妮娜失去行動能力我也不會知道，就算我知道也無計可施，因為樓梯間的門有上鎖。現在煩心的事情又多了一樁。

徘徊窗前等她出門時一輛汽車引起注意。我有印象——不就是有天窗的那輛白色小車嗎，已經來過三次。上回艾爾希說了些什麼，車主嚇得落荒而逃，而且那天家裡沒人，沒誤會的話今天妮娜還在樓下。我踮起腳尖，看見男子順著道路走近，結果妮娜竟然出去與他會合，兩人還緊緊相擁。這轉折未免太戲劇化。

我想看清楚女兒究竟在幹麼，發現她和平日大不相同。以往她會選擇樸素的襯衫、運動衣和牛仔褲融入背景消失，今天卻穿了艷麗洋裝與高跟鞋。走到車邊，她將手提包塞進去就上了車，關門時還抬頭朝這角度抬頭望，應該是認為我在看。沒錯我的確都看在眼裡，所以心虛得像偷窺犯被逮到那樣往後跳。車子一溜煙開走消失無蹤。

那個人到底是誰？剛開始囚禁我那段期間，妮娜總會興高采烈告訴我生活中的點點滴滴，讓我覺得世界並不懷念自己的存在。然而這男人從頭到尾沒出現在她的話題內。

走回梳妝臺，我看到一小罐塑膠瓶裝的亞麻籽，原本應該撒在泡好的燕麥片一起當早餐吃掉。盤子上還有一本書，書名是《以良好飲食和正向生活對抗癌症》，看得我忍不住翻白眼——正向生活與我沾得上邊嗎？再看看書衣，作者顯然以為改變生活方式和飲食內容就足以對抗病魔，我連目錄都看不完，因為裡頭完全沒提到切片、超音波、磁振造影、化療、電療、荷爾蒙療法等等。如果我體內真有癌細胞，那些東西才是有意義的武器。何況有幾章標題是「戶外活動」、「友情支持」，根本緣木求魚。

我意識到自己對妮娜的厭惡加深時胸口悶了起來。她逃避現實，以為這樣可以解決問題，但我不想陪她胡鬧，剩下的時間以日為單位。我越拖延不做診斷就越有可能來不及。

心裡完全放不下，每天總要摸那硬塊好幾次，以手指反覆搓揉探查來確認體積是否變大變小或保持一致。有時候房間徹底寂靜，我似乎感覺得到它緩緩膨脹、接觸皮膚、即將從內部探頭出來。又或者它其實像蒲公英，癌細胞的種子飛散全身，在所有角落發芽生根。無論如何我得除掉它，也得離開這裡。

走進浴室裝水，出來時看見浴缸內還半滿，朝水塞按了按沒反應，再用力點竟然整個彈出來。好奇之下我研究起水塞結構設計，看得眼睛都亮了：兩個部件之間靠兩吋長、尖端銳利的螺絲連接，已經鬆脫了所以我能取出。

這根螺絲和妮娜那位男伴或許能幫我逃出生天。

58 妮娜

兩年前

還沒看見人影就能感覺到狄倫走近。望向酒吧大門的玻璃格子，立刻認出後面是他的身形輪廓。門開了，他看見我一個人坐在這裡等。我心跳空白了一拍，感覺就像瓊恩·杭特換了張臉來到眼前。

他現在叫巴比，我提醒自己。到了桌邊，他臉上又是與我同樣緊張的微笑，先開口說了聲「哈囉」。我已經為他和自己都點好檸檬水，巴比脫下外套坐在對面。

距離我們第一次也是唯一一次見面已經過了六個星期又兩天。並非我故意拖延，但知道了太多內情，需要一段時間調適沉澱，那個心理狀態下見面對他並不公平。我得先自己消化，再來是懲罰瑪姬，最後才能迎接他回歸生命。我希望讓兒子看見自己最棒的一面，今天已經做好準備。上回碰面以後我只傳過一次訊息，承諾絕對會再聯絡，請他給我一些時間。幸好巴比也願意耐心等候。

他盯著桌面而不是我。不能怪他，他也是鼓足了勇氣才冒著二度遭拒的風險前來。

「一直在想到底妳還會不會出現。」巴比開啟話題。

「抱歉，」我回答：「真的很抱歉。上次竟然丟下你一個人走了，也沒解釋原因。」

「我懂，對妳而言很難以置信。」

「我慌了，但還是不該那樣對你。只不過，之前我也沒理由相信你說的話。」

「沒事的。」巴比嘴上這麼說，但我能從他神情看出自己的反應造成他不小陰影。我自己失落時也是那種臉。只能在心裡發誓不會二度傷害他。

事前我有很多時間能思考各種不同的解釋方式，然而每條路都有各自的危險。我絕對不想再失去生命中任何一個人，但我應該對他誠實，即便誠實終究有限度，有些事情不該著墨太多。於是我拉起他雙手，清了清喉嚨：「接下來我想講的有很多，絕大部分對你而言很難承受。我自己總是被剝奪選擇的機會，並我不希望你也一樣，所以請你先做個決定。我們可以用原本的方式，慢慢認識彼此再做打算，又或者我一次將事情交代清楚，然後你再想想是否繼續聯絡。」

巴比毫不猶豫就回答：「我想知道真相，請告訴我。」

「確定？」我又問一遍，他還是點頭。「好吧，」我深深吸一口氣，吸到肺被裝滿。「嗯，首先，我的身分與你以為的不同。」

他雙手緊繃，可能以為我又要否定彼此血脈相連，下意識想要將手抽走，但我牢牢拉住了。

「巴比，我們確實有血緣關係，但不是出生證明上說的那樣。我並不是你同母異父的姐姐，我是你的親生母親。」

我鬆開手，他也將手收了回去，整個人繃得好緊，彷彿受到隱形的絲線捆綁。「我不懂，」他回答：「文件上面寫著……」

「我知道出生證明怎麼說，」我輕聲打斷：「不過那是騙人的。那個日期我媽沒有生小孩，但是我有。」

「妳？」他問，我點頭。「但妳那時候——」

「——我十四歲懷孕，十五歲生下你，可是有人說你一出生就夭折了。」

巴比搖搖頭：「誰說的？」

「我媽，也就是你外婆。聽我解釋。」我回憶來龍去脈，但略過他外公外婆的下場，故事以自己常去庭院角落哀悼根本沒死的兒子收尾。可想而知聽完以後巴比整張臉都白了。「要休息一下嗎？」我問，他說好之後就自己走到外頭。我坐在原位，心跳加速，懷疑會不會做錯了，幸好他的手機還在桌上、外套也還搭在椅背。經過感覺很漫長的一段時間，巴比總算回到店內。

「妳媽為什麼要拆散母子？」他還沒坐下就開口，我們兩雙眼睛像磁鐵般相互吸引。

我稍微改編了過程告訴他，謊稱是從珍妮佛口中得知完整經過。「她說我媽覺得我沒辦法照顧小孩，我也承認我那時候就是所謂不良少女，但其實不是故意的，是因為我心裡過不去，無法接受我爸莫名其妙不告而別，滿腔怨憤只能衝著我媽發洩。請你相信，我從來沒有想過把你送走。雖然我那時候真的年紀還很小，可是給我機會我還是有可能做個好母親。我是沒辦法像你養父母一樣提供很多機會，但我會愛你，這應該還是有點意義才對。」

「妳還有其他小孩嗎？我有弟弟妹妹？」

我搖頭，然後解釋Moxydogrel造成早發性停經這件事。對瑪姬的怨恨與六週前打開行李箱那一刻同樣強烈，我真擔心會表現在臉上。不希望巴比覺得我活在仇恨中，即便那是事實。「我媽的心態很奇怪，」我繼續說：「這輩子恐怕沒辦法真正原諒她。」

「她知不知道我們見面了？」

「幾年前人已經走了，」我立刻回答：「乳癌。」儘管極不樂意對兒子說謊，總不能讓她知道我怎麼處理瑪姬，生命中總得有個人只看見自己好的那一面。

「我爸呢？」巴比又問：「妳們還有聯絡嗎？他知不知道我的事？」

即使到了現在，想起瓊恩我還是自然而然露出微笑。「真希望能給你的是好消息，不過你爸爸當年玩藥玩得很瘋。那年代音樂界人人如此，不是他個人的問題。長大了回憶過去，我才覺得那對他不是好事。詳情我不是很清楚，但瓊恩捲進一個命案，與認識的女子起了衝突，對方死了。他堅稱自己並不是凶手，但無論如何最後被判刑，進了監獄就沒能出來。」

巴比的長嘆聽起來像一陣疾風吹過。

「或許這些不重要，」我補充：「可是我愛的那個瓊恩與報紙寫的瓊恩感覺不是同一個人。他很溫柔體貼，我在他身上沒看到過一丁點暴力氣息。」

「真慘，」他說：「妳有去探視過嗎？」

「還真的沒有。」我兩頰微紅，好像自己背棄了瓊恩：「為了重新振作，我不得不將他留在過去。」

我沒說的是：得知瓊恩坐牢，我立刻寫信給他的律師請求接見，但卻被拒絕了。律師說法是當事人「不記得我是誰」。

「那他知道有我這個兒子嗎？」

我聳肩：「發現他被判刑的時候已經兩年沒見。這些年我有關心他的案情和之後上訴，不曉得為什麼他也沒想過要聯絡。他知道我懷孕，但不知道我以為孩子走了。我只能往好處想，或許他覺得自己深陷泥沼，不想波及我們母子。」

接下來兩個人都沉默了。這麼龐大的資訊一下子很難理出頭緒才對，今天之前他還以為自己找到失散多年的姐姐，結果姐姐變成了媽媽，帶來的往事包袱比飛機貨艙更多更重。

「要我先離開嗎？」我問：「你應該有不少事情需要思考，如果你想獨處我能理解。」

「不用。」巴比脫口而出，很難相信不是真心話。「那些比較不堪的部分妳原本可以掩飾的，但是妳沒有，所以我很高興。對我而言知道真相總是比起蒙在鼓裡來得強。謝謝妳這麼坦白。」

想給兒子的很多很多，例如無條件的愛和支持。然而絕對的誠實恐怕無法列入其中了。

59 妮娜

一年半前

心中充滿喜悅的時候真的很難忍住笑意。多數父母或許已經體驗過孩子帶來的喜悅幾百遍幾千遍，可是對我而言還非常新鮮，與狄倫相處的每一刻都很寶貴。

對這份幸福構成威脅的唯一因素就是瑪姬。儘管打從開頭就能想像她無法適應，這幾個月裡瑪姬對新生活方式的配合度比預期還差。真的太鬧疼的時候我只好拿出剩下的Moxydogrel藥片，碾碎以後將粉末摻進食物裡鎮定她情緒。昨天晚上就是這樣。現在我衣服底下就藏著OK繃，是被瑪姬用叉子戳出來的傷口。後來她聲稱一定是因為藥片才產生幻覺，我們心知肚明絕非如此，她不過就是想逃走。我將所有金屬餐具收起來不給她用。

然而對我自己而言這個變動也不好調適。沒想到囚禁瑪姬有這麼多困難要克服，也沒能從中得到什麼大快人心的感受，我其實開始厭惡為了她得耗費這樣多心力，而且同處一室就得時時刻刻繃緊神經提防她發難。我以為離開這棟房子就能將心思放在兒子身上好好陪伴他，結果卻忍不住一直思考瑪姬是否會趁我不在設陷阱、回去以後如何先發制人。

今天輪到我去萊斯特見狄倫。這七個月我們每半個月碰面一次，輪流約在離對方近的地點。如果由我決定當然會每天陪他，但我也清楚他已經有一個家庭，而我並非其中一員。說真的，要是他能昭告天下自己找到親生母親，我會更開心。不過能從旁觀察兒子所處的世界，總比完全沒能參與來得好。母子關係的主導權在他，我知道自己得有耐性。至少多數情況不能急。

公車靠站時他已經坐在外頭等，堆滿笑臉上前給了我擁抱。他們家養的狗兒奧斯卡在轎車後座蹦蹦跳跳，和主人一樣熱情歡迎。狄倫開車幾分鐘到了附近小村子，給奧斯卡戴上牽繩以後我們挽著彼此手臂在一座莊園的綠地散步，旁人眼中恐怕會以為是對情侶。

我知道這樣形容很不妥，但又真有這種感覺。沒見面時我會想著他，心中湧出無與倫比的幸福。真希望能時刻相伴永不分離。我想聆聽他的每句話，凝視他的一顰一笑，逗他開心，使他感受到我這個媽媽用盡全身每條肌肉的力氣去愛他。我期待愛人之間的互動，儘管我們並非那種關係。有時候我會意識到那條界線模糊了，然後趕快提醒自己：我們是母子。

上網查詢以後我發現這是常態。我不喜歡「遺傳性性吸引」這個詞，可是居然有一大堆網站和留言板這樣描述。這種現象的起因是狄倫出生後我們跳過正常母子的漸進發展，於是我對他的愛、想在一起的慾望、相處的愉悅累積到現在才短時間內連續爆發。希望日子久了以後情緒會平緩下來。

我在莊園建築窗戶上看見倒影。狄倫身材高挑、一頭黑髮又有張瘦削面孔與深邃的灰色眸子，感覺好像自己其實是挽著他父親的手臂。我不由得抓得牢一些，兒子回到身邊了，絕對不能再放手。

第二次會面後過了一個月，為了心裡踏實我們去做DNA鑑定，結果當然證實了母子關係。每次相處我都試著找出彼此之間更多共通點，今天發現兩個人耳垂形狀相同，還有他下排兩顆門牙稍微重疊也和我一樣。都是小事，我的心卻暖了起來。

穿過林子就是索爾河，河畔一群黑雁搖搖擺擺走來走去不肯下水，直到一條小舟經過牠們才離開。母鳥三不五時回頭確認小鳥都有跟上，說來好笑但我意識到自己與牠立場終於對等，如今也有了要照顧的人。

「你最近有沒有和人約會？」我問：「都沒聽你提到什麼對象之類。」

他猶豫一陣才說「沒有」。

「你爸在你這年紀可是女孩兒們的注目焦點。」我繼續說：「他幾乎得兇起來才能把人趕走呢。唔，兇的可能是我才對。你和他長得很像。」

「我在網路上看過他的照片。」

「你查了啊？」我問。其實我也不懂我幹麼驚訝，他當然會想知道更多。

「嗯，」他回答：「個性呢，我和他會相處融洽嗎？」

「這難說，你們挺不一樣的。瓊恩是那種很跩的人，不知道坐牢會不會磨掉一點稜角就是了。但他同時又很關心我保護我。」

「妳想念他嗎？」

我點點頭，然後母子一起進入寧靜的沉默。後來還是他先開口：「那個，其實我對女孩子沒興趣。不知道妳懂不懂我意思。」

起初我不懂，等他露出他爸那種意在言外的笑容才反應過來。「你是同性戀？」我知道自己有點大驚小怪了。

「嗯哼，」他回答。我們正好朝著咖啡廳走過去。「幾個星期之前有認識人，但好像沒什麼進展。」

「怎麼會呢？」

「時間不對吧。工作，加上正好和妳聯絡上，沒那麼多心思談感情。」聽他這麼說我還挺安慰的，在他心裡我比較優先。「妳會介意嗎，就是……我喜歡男的？」

「怎麼會呢，」這是真心話。不用和別的女人分享他，對我是好事。

「我爸我媽也不反對，態度滿平靜的。」

聽他這樣說起養父母，我心裡五味雜陳。雖然想知道他的童年與成長，但實在不願意想像另一個母親扶起我跌倒的兒子、給他念床邊故事、運動會時替他加油等等。本該我來做這些事，卻由陌生人代勞。我明白這不理智，但忍不住憎恨那個素昧平生的女人。

在店裡找了位置坐下，我從櫃臺端一壺茶和兩個杯子過去。兩個人喝茶習慣也相同，加一點牛奶與兩份糖。狄倫從外套口袋掏出信封遞給我，裡面有很多照片。

「是我小時候。」他解釋。

小狄倫穿著尿布躺在地毯上咧嘴笑，胖嘟嘟小手臂張開來，兩條短腿彎著朝天。明明才那年紀就跟瓊恩同樣是一頭濃密黑髮。其他還有第一次自己坐起來、跨出第一步等等，狄倫學走路的照片裡有養母站在後頭牽著幫忙平衡，幸好她的臉沒入鏡，至少我還能假裝不是別人而是自己陪兒子長大。

「想要的話妳可以留著，」狄倫又說。我道謝時被他看見眼裡閃著淚光，自己都還沒來得及發現。「抱歉啊，不是要惹妳傷心。」

我從手提包拿出面紙擦擦眼睛，搖頭轉移話題說：「這間店不錯，你以前就來過嗎？」

「沒有，我們住在市區另一頭。同事做過酒吧和餐館的專題，他說可以來這兒看看。」

我意識到他選擇這個地點別有用心。「而且你還沒做好心理準備，怕別人看見我們走在一塊兒，對吧？」

狄倫臉紅了。

「沒關係的，我懂。」我真的懂，但仍有些不是滋味。

兒子和我一樣敏感，讀得出別人情緒。

「我還沒告訴爸媽妳的事情。」他說。

「你覺得他們會是什麼反應？」

「不確定。雖然家裡大家感情都很好，還是擔心他們會不會想太多。」

「那你怎麼會想要找到我？」

「好奇心吧……想要將線索拼湊成全貌，確定自己從何而來、承襲了誰的容貌、與他們有什麼共同點。現在在家裡並沒有什麼格格不入的感覺，單純就是好奇，或許跟我當記者也有關係。」

「現在找到我了，好奇心得到滿足了嗎？」

「是啊。」他回答。

心裡的恐懼再次萌芽。見過母親本人，也得知自己誕生於母親的年少無知，我對他而言是否僅止於此，搔到癢處過後就失去了存在價值？「那就好。」我這麼說的時候感覺淚水又要冒出來。

狄倫搭著我前臂。「我還是想多瞭解妳，」他說：「雖然媽媽的話已經有一個了，但我還是很願意認識新朋友。」

這下子真的忍不住眼淚。「我也是。」我邊回答邊拿面紙繼續擦眼睛。哭並不是因為狄倫願意維持聯繫內心感動，而是我將他視作兒子，他卻永遠無法將我視為母親。我也在這一刻清楚意識到：這輩子不可能會有人叫自己一聲「媽」。

60 瑪姬

下午過了一半，妮娜與早上那個男人一起回來。我用力想看清楚兩人如何互動，但怎麼看都只有交談，最後輕輕吻了臉頰，她下車獨自走向家門。不知道妮娜會不會跟人家提起我，還是聲稱自己獨居？我在她的故事裡是與世長辭了，還是搬到異地不再聯絡？

不過今天還有個轉折：早上她留下的餐點只有兩頓，換句話說有計畫共進晚餐。我重燃希望，或許她終於考慮帶我就醫檢查，但也做好最壞的打算。

樓梯間傳來開門聲，彼此打了招呼以後我起身下樓，一下去立刻感覺氣氛不對，與她之間有明顯的距離感。我隱藏內心失落，卻也不覺得意外。她不肯幫，我還是得自救。場面不會好看，我鼓足勇氣才開口。

「今天很漂亮，」趁她遞一碗麵條過來時我說：「衣服是新買的？」

「幾個星期之前。」妮娜回答。

「很少看妳穿亮色。」

「偶爾改變一下。」

「有什麼特殊場合？」

「沒有。」

「今天上班還好？」

妮娜遲疑了，似乎想先判斷我是不是從梔樓看見她與陌生男子離去又返回，但我不動聲色。

「老樣子。」她說。

「都沒什麼新鮮事嗎？」

「沒有，圖書館就那樣。」

睜眼說瞎話，而且雙方心知肚明。

「上次帶給妳的書看過了嗎？」妮娜轉移話題。

「還沒。」

「怎麼不看？行程太忙？」

我白她一眼，表達自己並不欣賞這種諷刺，但妮娜不在乎我怎麼想，只覺得我煩。「大部分建議根本與我無關，例如走出戶外、多運動、拜訪朋友、保持正向思考之類的。」

「瑪姬，我們得各退一步。」

我寒毛豎起，咬著牙回應：「妳想幫忙我很感激，但我需要的不是這些書，也不是健康食品，是專業診斷。」

「妳自己都不想幫自己了，我幹麼幫妳？」

怨憎在心中衝高的速度像火箭一樣快。她不放人，我只好自己殺出一條路。需要的工具已經帶在身上，手伸入羊毛衫口袋能探到螺絲的尖銳觸感。抓住半個水塞往下壓，螺絲自拇指和食指間突起，再用力些就會戳破衣服。心跳開始加速。

「有時候我覺得對妳好是不是也沒用。」妮娜渾然不察自顧自繼續說下去：「妳明知道我能做什麼不能做什麼，所以我也盡量找些替代方案給妳了，但是妳視若無睹一副要退貨的樣子。跟妳講話真是鬼打牆。」

我倒是越來越想抓她的頭去打牆，一直打到她腦袋清醒或昏迷不醒，然後搶了鑰匙解開腳鐐逃出她的魔掌。可是接下來的決定會改變我們兩個的命運，我想先問清楚。

「意思是妳不打算幫我了？」

「那些書、那些維生素和替代療法、還有新的食譜——這些難道不叫做幫妳的話什麼叫幫妳？」

「當然是去做檢查！」我低吼。

「別忘了今天這情況不是我的錯，是妳自找的。殺了我爸、搶走我兒子……一定是罪惡感日積月累，在妳身體裡造成病變。我讀的資料裡頭都有說，這種壓力就是癌症惡化的重要因素。」

「妳不覺得被關起來兩年才是問題？」

她冷笑：「妳想賴在我頭上？」

忍住，我告誡自己，等待機會。我更用力抓緊水塞與螺絲，感覺到脖子上血管不停跳動。

「妳不講話看來是默認了。」妮娜還沒說夠：「那妳就別和我作對，與我合作才對。我會幫妳，但是要用我的方法來幫妳。很抱歉，放妳出去不在可能選項內。」她將刀叉放在空碗上，留意到我已經沒在動餐具，「看樣子妳吃飽了。」說完指著我幾乎沒動過的沙拉。

「沒胃口。」

妮娜起身收走我餐具的同時，我看見鏈子從她上衣口袋垂出，鑰匙就掛在上面。鏈子原本是她爸的東西，她挖墳挖到竟然將那玩意兒收在身上，看得真不順眼。

機不可失，就是現在——我將叉子撥到地上，妮娜彎腰拾取，露出破綻。在這一兩秒時間內我可以掏出武器攻其不備，狠狠朝她後頸刺下。徹底壓制、順利脫身之前或許得刺好幾次，但我做得到、我想要做到……天哪，我是真的想，彷彿一團熊熊烈火在體內燃燒。只要我動手，五分鐘後就能走出大門重獲自由。

與之前任何一次脫逃計畫相比，這次出手殺傷力最大，很可能置她於死地。戳對位置的話，我將親手奪走女兒性命。所以儘管我真的、真的很想拿出水塞往她後腦按下，卻沒辦法說服身體動起來。給她生命的是我，奪走她生命的不該是我。再怎麼恨她、怨她、鄙視她，我無法為了自保犧牲她。妮娜終歸是親生女兒，無論如何我還是愛她。

她端著碗盤轉身背對我離開餐廳，我挫折得好想大哭一場，拿出武器自我了斷，作為對自身懦弱的懲罰。癌症的折磨不算什麼，如果這雙手沾了女兒的血，我又有什麼好活的呢？所以為了女兒著想，我不能讓妮娜想起她那雙手曾經沾染過血腥。

像她那樣痛下殺手，我做不到。

61 瑪姬

二十五年前

我半夜驚醒，卻不知道究竟什麼事情刺激自己如此迅速睜開眼睛。過去這一年多睡眠品質很差，彷彿接觸到枕頭就有個訊息傳進大腦，要我無論多累都得趕快打起精神。為了一夜好眠，迫不得已我開始服用安眠藥，否則翻來覆去連艾里斯泰也別睡了。通常我吃藥過後沒多久就昏睡不醒直到天亮，今晚卻成了例外。我感覺得到有什麼事情非常不對勁。

他那側擺的鬧鐘顯示半夜十二點四十五分，這麼說來我才睡了兩小時左右。「艾里斯泰？」我悄悄出聲又伸手在黑暗中摸索，可是他沒躺在旁邊。也不奇怪，艾里斯泰是土木工程師，工作需要在國內各地奔波，即使休假也常常在樓下工作室裡待到凌晨。

最近他沒太多時間陪我和妮娜，甚至不常去找他的情婦——我是說高爾夫俱樂部。球具靠在妮娜臥房與他辦公室中間樓梯轉角牆壁已經快要兩星期，沒人用也沒人收，成了夫妻之間賭氣角力的對象，看誰按捺不住願意主動把東西搬去地下室。截至目前我們都沒妥協。

爬下床、套上袍子以後我對自己發誓：無論他肯不肯，都得拉他上床睡覺。也是為了他好，艾里斯泰常常晚睡但是又早起。

二樓原本的客房被他改裝成工作室，門縫底下沒光線，我暗忖難道他睡了？以前也有過。推開門、開了燈，只看見書桌、兩個檔案櫃、一堆文書資料，牆壁掛滿大樓、橋梁、隧道的素描，就是沒看到艾里斯泰的人影。

回到走廊想下樓怕他看電視看到睡著，忽然發現妮娜房門開了條縫，裡頭滲出橘色微光。通常這代表女兒讀《甜谷高中》或朱迪·布魯姆的書讀到睡著。她就愛那些東西。

我大大打了個呵欠，走向女兒房間要替她關燈，那扇門突如其來打開，嚇得我挑了起來。微光映照出艾里斯泰的面孔，他反應與我同樣吃驚。應該說更吃驚。

「嚇死我了。」我低呼。他沒回應，我也看不懂那表情是什麼意思。「你還好嗎？」

「嗯，還好。」他說完揚起一邊嘴角擠出尷尬笑容，我看了完全無法安心。

「怎麼這麼晚還不睡？妮娜還好嗎？」

他點頭的速度未免太快：「她很好。」

「那你進她房間幹麼？」

「我……剛才好像聽到怪聲音。」

「所以？」

「所以什麼？」

「所以你聽到什麼？」

「應該聽錯了。」他說。

我自己父親是個天生的大騙子，但我丈夫並不是，很容易看穿。

「艾里斯泰，你瞞著什麼事情不告訴我？拜託，該不會她房間藏著男孩子？」

他搖搖頭卻不講話。這時候我看懂了——是罪惡感。每次他說自己倒過垃圾但其實忘記了、或者謊稱在工地待到很晚卻被我嗅到酒味，艾里斯泰就會擺出那種臉。差別在於今天他的罪惡感中還混雜了恐懼。平常兩人相處中他是冷靜理性的那邊，很少焦躁不安，對金錢、工作都老神在在的模樣，不太生氣或憂愁。我沒見過他現在這個狀態。他非常害怕，但又很不擅長掩飾自己的情緒。我凝視著他，希望看透他心思。

「究竟怎麼回事？」我語氣嚴厲起來：「你在妮娜房裡做什麼？」

艾里斯泰來不及回答，一個人影從他背後竄出。動作非常快，先往旁邊閃開一步，緊接著就拿起不知什麼高高舉到艾里斯泰頭頂上。他從我臉上察覺異狀，想要轉身看清楚已經太遲，隨著咚一聲面朝前趴下，向我腳邊地板倒過來。我不由自主後退免得被他壓住，然後看見動手的人竟然是妮娜。艾里斯泰往前伸長手臂，好像想爬出去求救，這次同樣沒機會。他女兒又下手兩次，重擊他的背部與頭部。再來他就不動了。

妮娜不發一語，手中凶器落地。她靜靜地出現，又靜靜地回去房間。

62 瑪姬

二十五年前

我想尖叫，但張開嘴巴以後發不出聲音，甚至無法呼吸。我伸手想開燈，但是手抖得太厲害，摸了好幾次才摸到。

燈亮了，艾里斯泰癱在地上，傷勢比我想像的還糟糕，顱骨右側不僅凹陷還缺了一小塊，傷口出血沾黏頭髮。我四下張望，到處都是血，忍不住掐掐自己。這是惡夢吧？不可能，不可能……但，是真的。艾里斯泰瞳孔放大失去光彩，顯然已經斷氣。壁紙被濺了好幾條血跡，Artex天花板上一塊又一塊。血蔓延到地毯，在他腦袋周圍積成一大圈紅色。旁邊有把高爾夫球桿，妮娜用金屬桿頭打死了自己父親。

聲音總算回來了。「妮娜！」我大叫：「妳這是在幹麼！」

我不知道該怎麼辦。本想衝下樓撥九九九報警，我卻愣在原地不敢動。畢竟凶手就是自己女兒。剛剛她打第二下那瞬間，球桿桿頭金屬將街燈光線反射進妮娜眼裡，我看見一股麻木冰冷的憤怒，以前從未在妮娜、或者在任何人身上見到過。什麼可怕的事情催生出那種力量？我扶著牆壁站穩，慢慢走進女兒房裡，感覺兩條腿隨時會垮。

孩子坐在床鋪邊緣，陷入沉默僵直，眼睛雖然長得很大卻找不出一絲活力，兩頰、額頭、睡衣上半身都被濺了血跡。我忍住哀痛，勉強擠出聲音喊了她，但沒有任何反應。「妮娜……」我再叫喚一次，她仍舊一言不發。

我女兒絕對不是兇狠歹毒的人，從未在她身上察覺到分毫劣性。為什麼會下手殺害自己父親？恐怖的念頭躍入腦海，最糟糕的情節。不，不會才對，我連自己怎麼會有這個念頭都不懂，一定是太累了腦袋不清楚陷入妄想。艾里斯泰和妮娜是很親近，但他不可能跨越那條禁忌的界線。我明白自己丈夫的為人，會嫁給他就代表他絕對不是……不是……那個詞我連想都不敢去想。一定是誤會，是我大錯特錯，可是即使想要甩開那念頭……卻越來越鮮明。它得到養分，開始膨脹。「孩子，可憐的孩子，」我啜泣：「他到底對妳做了什麼？」

妮娜依舊不講話。

我不知所措，忍不住跪下來抱住女兒，卻只感覺她四肢僵硬，在我頸上的氣息微乎其微。我不想放手，但得先將事情處理好。趕快思考，第一步該怎麼做？先將血跡和她父親留在她身上的污穢擦乾淨。

扶起女兒以後她好像進入自動駕駛模式。想進浴室就得跨過艾里斯泰的屍體，雖然不希望女兒再看見他，但妮娜已經躲進內心最深處，恐怕無法認知外界。

我引導她蹲進浴缸，為她脫下染血的睡衣，拿蓮蓬頭以溫水和柑橘味沐浴乳洗去瀰漫鐵鏽味的血跡。妮娜任由我幫忙清潔，沒有說話、沒有反抗，我不敢直視她身體，只希望艾里斯泰沒留下什麼永久性的損傷。之後我坐在浴缸邊緣擦乾妮娜身體，幫她換一套新睡衣再帶回房間。哄她躺進被窩以後也守在床邊，直到女兒眨眨眼睛昏睡過去。

走出房間關上門，我才開始自問是否應該求援。我明白那是正確的做法，卻擔心會對已經如此脆弱的孩子造成更嚴重的心理創傷。要我怎麼眼睜睜看著她被警車載去調查，又或者被救護車送去精神病房？再者我急急忙忙為她清潔，等於湮滅了證據。難道那是我下意識真正的打算？

事態已經被我攪得一團亂。我靠著門板向下滑，最後坐在地上，雙手捂住嘴不讓人聽見啜泣聲，無論那人是生是死。我從未經歷過這麼巨大的罪惡感。雖然妮娜在我眼中依舊是個小丫頭，但其實她十三了。是不是有什麼警訊我沒察覺？加害妮娜的不只是她父親，我也是幫凶。我會不會永遠失去這孩子？如果妮娜醒來，想起自己或艾里斯泰做了什麼，又會怎樣反應？我不知道如何面對這些狀況，唯一確定的是絕不能讓女兒的人生一夕全毀，得想辦法扭轉局勢。

我在家裡跑來跑去，找來所有餐巾和茶巾。艾里斯泰心跳停止以後屍體不再瘋狂出血，可是走廊仍舊一片狼藉。不想面對他，但又不得不收拾。頭髮裡頭夾了些白色碎塊，不知道是骨頭還是腦組織。我忍住嘔吐感，從樓梯口開始將地面鋪滿布巾。

布巾吸滿血水，我從客房拖出一條被子鋪在艾里斯泰旁邊將他緊緊裹起來。遮住以後好多了，不看見死狀我就當作自己在收地毯。都包緊了，我拿封箱膠帶一圈圈纏上去，就像蜘蛛對付獵物。確定羽絨被都封好了，我將他拖往樓下。艾里斯泰體重少說也比我多出三英石，我就算出全力也還是得休息好幾次才搬得動，感覺渾身肌肉都快斷掉了，不過這也是我和他最後一次的相處。艾里斯泰的腦袋一次又一次撞擊階梯，我也越來越能從現實角度認知到自己的處境。

我的丈夫死了。今天上床睡覺前，我還以為自己會與他共度餘生。現在我得處理他的屍體，當作這個人從未存在過。

差點又崩潰，但我不能停，必須堅持到底。沉澱反省什麼的，以後多的是時間。

走到廚房我才驚覺自己壓根兒不知道如何處理屍體。將他載到荒郊野外丟棄基本上辦不到，連能不能扛他上車我都不確定。分屍解體再一塊塊丟掉這種事情我也沒有本事。這下子我明白為什麼很多在自家殺了人的罪犯選擇將受害者埋在花園。當然艾里斯泰談不上受害者，但至少埋在花園不會輕易被外人發現。

我從廚房抽屜找到手電筒塞進長袍口袋，開了後門先觀察鄰居家裡有沒有人醒著。接著我繼續將艾里斯泰拽下門梯朝院子深處走去，現在天色太暗沒辦法做什麼，先將他塞進棚子再說。

回到廚房，烤爐上時鐘顯示已經過了五點，儘管身心俱疲但惡夢尚未結束。我將所有沾血的布巾都扔進洗衣機，按下九十度高溫清潔，然後裝了整桶清潔劑和熱水以各種工具開始刷洗地毯、牆壁。每隔幾分鐘我就推開妮娜房門看看狀況，她一直睡得很熟。

早上八點，我已經坐在餐桌邊喝到第四杯咖啡，眼睛直瞪著窗外庭院裡的小棚子。已經想好要將艾里斯泰埋在院子裡什麼位置，但得先照顧好妮娜。其實我不知道該怎麼做，感覺像是掉進深淵即將溺斃。是不是該問問診所的醫師，請他們給些建議？但要怎麼解釋女兒精神崩潰、對她父親做了什麼？

「怎麼沒叫我起床？」聲音自背後傳來，我發出尖叫空杯脫手，在桌上摔斷握把。

轉身一看，妮娜換上制服走過來。「笨手笨腳。」她說。

我看得目瞪口呆，忍不住瞇起眼睛上下打量。她拿了兩片麵包放在機器烤：「家裡怎麼都是消毒水味道？」

「我……弄灑東西了，所以擦了一下。」

她又從冰箱取出新鮮柳橙汁倒一杯喝。我戰戰兢兢觀察，就怕又有什麼異常現象。妮娜朝窗外瞥了一眼，我暗忖難道她發現艾里斯泰了？但即使發現，她也沒有任何反應，忽然說起學校的事情，有個自然科學研究報告很難什麼的。我沒辦法專心聽，只能憑直覺點頭或搖頭。還是無法將殺了自己父親的女兒與眼前這個正常的女兒當作同一人。

妮娜在土司上面抹了覆盆子果醬，還說要拿上樓邊吃邊收拾書包。

「妳要去學校？」我不可置信地問。

「嗯，不然要去哪兒？」她蹙眉說：「妳今天好奇怪喔。」

我聳聳肩：「是嗎，我自己不覺得。」

「大家不是說青少年才應該怪裡怪氣嗎。」

等女兒上樓，我整個人軟在餐桌旁邊。昨天夜裡那些事情真的發生過嗎，還是我一個人在妄想，腦袋不正常了？

等聽見妮娜大叫「媽再見！」之後我趕快鎖好前門還上閂，接著匆匆跑向後花園在棚子裡頭找到艾里斯泰。不對，不是我的幻想。

花了一個半小時我才挖出五英尺深、長度足夠裝他的坑洞。即使汗流浹背氣喘吁吁我還不能休息，趕快將屍體從棚子拖出來埋在院子最僻靜的角落，周圍這幾棵針葉樹徹底阻絕外人視線，就連艾爾希也沒法看見這裡。我沒任何感言或道別，只將他的鑰匙也丟進洞內，然後再拿鏟子填進沙土直到地面平整，多餘部分就鋪在外圍。這場惡夢進入下一個章節，妮娜失去了父親，我失去了丈夫。真希望一切能到此為止。

髒兮兮的我很想趕快把自己洗乾淨，但該做的事情還沒做完。我從地下室搬出行李箱，將艾里斯泰的衣物一股腦兒塞進去。鞋子、褲子、襯衫、領帶、運動衣，全部都不想再看到。然後連同高爾夫球球具——妮娜殺他的凶器包括在內——都藏在地下室樓梯後面，之後再思考該怎麼處理。至於他的車則被我開到半英里外棄置不管。

拖著疲憊身軀進入浴室，坐在蓮蓬頭底下直到水涼，感覺自己的世界已然崩潰，我被壓在瓦礫之下。但妮娜還需要母親，我得背負這份重擔繼續呼吸，並且不計代價埋葬真相。

63 瑪姬

二十五年前

我知道自己看起來多憔悴，連續五週沒好好吃飯，安眠藥加到三倍才能夠睡著，照鏡子的時候認不出那具行屍走肉是誰。

診所同事注意到了，幸好她們很單純，我說艾里斯泰拋妻棄女就信了，還給我加油打氣。業務經理莉茲問我要不要休假一週緩和情緒，我表達感激但是婉拒。丈夫的屍體就埋在不到一百英尺外，我整天留在家裡心情只會更惡劣。

所剩不多的精力都耗在妮娜身上。我如履薄冰不敢大意，擔心那一夜的事情不知何時湧進她腦海。然而過去這麼久了，完全看不出她有一丁點印象。我不得不利用她的記憶空白，謊稱艾里斯泰自己一個人跑掉了。妮娜聽了以後神情毫無變化，完全被蒙在鼓裡。

話雖如此她對父親失蹤離去無法釋懷。兩人感情那麼好，她難以理解爸爸怎麼可能完全失聯。情緒無處宣洩，只好衝著我生氣。一點點不順心就大發雷霆，又是甩門又是音樂大聲到誇張，也不再幫忙做家事。已經不是普通的叛逆期，明顯與潛意識有關。她還提出非常明確的控訴，認為爸爸是被我給逼走的。我別無選擇，只能咬牙承受，寧可面對她的哭鬧、她的陰晴不定也好過讓女兒想起那個可怕的夜晚。

同時我還得竭盡所能維繫生活與工作，儘管常找藉口離開櫃臺躲進洗手間等眼淚流乾。我也只能坐在馬桶蓋上自己抱住自己，因為沒有別人能給我擁抱。

獨處時我反覆回想艾里斯泰死前的模樣。妮娜的反應是鐵證，他一定做了什麼才造成女兒心理創傷。而且最後那幾句對話裡他臉上流露出恐懼，如果不是對孩子做了什麼齷齪至極的事情又何必那種神情。

於是我反覆自問：那天是第一次，抑或已經持續很多年？我是否太相信前夫也太不敏銳，導致危險信號就在眼前也視若無睹？但絞盡腦汁我想不出艾里斯泰何時何地對妮娜有過逾矩行為，外表也不像個會侵犯孩童的人，反倒是個細心又體貼的丈夫和父親。

妮娜出生以後就得到他全副關注，長大了依舊不變。小妮娜會坐在他腿上一起看電視轉播足球賽，也會和爸爸一起哼唱ABBA的歌曲。她們一起烤蛋糕，一起出門看迪士尼電影。有時候我都覺得自己被排除在外了，但又慶幸妮娜能得到父親母親雙方的愛，不像我連一邊都還殘缺不全。如果艾里斯泰對他做了非分之舉，她還能這樣親近父親？難道妮娜的心智早就一分為二因應父親的表裡兩面？那夜我在房門外質問艾里斯泰成了導火線，女兒聽見之後分裂的靈魂合而為一，壓抑的憤怒和黑暗終於顯化，決定當著母親的面將父親就地正法？

我從未想過愛能褪色如此迅速，但如今對曾經愛過的男人只剩下仇恨，不願再想起昔日的幸福和甜蜜。我不會為了女兒而勉強自己認同他。對我而言艾里斯泰不曾存在，無須懷念、無須哀悼、無須想像若他仍在會是怎樣一番光景。歷史就此改寫，自始至終就只有妮娜和我。我對他的死沒有遺憾，只覺得可惜不是自己下的手。

64 瑪姬

二十五年前

我在金恩醫師的辦公室內找到了。他收集很多醫學書籍和期刊，有皮革裝訂的舊典籍、也有現代教科書，整齊擺在資料夾與整排《刺胳針》旁邊。

今天我主動提出願意輪晚班，最後一位醫師離開診所之後我立刻鎖門並拉下百葉簾，然後溜進金恩醫師房間開始找。我想知道自己面對的究竟是什麼。

這段時間我完全沒向妮娜提起三個月之前她弒父那夜，而她似乎也終於肯接受我捏造的理由，相信是艾里斯泰拋棄這個家。然而隱瞞真相保護她有其代價，犧牲的是母女關係。我進一步懷疑雖然妮娜大腦壓抑自己對艾里斯泰罪行的認知，但並不能夠全盤抹滅，轉換形式以後反映在行為上，結果就是她以性當作刺激我的手段。同校別家媽媽說上星期在賽馬公園看見妮娜和莎芙隆了，兩個女孩子與一群年紀大不少的男性在賽馬公園喝罐裝的酒精飲料。我很肯定她脖子上那些是吻痕，可又不敢當面問，免得氣氛越來越僵。

我立刻開始行動，翻閱書籍和期刊，看完以後當場放回原位。幾個鐘頭過去，我看了三分之二才終於得到一個可能的答案。那是一本八〇年代初的書，裡面列出當時已經發現的各種心理疾病並描述症狀與潛在病因，然後提供案例和治療建議。我一頁一頁滴水不漏，最後找到了符合妮娜的內容。

「『心因性漫遊症』，」我大聲唸給自己聽：「『此精神現象發生時，當事人無法認知自身身分，通常會有出乎意料的舉動或外出旅遊，然而意識回復時發現身處異地卻對旅途毫無記憶。與失憶症類似，但常見於曾有解離性身分障礙的病患，為患者大腦抵禦創傷或排除極端心理壓力的結果。一般成因包括天災、衝突、嚴重暴力、家暴、童年遭受虐待等等。』」讀到「童年遭受虐待」我心頭一驚，趕快繼續看下去。「『受害者身心逃離造成威脅、無法承受的環境導致心因性漫遊，時間由數小時、數週以至於數月不等，結束時當事人通常不記得經過。』

我停下來消化這些資訊。每一條都命中。

「『此疾病極為罕見，目前尚無標準治療。』」文章做出結語：「『最有效治療方式是幫助病人脫離壓力過高的情境，之後也避免病人與威脅接觸。』」

深呼吸之後我明白自己只有兩條路好走。可以帶妮娜接受專業診斷，然而若醫師喚醒她壓抑的記憶有可能造成更嚴重的心理創傷。也可以繼續目前的做法，由我竭盡全力保護她不再承受任何壓力。最終我決定靠自己，既然妮娜已經將她父親的罪行塵封於心底深處，就沒有必要揭開瘡疤。我不願再次看見女兒雙眼空洞無光，更無法想像她得知敬愛的父親死在自己受傷會是什麼反應。不過這會是一場苦戰，尤其她進入青春期了，生活各方面都充滿壓力。等她長大，生命還要有多少波瀾？我有可能保護她一輩子嗎？當然不可能，只能盡我所能，絕對不讓她想起過去，免得賠上她的未來。

65 妮娜

大半個晚上我都躲在樓下洗手間，腸胃已經很久沒有這麼躁動，只好朝臉上潑冷水試著鎮定情緒。整屋子噴完空氣芳香劑的同時有人敲門，狄倫出生以後第一次回來這個家。

「請進。」我推開門招呼，暗忖瑪姬會不會看見了他將車子停在外頭走進來。看見最好，不知道誰進屋，她一定坐立難安。

狄倫脫下外套掛在牆上。

「你沒穿我買給你那件啊？」

「今天正好沒有。」

「可惜，還想看看你穿起來的樣子呢。」

「下次囉。」

「衣服有什麼瑕疵嗎？有的話我拿去換？」

「沒有啦，妮娜。衣服沒問題。」他立刻否定。

我領他到廚房：「嗯，過來吧，總算有機會帶你來看看。希望你喜歡威靈頓牛排。」

「嗯。」狄倫嘴上這麼說，但我覺得語氣怪怪的。不知道是不是太焦慮所以多心。我很努力想讓今晚一切完美順利，因為有很重要的事情想提。必須等待適當時機。

「我就出生在這間房子嗎？」他隔著廚房窗戶望進庭院。

我點頭。

「妳說之前以為我被埋在那邊？」

「嗯，」我靜靜回答：「你想過去看看？」

狄倫猛然轉頭，一副我在發神經的樣子。我也意識到自己這話很不妥，怎麼會叫人去看自己的假墳墓？

「謝謝，但不必了。」他回答：「妳怎麼沒搬走？如果是我，知道真相以後應該待不住了。」

「人生總是有些不如意，」我說：「有時候掉進低谷就爬不出來。那麼多年來我一直以為你在這兒，而你又是我僅有的一切，所以我不想走。」

或許他不知道該如何回應，所以跳過這個話題。「我倒是想看看自己出生的房間。」

「好啊。」

狄倫說想過來說了好幾次，先前我一直找藉口拖延，當然是因為瑪姬。雖然做過隔音，樓上樓下聽不見彼此的動靜，但終究是個風險。可是他最近要求得更勤，我拗不過只好答應。

我帶他上去看看自己從小用到大的房間。與狄倫相處過程中我時常覺得慚愧，人生好像很久以前就停滯不前。我站在門口，他走進去四處張望。我說起他出生之後多快被抱走，可是狄倫不像上次我回憶當年時那麼專注。可能我講太多遍了。

「有外公外婆的照片嗎？」他問：「在樓下沒看到。」

「收在地下室了，狄倫你想看的話下次我再翻出來。」

「是『巴比』。」他生硬地說。

最近我越來越常叫錯他名字。儘管他說完擠出個笑臉，但看上去並不真誠。

「巴比……」我跟著喊一遍，但畢竟是外面那個家給他取的綽號，唸起來如鯁在喉。在我心中他永遠是狄倫。

下去時經過樓梯間往瑪姬房間那扇門，看見他好奇樓上有什麼，我搶先一步開口說：「把樓上隔開可以省很多暖氣電費，這房子一個人住算是太大了點。」

一直都是我單方面開口講話，氣氛有點怪異。不知道與上二樓是否有關，但其實方才在廚房晚餐時就有感覺到。其實這幾次見面都是這種模式，我試著不在意、想相信是自己多心，但無論怎麼看都覺得狄倫似乎對彼此相處已經不如我這麼積極，見面頻率從半個月變成一個月，還有好幾次快要出門了他才臨時取消。感覺他正從我指縫間慢慢溜走，我不知道該如何挽回。也許該高興？即使失去新鮮感，他依舊將我當作生活的一部分，他與家人相處就是這個樣子？只是我沒辦法安心。「你還好嗎？」我問。他點點頭。「感覺你有點心不在焉？」

「昨天我找到瓊恩．杭特的墳墓，在一個粉絲網站查到位置。」

我猶豫了，完全沒料到他會冒出這句話：「為什麼要去？」

「不知道，可能想放下心裡的疙瘩吧。不確定。」

「那舒坦些了嗎？」

「沒有。沒人給他立墓碑，就只是稍微隆起的一團土而已。我給他帶了束花，現場唯一一束。」

「應該是等土平了才能立碑吧。」

「外公外婆藏在哪裡？」

「離這兒不遠。瓊恩呢，在什麼地方？」

「妳不知道嗎？」

「不知道。」我臉紅了。

「就在他父母住的小村子，大霍頓村。原本想去拜訪。」

「結果沒去？為什麼？」

「不知道。感覺提起陳年舊事未必好。」

其實瓊恩拒絕我去監獄探視以後，我也去過那個村子。即使我解釋身分、說自己兩年前懷了他的孩子但不幸夭折，那對夫妻不肯相信，也不願意幫忙說服兒子見我一面，還說早就有其他女孩跑去家裡聲稱與瓊恩有過「妄想中的變態戀情」，想必我不會是最後一個。我被趕走了，就沒再去過。不知道接下來該和狄倫說什麼，我們尷尬中各吃各的，吃了好一會兒。

「你爸媽如何？」我還是打破沉默。

「還好。」他回答。

「考慮過跟他們提一下我的事情嗎？」

狄倫搖頭：「先前不是說過嗎，還不是時候。」

「都兩年了。」

「我知道。」

「你想和我待在一起有什麼不對，告訴他們會怎樣嗎？」

「他們會難過。」

「他們不希望你開心？」

「當然希望。」

我做好心理準備，決定說出今天的重點。已經排練好過次，口吻必須輕鬆愜意，像是偶然想到的一樣。「你跟他們提過我的話，之後需要自己的空間就可以待我這兒。」

狄倫咀嚼到一半停下來，神情很遲疑。「謝謝。」他說。

「反正我這兒也有空房間，很歡迎你來。」

他點頭，但我擔心並非真心感激，只是出於禮貌。得找些甜頭打動他。

「你有空想過來就過來，也不一定得待多久，要帶朋友來也沒關係。還可以按照自己喜好重新裝潢房間……你覺得舒服最重要。別跟我客氣，當作自己家就是了。」我意識到自己可能表現得太激動，有點強人所難，趕快先停下來。能與兒子住在一起該有多好，光是想像都覺得興奮。

「合你口味嗎？」我改口問。

「很好吃。」他說。

「只是看你都沒怎麼吃牛肉，是我煮太爛了嗎？冰箱還有牛排可以煎……」

「不是那個問題，只是紅肉我都吃比較少。」

「是嗎，為什麼？鐵質對身體很好。」

「兩年前祖父大腸癌走了，所以家裡就盡量少吃。」

「這樣啊，但如果是遺傳，就跟你沒關係了不是嗎？你真正的爸媽家裡都沒有大腸癌病史。」

雖然瑪姬都快為了乳房硬塊與我鬧翻，但這不用提。

「他們就是我真正的爸媽。」狄倫答道。

兒子沒聽懂我意思，我只好為自己澄清：「你的想法我懂，可是技術上而言你只是被他們收養，和我才真的有血緣關係。」

狄倫砰一聲放下刀叉：「妮娜，『收養』不是妳口中這麼簡單的事情。他們給我一個家，給了我生命。」

「你的生命怎麼會需要別人來給？何況如果你和我變得親近他們就要有意見，或許他們並沒有真心為你著想。」

「我都說過多少次了，不想害他們難過。」

「我知道，但將他們的感受當作第一優先未必永遠是對的吧。你自己怎麼想，又有沒有考慮到我的立場？」

「妳？」

「沒錯，就是我。被當成不可告人的祕密難道舒服嗎，好像你覺得很丟臉似的。」

「我沒有——」

「那你準備告訴他們了嗎？」

「我沒這麼說。」

「你可以搬來住——」

「住？幾分鐘之前妳還只是說過來『待』一下。」

狀況越來越糟糕，狄倫居然開始挑語病。「住或者待不是重點，重點是你在這裡會住得開心，也能給這間老房子注入活力。」

「妮娜，」他語氣嚴肅起來：「我不是妳爬出低谷的階梯，這對我不公平。」

「我……我不是那個意思。」說得我都結巴起來：「我只是想要多和你相處。」

「我們這不就是在相處？但有時候妳真的太……強勢。」

「什麼時候？」

「只要我反應不合妳心意，妳就一定要製造我的罪惡感。十五分鐘沒回訊息妳就立刻打電話，睡前沒傳訊息妳就要生氣，不先說一聲直接跑去辦公室找我，還一直買那些很貴重但我不需要的禮物。這些事情都讓我……覺得很彆扭。」

狄倫口中的禮物是一件名牌外套。我們去米爾頓凱恩斯市逛街的時候看見，那天他也很冷淡，聽到他說覺得衣服不錯，我隔天立刻上網訂購。雖然花了我整個星期的薪水，只要他高興就值得。只不過再次見面我拿出來送他，他竟然不肯收，還叫我不要再買禮物給他。我只好郵寄到他上班的地方。

「我做的不就是父母會做的事情嗎。是因為我愛你啊。」

「然後今天晚上妳一直話中有話，強調我和我爸媽沒有血緣關係。我自己清楚得很，但一點也不在乎，總感覺妳好像想破壞我和他們的感情，這樣妳就能夠獨佔我。」

「你是我兒子，我當然想和你在一起。」

「這我懂，可是父母也得學著給孩子空間。」

「空間？你和我為什麼需要有距離？」

狄倫嘆氣搖頭。「我想我該走了。」說完他拿餐巾擦嘴就起身要走。

「別走——」我連忙挽留，跟著走到門口，但他取下外套。「對不起，以後不會了。」

「反正我也還有約，本來就差不多了。」

「和誰？」

「朋友？」

「什麼朋友？怎麼不先告訴我？」

「之後聊。」

他連在我臉頰吻一下道別也沒有，輕輕關上門就這麼離開了。

66 瑪姬

上次看見那男人將白色轎車停在家門口，卻沒待多久便又離開了。已經過了三週，我擔心他是不會回來了，但即使有這層疑慮我還是開始準備，設想萬一他再次進入這間屋子的情況。關鍵依舊是浴缸水塞的螺絲，這次不當成武器而是工具。

計畫有了雛形之後，我每天早上守在窗戶前面等妮娜出門去圖書館上班。她離開視野範圍以後我就下樓走到隔音牆前面開始行動。

位置在最遠最低的角落，原本裝有壁腳板。儘管會有天光從威盧克斯屋頂窗的強化玻璃射進來，樓梯間頂端也有燈泡，但都照不到這個地方，所以妮娜沒事不會往這兒看。而且牆壁另一邊是距離餐廳最近的點。

螺絲會一直接觸到水，所以採用鍍鋅鋼材質避免鏽蝕，因此也十分堅硬，銳利如針的尖端用好一陣子才會磨鈍。我試著拿它在牆上刨洞，狀似雞蛋盒的外層紙板很快掉下來，裡面兩層彼此黏合加裝在舊石膏板上的硬紙板比較麻煩。打從第一天我就明白想跨越阻礙必須保持耐性，但是沒關係，幸好如今的我既有時間也有動力——我不想被乳房硬塊擊垮，受困於此就是坐以待斃。

我在工作地點下面鋪毛巾，灑下的碎屑包起來在水槽洗乾淨，因為馬桶萬一沖不乾淨就會在底部留下痕跡。每天妮娜回家之前我會將雞蛋盒形狀的部分用牙膏黏回去。

除非她在家，否則我會一直挖，週末也不例外，只有午餐時間稍微休息。每天或蹲或跪，拿著這麼小的東西鑿牆壁，一整天下來手臂雙腿都很痠。只希望辛苦能夠有回報。

硬塊最近更痛了，我不知道是挖洞太辛苦還是病情正在惡化，然而無法自欺欺人：後者的機率大得多。尤其今天早上進浴室，我摸到另一個硬塊了，這次在左側腋窩。我試圖保持冷靜，驚慌沒有任何益處，不過發現新硬塊加深了將計畫貫徹到底的決心。

女兒已經將立場說得非常清楚，她寧可眼睜睜看我在漫長的折磨中痛苦死去也不肯卸下箝制讓我求醫。妮娜比我以為的更殘酷、惡毒，完全被仇恨蒙蔽，而我從未想到自己心中能對她產生如此巨大的怨氣。我深刻體悟到若想逃離這間房子就只能靠自己。

稍微退後起身看看成果，其實挖開還不到一平方英寸，跟電影《第三集中營》（The Great Escape）裡的示範還相差太多，不過我還沒老年癡呆到以為鑿洞是要鑽過去。我的目標很簡單，只要突破隔音牆，下次他朋友過來就會聽見我的呼救聲從洞口傳出，儘管這代表我的命運得託付在一個根本不知道我存在的陌生人手中。

67 妮娜

原本皮膚就冰冰涼涼的，現在居然又下起毛毛細雨。雨水黏在頭髮和臉頰，但我不想找地方躲雨。恰好相反，我留在原地，再等幾分鐘就好。

前面房子位在馬蹄形碎石車道的盡頭。我數了數，三層樓房子前方有六輛汽車並排。感覺這裡曾經是大型豪宅，歷史上某一刻被分成三棟獨門獨戶，但還是大得令人羨慕。

我把外套兜帽拉上，覺得外頭真的有點冷，暗淡天色更令人有進屋的欲望。隔著厚石牆已經可以聽見微弱音樂聲。我看看手機，剛過晚上八點，但這場六十歲慶生宴已經進行得如火如荼。對開門上懸掛的旗幟貼著彩色字母，偶爾有戴紙帽或端飲料的人影走過窗戶。車頭燈照亮花園，一輛汽車要停在草地邊緣所以我移到旁邊。三個人下車，兩個大人帶著一個小孩子。我好像成了電影《雙面情人》（Sliding Doors）的女主角，開始想像在另一個時空中我、瓊恩和狄倫是否也能如此幸福？真希望也能過過看那樣的生活。

那家人走出幾英尺，我深吸一口氣跟上去。今天除了掛在肩上的包包，手裡還拎了個銀色提袋。派對辦得這麼盛大，我只帶了一瓶超市買來的普羅塞柯（Prosecco）氣泡酒，心裡還真是尷尬。

我迫不及待地想進去看狄倫。「狄倫。」我大聲說出口，依舊喜歡這聲音在舌尖舞動的感覺，可以在寒風中帶來一絲暖意。儘管他再三要求，我決定不再叫他巴比，因為那不是我給他起的名字，也不是他出生證明上的名字。他自己或別人都用綽號與我無關，畢竟生下他的是我而不是別人，屋裡那個自稱他母親的女人並不例外。我是狄倫的媽媽，我有權用我喜歡的方式叫他。

過去三週我沒見到兒子就是那女人的錯。到家裡吃飯時發生誤會之後，我與兒子的定期見面戛然而止，他的訊息越來越少。在客運車上我開手機數了數，每六次訊息他才回一則，而且通常很簡短又不帶情緒。我想過與他攤牌，告訴他這種互動讓我很難過，但最後決定先緩緩。沒法與他更常碰面令我渾身不適，變得睡眠品質不佳、斷了游泳的習慣，還回覆到以前不健康的飲食內容。與兒子產生隔閡也令我對瑪姬的憤慨感日益加深。我決定今天做個了斷，將真相昭告天下、一切導回正軌，再次奪回自己的孩子。

我忍不住想像狄倫看見我出現在他家的表情。付出這麼多，想必能夠得到他的認同。

其實我沒有受邀，何況我並不傻，很清楚他一點兒也不想在養母的生日派對上見到自己。此外之所以會知道今天他家有活動也是鬧翻之前那幾個星期的一次偶然。他在加油站等著結帳，排隊的人非常多，我在他車裡等待的時候開了他的手機，像多數父母一樣翻看兒女的電子郵件，然後發現他給一位男性友人發了信，邀請對方參加聚會。我用自己的手機拍下內容。

回家仔細閱讀郵件，我注意到狄倫對這人的態度明顯不同，和他對待我形成鮮明對比。郵件裡充斥表情符號，還以兩個吻作結，根本是調情。我Google了收件人，在Instagram上找到這位金髮帥哥諾亞．貝利。看見他和狄倫那麼多張合照時我胸口異常沉重，兩人顯然已經交往、去過愛丁堡度假，而且兒子居然隱瞞這件事情從未告訴過我。我的第一反應是失望，因為他把另一個人放在媽媽前面。他真正的媽媽。所以我不僅得和兒子的假家庭競爭，還有另一個男人從中作梗。這個諾亞是來添亂的，會影響我們的母子關係。我和狄倫在家裡吵架之後順位顯然又降低一次，沉澱幾天以後挫敗感還是太大，一定得試圖挽回。於是我發送訊息提醒諾亞別和狄倫走太近，免得妨礙他生活中的優先事項。起初沒任何反應，直到隔天下午兒子才打電話過來。

「妳怎麼可以！」他大叫：「誰准妳傳那種訊息的！」

「我不做點什麼的話，你會主動聯絡嗎？」

「妮娜，我有我自己的生活。我說過很多次了，但妳聽不進去。妳得讓我保有自己的空間。」

「我沒有不讓你過自己的生活，但你也該明白我已經失去太多，不能再失去了。你對我有責任。」

「妳錯了，虧欠妳的根本不是我。」

「什麼意思？」

「妳母親對妳做的事情是很糟糕，但這麼多年下來受苦的只有妳，和我沒有關係，我也不因此痛苦。如果聽起來很冷血很殘酷的話我先道歉，那不是我的本意，可是妳好像沒辦法理解現在的狀況。我願意讓妳參與自己的生活，那不代表妳會成為我生命的全部。妳不尊重我的私人空間和交友關係，我只好請妳離開我的生活圈。」

狄倫語氣太過銳利，我開始喘不過氣，開口哀求：「我們當面談好嗎？」

「不必了，妮娜，現在不適合。我想保持一點距離對雙方都好。」

他掛掉電話，我將話筒按在胸口哭了一整晚，期待兒子打電話過來說他知道自己做錯了。但他沒有。他上次回訊息已經是一週前的事，所以我只好過來當面解釋。

門開了，前面一家三口由一個女子敞開雙臂迎進去，還在三人兩頰都留下輕吻。門關上之前我深呼吸跟著走進去。

「還有位置吧？」我不給對方反應機會先上前親她臉頰：「抱歉遲到了。妳今天好漂亮。」

「謝謝。」女子客氣回應，但其實我們兩個都不知道面前的人叫什麼名字。「我幫妳把外套掛起來吧？」

「好啊。」我脫下外套，她拿到旁邊衣帽間收好。「這個該擺在哪兒好？」我指著銀色提袋裡的酒瓶。

「如果妳想親手送給壽星的話，剛剛看見她和婦女協會的朋友一起在橘園那邊散步。」

橘園，我在心裡嘀咕，名字再好聽還不就是間玻璃屋？我擠出極度自制的笑臉，順著音樂方向穿過走廊。明明應該很緊張，但我一點也不覺得，於是我更加相信自己做了正確的決定。

我保持從容不迫好好看清楚周圍環境。狄倫對他住處的敘述顯然太過輕描淡寫。這房子十分氣派高雅，以白色和灰色為基調，每層地板都是實木。走廊寬敞，配有水晶燈具、邊桌、玻璃飾品，白色盆栽種植蘭花，連家庭照片的裱框上都鑲有寶石。我停下來打量其中一張——小狄倫很容易找到，他是唯一一個黑髮孩子，哥哥姐姐都是金髮。他給我看過照片，所以我記得養母的長相。另一張照片中，她躺在白色沙發高高舉起狄倫。兒子臉上洋溢燦爛笑容，我忍不住跟著笑了起來。狄倫和虛假的兄姐們累積了許多年的合照：去迪士尼樂園度假，在金色沙灘上拿著水桶和鏟子嬉戲，以及登上摩天大樓樓頂俯瞰紐約中央公園。本該由親生母親陪他去這些地方才對，但狄倫的父母和瑪姬聯手剝奪了屬於我的機會。

片刻後我走到房子後方的橘園。大小竟然等於我家一樓，還多了閃爍的迪斯可燈。賓客隨著我熟悉的一九八〇年代歌曲跳舞唱歌，他的養父母朋友很多。但說穿了，如果我像他們一樣有錢大概也就不會缺朋友。

環顧四周沒看見兒子，走著走著上了一座宏偉木梯，我只有在重播的《唐頓莊園》裡看過這種裝潢。爬上樓梯之後我數了數，周圍居然有八扇門，牆上掛著孩子們嬰兒時期的照片。我停下腳步觀察兒子小時候，他明顯是鳥巢裡的那隻杜鵑。只要狄倫看見我所看見的，就會明白與我在一起才會得到真正的愛、真正的家，他們都是假的。有張照片是他單獨騎著藍色小單車，我想像自己推著兒子沿小路前進，索性就把照片取下塞進手提包。

開了幾扇門之後找到狄倫的房間，我認出床上是他的外套，旁邊還有iPad。以他生日當密碼打開平板電腦，檢查他的搜尋紀錄，除了足球比分、色情網站和他工作的報社網站，我發現很多次搜尋關鍵詞是瓊恩．杭特。不知道他讀過報導看過照片有什麼想法，是否與我一樣惋惜與真正的家人錯過了太多歲月太多機會？

我打開衣櫃，嗅他衣服的氣味，拿他的毛衣摩擦自己臉頰與脖子。正好看見一條博柏利（Burberry）花紋的圍巾，就順手也塞進包包帶走。最後還在手腕噴了些他的香水，等個幾秒好好聞個夠。

下樓梯時走到一半，狄倫正好與養母挽著手走在一樓，兩個人有說有笑沒立刻看見我。我對那女人的憤恨幾乎要湧出喉嚨，但我還是先吞下去。

然後我站在那兒等著兒子發現。他看見之後傻在原地，整張臉都白了。

68 妮娜

我走下他家樓梯時，狄倫前額緊緊皺了起來，用力搖頭好像不敢相信自己看見什麼。所以說他寧願是自己眼花，也不肯接受親生母親真的來到他住的地方。

「妮娜？」他壓低聲音。

養母望向他，似乎察覺養子的錯愕。「巴比？」儘管養母開口詢問，他注意力都放在我這邊沒空回應。

「驚喜吧！」我下去給了個擁抱，但他並沒有回抱。

「妳……為什麼……」狄倫說得斷斷續續。

「我覺得這是和你『媽媽』見面的好機會。」在我嘴巴裡那兩個字像是嚼鐵釘。「妳好！」我堆出最甜美的笑容，我拉起那女人的手，刮了一下那顆戒指上的大寶石，「我是妮娜。很高興能認識妳，祝妳生日快樂。」說完我將裝著氣泡酒的提袋遞過去。

「妳好，叫我珍就可以。謝謝妳的禮物。」她連裡頭是什麼都沒看，可想而知正在好奇我究竟是什麼人，不過她的養子還沒回神說不出話來。

「今天晚上一定很開心吧？」

「是啊，好久沒這麼熱鬧。妳和巴比是同事？」

我誇張地笑了笑，搶在他講話之前先回答：「不是啦，拿槍對著我，我也未必寫得出文章。」

「那妳們怎麼認識的呢？」

「要由你告訴她嗎，狄倫？」我問。

「『狄倫』？」珍又望向他：「為什麼她叫你……」話還沒說完她自己一副恍然大悟的神情，「『妮娜』……」然後倒抽一口氣，看看狄倫又看看我，也瞧出我們有多像，臉色與我兒子同樣發白。

「抱歉沒有先自我介紹，我是狄倫的媽媽。」

珍退後一步放開狄倫手臂，望向養子想得到確認。「是真的嗎？」其實她從表情就能看出答案。

前門門鈴響起打斷我們對話。狄倫拉起我手臂，力道很大，我不是很喜歡這感覺。他將我帶向一扇門，房間裡很黑，開燈以後才看出來是類似辦公室的地方，一邊是書桌、另一邊有張切斯特菲爾德扶手沙發。珍跟進來以後掩上身後房門，也沒請我坐下。

「我們之前沒見過，」我繼續說：「你搶走我兒子的時候我被下藥失去意識。」

她沒反駁，因為沒立場。

「怎麼回事，」狄倫開口：「妳過來做什麼？我沒邀請妳吧。」

「你們認識？」珍一臉訝異，狄倫點點頭。「怎麼認識的？」她轉頭望向我，「是妳過來找他？」這語氣與其說是提問更像是指控。

「其實不是呢，是我兒子主動來找我的。對吧？」

不可否認，用這句話刺傷她挺令我得意。珍轉頭同時狄倫眼眶紅了卻不講話，大概是心裡為難，那我只好代替他回答：「這兩年我們常見面相處，對吧狄倫？」

「兩年？」珍搖了搖頭。

「我們定期見面，有時我過來、有時他過去。我就住在北安普敦，所以根本算是鄰居。話說回來妳應該記得就是了。」奧斯卡闖進來撲向我，前腳搭上我大腿。我逗了逗牠，牠就舔我手掌。「哈囉！又見面啦！」我朝狗兒打招呼便看見珍臉色更難看，一副連狗也背叛她的樣子。

「妳到底過來幹麼？」狄倫再次質問。

「就想見見照顧你的人。」

「我可不只是『照顧』他而已，」珍說：「他是我兒子。」

「但不是妳生的吧？」

「因為妳做不到，所以才由我來養他和愛他。」

「那是因為我連機會也沒有。送走他的是我媽。這段往事之後狄倫可以說給妳聽，不過妳應該能想像我有多驚喜，他忽然跑來找我說要認識彼此。認識他母親。」

每一層真相都像一記耳光甩在她臉上。我知道不是她的錯，但我不在意。即使她不承認，也該心知肚明狄倫這個兒子只是向別人借來的吧？

珍轉過身，雙手撐著桌子穩住腳步。狄倫摟住她肩膀安慰，我看了不免嫉妒，自己露面以後他可從來沒有這種舉動。

「我沒想過要這樣子讓妳知道，」他對珍說：「只是想更清楚自己出身而已。」

「我不是因為這個難過，只是覺得你怎麼不先跟你爸或我講一聲罷了。那你哥哥姐姐他們知道這個人的事情嗎？」

「『這個人』？」

珍轉頭瞪過來：「『妮娜』。」

「是他的母親。」

「我才是他母親。」

「別說了。」狄倫介入打斷：「妮娜，妳該回去了。」

「為什麼？」我問。

「因為妳讓我媽很不開心。」

「狄倫——」

珍又驟然轉身叫道：「他叫『巴比』！妳好歹也該叫對他名字吧！」

我怒火中燒，忽然間整個房間好像只剩她一個人。趁我沒力氣甚至沒知覺的時候將孩子從我懷中搶走還不夠，就連他長大了也要霸佔著不放。她明明什麼都有，丈夫、親生子女和許多人夢寐以求的豪宅，為什麼非得糾纏我兒子？說穿了不就是她和瑪姬串通起來毀掉我人生嗎？我恨透了她。深淺不一的紅色黑色逐漸籠罩珍全身，我心裡只剩下一個念頭：懲罰她，讓她狠狠地痛，明白自己犯了天大的過錯，認清身旁那個俊秀年輕人屬於我而非她，永遠不要妄圖染指。隨著這些念頭在腦海膨脹，我握緊雙拳，不知何時手臂朝著櫃子上一個玻璃紙鎮伸過去。

「妮娜——」狄倫語調更強硬了，他的聲音像道光驅散黑暗。「就當作是為了我，回家去吧。」

我遲疑片刻，但是慢慢回神：「我做這些不就是為了你嗎。」

「妳闖的禍已經太多了，我現在沒辦法跟妳談。請妳回去。」

「得讓她知道真相，讓所有人知道真相。我們被害得那麼慘，難道你還不明白謊言造成的後果？」

珍搖搖頭，被狄倫拉進懷裡就啜泣起來。她無條件愛著我的兒子，我更厭惡這女人了。養子背著自己找親生母親，她應該要生氣，應該把狄倫趕走才對，這麼一來兒子就會答應搬過來與我同住，然後我們才能好好建立一個家。瑪姬的事情怎麼解釋我還沒考慮清楚，但總會有辦法，每次都有。狄倫應該和我一樣，所以能夠理解我對瑪姬的處罰。但結果他卻選擇珍而不選擇我，我快瘋了。

狄倫將珍帶到房間外上樓後失去蹤影。當下我意識到自己再也見不到狄倫。派對音樂還在繼續，走廊人來人往卻沒人理會我。沒人知道我真正的身分。對他們而言，我誰也不是。失去兒子，我自己也不知道我是誰。

69 妮娜

「不，不，不！」我望向手機螢幕嘀咕得有點大聲。插頭與電線形狀的白色符號開始閃爍，代表必須充電了。昨天晚上明明放在床邊充電座上，還將通知鈴聲調大，雖然說我根本沒怎麼睡著。但看樣子我忘記把電源打開。

我慌了，在圖書館裡到處穿梭，一遇上同事就問對方有沒有充電器可以借用。一次又一次的否定答案像條蟒蛇纏上我胸口，要將我最後一口氣給擠出來。

好不容易樓上中小企業支援部門的詹娜從辦公桌抽屜取出充電器遞給我，我好像連謝謝都忘了說，直接衝進空的小型會議室將手機連接到USB端口。

今天送來的新書都裝在手推車藏在圖書館最後面，反正之後再處理，現在我有更重要的事情。盯著手機經過難以忍受的十分鐘總算電量足夠啟動，我輸入密碼繼續等待，結果真的有一條訊息，心臟開始劇烈跳動。但失望隨即襲來，我真想把手機朝牆壁扔出去——發訊息的人不是我兒子，只是牙醫診所提醒我錯過上次預約的時間。

距離我去他家已經過了整整八天，我試過給他打電話、傳訊息、寄電子郵件，但他徹底無視。我甚至曾經搭火車去萊斯特想面對面解釋，結果報社接待員說他基於「私人因素」請假一段時間。我考慮再次造訪他家，但說服自己打消念頭，因為再聽到那個女人自稱是他母親一定會受不了。可想而知我們母子失和都是她搞的鬼，我都想像得到她嚎啕大哭、昂貴眼線哭花那張打滿肉毒桿菌的臉上有多醜，活像個陰森森沒感情的小丑。她一定會說自己很失望，狄倫居然沒先問她一聲就來找自己的親生母親。拜託，妳這蠢婦，誰需要妳允許？她以為自己是誰，有資格過問狄倫為什麼想找我？把他留在那棟屋子才是違逆人性吧！

越去想像珍如何透過情感勒索阻礙母子團聚，我內心憤怒就越是強烈。最糟糕的則是狄倫一定會上當，因為他見不得別人難過。兒子和我一樣從頭到尾都無辜，是別人遊戲中的棋子。我們不想傷害人，卻淪為犧牲品換來那些人的愉悅。

我現在非常非常想念狄倫，就像他出生那天被瑪姬帶走的時候一樣。應該說思念更勝以往，因為我已經知道他真實存在。有了孩子卻被奪走兩次的滋味誰能懂。

想到可能再也無法與他取得聯繫我好難受，滑手機重讀以前那些舊訊息，發現他在我生命中出現時間雖然很短，卻填補了我心中大峽谷那樣巨大的空白。我最後一次給他發訊息，也知道那個內容多悲慘，但我必須竭盡所能挽回他。只要他還對我有一點感情、一點同情，就一定會回覆。

「妳怎麼了？」詹娜問道。我沒聽到她靠近，嚇得差點跳起來。

「沒什麼。」我用指尖抹去眼角淚珠。顯而易見我一點都不好，她同情地望著我。

「要不要喝杯茶，跟我說說怎麼回事？」

「不了，不必了。我沒事，但還是謝謝你。就我媽媽的狀況而已。」同事們都我們已經「失智」，大家都很同情。儘管我並不喜歡受人憐憫，但類似現在這種時候就該好好利用優勢。

詹娜點頭。「好吧，如果需要找人聊聊就來找我吧。」她說完留下我一個人。

我再次查看電子郵件、垃圾文件夾和Messenger，我沒有錯過任何東西，也就是狄倫真的沒有傳訊息來。回到圖書館一樓，瑪姬的面孔毫無預兆閃過腦海。我閉上眼睛，握緊拳頭，逼她消失。一切始於她的謊言，她害我們骨肉分離，害我們母子失和，我所有苦痛是她一手造成。自從發現腫塊，她又騙我誤以為彼此無須對立。我真傻，她和狄倫的養母一直用同樣的伎倆操弄別人，而我們之所以上當是因為心地太善良。

得讓瑪姬明白自己的立場。她那麼冷血、自私，對我做了那樣過分的事情，我卻以德報怨設法照顧。再也不會了，往後她就只是屋子裡的另一個人，與擋光的簾子、腳下的地板或分隔彼此的幾扇門沒兩樣。

家裡該有一番新氣象，只可惜她不會喜歡。

70 瑪姬

每次妮娜打開我這層樓的門，從她第一個動作就能判斷當時的心情。如果她喊聲「嗨」，代表她心情很好。如果她大喊「有人在嗎？」，是因為她自己覺得有趣，但那天恐怕沒什麼耐性。如果就只有簡單一句「瑪姬」則是處於暴躁的界線，晚餐不會吃太久。萬一解開門鎖推開門，她卻一言不發離開，那頓晚餐我會提心吊膽、覺得前途未卜——就像今晚。

聽見門被打開卻沒聽見她的聲音，我第一個念頭是難道她發現我用螺絲鑿的洞。我緊緊閉上眼睛，被她知道了。昨天夜裡我同樣用牙膏當黏合劑將隔音材料黏回牆上，但黏性不足後來鬆脱了。雖然我有重新裝好，但不知道會不會又掉下來。或許妮娜開門上樓看見底下那個洞，氣得不想說話。

我又挖開半英寸的石膏和木頭，已經非常接近目標，趴在地板上耳朵貼過去能聽到烘衣櫃裡鍋爐發出咕嚕聲。如果我能完整挖開，大聲呼救應該就能被下面聽見。從深度來看，應該只剩下最後一層石膏板。我沒繼續挖是因為再挖下去可能鑿穿牆壁被妮娜從另一頭發現因而前功盡棄，所以決定先換另一個位置。妮娜越沉默我越憂心，儘管腳上還有鐵鏈我躡手躡腳走到門口偷看。下樓的門完全打開，但找不到她身影。

下樓來到二樓樓梯口。牆壁外觀完好無缺，我稍微安心了點。

我自己走向餐廳，進門如往常就座。餐具變回塑料了，桌面上沒了最近那一堆維生素、草藥種子與營養品。鋪的是我祖母的蕾絲桌布，被洗得縮水還從象牙色變成髒兮兮的灰色。顯然是想懲罰我。但如果不是因為隔音牆，她又有什麼理由？

沒時間思考，她出現了，手中托盤上有個大瓷鍋，蓋子底下冒出蒸汽，大概又是燉菜，旁邊擺著麵包刀和一塊沒切的麵包。我擠出微笑打招呼，她回應時嘴角幾乎沒動。誰都能看出來她心情不佳。

妮娜盛滿兩碗之後切麵包，自己先拿了一片。我也伸手想拿，卻發現她瞇起眼睛，看來今天我的菜單上沒有麵包。開動之後依舊安靜得可怕，牛肉和馬鈴薯都煮得太爛，但我也不想抱怨。醞釀一段時間，我提起乳房硬塊的情況，是呼喚她理智的最後一搏。

「妳說它『瘓』是什麼意思？」她刻意強調那個字，臉上表情好像覺得我誇大其詞。

「就是會瘓痛。這兩個星期開始會痛了，隱隱約約的抽痛。另外我好像在左邊腋窩找到第二個。」

「有就有沒有就沒有，『好像』是什麼意思？」

「這樣說的話，嗯，我摸到另一個硬塊了。」

妮娜沒有想求證，證實我連續幾個星期下來的懷疑。她根本不在乎。但我不覺得洩氣，而是信念更堅定，對她的憎惡更深切。

「我以為妳會想知道，所以才提起。」

今晚妮娜第一次直視我眼睛。「那妳希望我怎麼做？」

敵意如此強烈，我大吃一驚。「妳知道妳能做什麼才對，」我盡量客氣：「妳可以幫我。妳的方法我們試過了，按照妳的要求，飲食習慣改了、草藥吃了、書也讀過了。可是那個……無論我身體裡那些東西究竟是什麼，現在需要的是專業治療。」

妮娜聳肩：「妳一開始就不希望我的方法有效吧。」

她在挑釁。平常的話讓步比較好，但牽涉到乳房硬塊對我有什麼意義？讓不了我還是沒辦法看醫生。不能再退讓，我心想，必須堅定立場。「我當然希望有效，」我回答：「但既然妳的方法沒效果，就該試試看我的方法了。」

「別演了，瑪姬。何不坦白說出來呢，妳一直打的就是這個算盤吧。我早懷疑妳一發現硬塊就想拿來大做文章找機會出去。」

「妳覺得我會想要胸部有硬塊？太荒謬了！我只是希望妳多少有點同情心。我明白自己犯過可怕的錯誤，也知道妳可能不把我當作母親看待，但無論妳怎麼想我終究是妳的親生母親，同時也是一個需要妳幫助的人。」

「我可無能為力。」她吸吸鼻子：「兩年前我就警告過了，一切是妳咎由自取，妳除了接受沒有別條路，當時如此現在也如此。真抱歉。」

妮娜一點也不覺得抱歉，而我也確定了這就是最後結論，她不可能回心轉意。「我做錯什麼了呢？因為我不懂，還以為這幾個星期裡我們關係有好一點？」

她忽然指著我：「瑪姬，我能看透妳，我看得一清二楚！妳和其他女人一樣，總是對自己的兒女用盡心機、操弄罪惡感，逼孩子做他們不想做的事來滿足妳們的自私。我不會再讓妳得逞，妳們誰也別想。任何人都不能從我身邊奪走他。」

我根本聽不懂她，只好開口問：「妳是在說誰？」

「妳心裡有數！」她低吼：「妳很清楚像妳這種人都幹些什麼好事！」

從大前天到現在短短兩天裡一定出了什麼事，但我不知道跟自己怎麼會扯上關係。敷衍或許是上策，但我終究捅了馬蜂窩。「妮娜，我真的聽不懂妳在說什麼。」

「我整個人生被塑造成妳想要的樣子，一個不會離開妳的複製品。妳不希望我成長、不希望我擁有同年齡女人該有的東西。妳奪走我的一切。」

我推開盤子：「這番話究竟是從何說起？」

「妳從來沒真正愛過我。妳太自私了。」

「妳根本不明白我因為愛妳犧牲了什麼。」

「哈！」她嗤之以鼻：「講得好像妳知道什麼叫做愛！」

我知道不應該，但再也忍不住了。「那妳懂得什麼叫做愛？」我厲聲斥責：「妳心腸惡毒扭曲是非，心裡除了報復什麼也裝不下，連關心妳的人也沒有好下場！」

「妳把我兒子送走還說愛我？」

我氣得未經大腦口不擇言。「幸好我把他送走了！」我大叫：「那時候的妳沒能力養小孩，現在妳對我的態度更證明了妳連當人都不配。還好有我為那個孩子著想，否則妳連我都能害死了又怎麼不會害死他？妳這種自私的人沒有資格當媽媽。」

事情發生太快，我眼睛跟不上。妮娜拿起玻璃杯猛力扔向牆壁，玻璃碎片散落地毯。「自私？」她尖叫：「妳有臉說我自私！妳做了那種事竟然還敢說我自私！」

看見她站起來我下意識想將身子往後縮，但卻忽然停了下來。我突然有了覺悟，或許生命所剩不多，但絕對不要活在她的陰影下。心裡某個地方湧出力量，我不再害怕自己創造出來的怪物。

「我就敢！」我咆哮道，也跟著起身。

「妳奪走我的一切！」她叫罵的時候口水像子彈飛濺過來：「妳該跪著求上帝寬恕自己對小孩做的那些事！」

「那些決定我自己並不好受，但讓我別無選擇的不是別人，就是妳自己。」

一轉眼妮娜狠狠將我推向牆。我失去平衡跌倒在地，看著她伸手拿起桌上那把麵包刀站在面前，指關節用力到發白。

我又從她眼睛看到了——失控的妮娜再次出現，隨著眼睛益發呆滯、理智逐漸遙不可及。黑暗降臨，她不再是我的女兒，無論接下來發生什麼都並非我孩子真正的意志，而是因為她的父親。那個男人的罪孽不僅奪走她童年，也為日後種種埋下禍根。

妮娜舉起刀子，但我不想保護自己了。如果注定死在此刻那便死吧。至少熄滅我生命之火的同時，她必須好好看清楚自己母親是什麼眼神。

但突然傳來另一個聲音。

我們同感詫異同時轉頭望向聲音的來源。是門口。

一個男人站在那兒，臉上十分錯愕。「妮娜？」他問：「妳這是幹麼呀？」

71 瑪姬

妮娜和我同時僵住動不了。我仍然躺在地板上，她則壓在我上面、手裡拿著刀。這聲音似乎足以將她從精神錯亂中喚醒，而我從來就辦不到。

我們呆呆望向突然出現在這扭曲世界的陌生來客。除了女兒，他是我被關起來之後第一個面對面相見的人。我盯著瘦弱的年輕人，留意到他那頭黑髮和蒼白膚色，暗忖難道是大腦陷入絕望產生幻覺，甚至認真思考是否自己已經被妮娜捅了一刀，嚥氣臨終的過程想像力不受控制。不過腦袋還是漸漸將線索拼湊起來：這個身形非常眼熟，不就是妮娜最近那個朋友？我從臥室窗戶遠遠看見的男子。就是因為他，我才想到要挖牆。本來想從樓上引起他注意，現在人家直接站在面前了我反而看傻眼。

金屬與木頭相碰的聲音打斷沉默。妮娜把刀放回桌上然後趕快退開，彷彿這麼做就可以改變她朋友對面前亂象的觀感。我躺在地上沒動，而他表情困惑又害怕。

「你怎麼會過來？」她聽起來十分倉皇。

「是妳發訊息威脅說我再不回應就要自殺。」妮娜歪頭看著他，似乎她不記得自己做過這件事。「還好妳們家前門沒鎖。這是怎麼回事?」他追問。

男子那雙灰色瞳孔在她和我之間來來回回。我想起身,但身體像樹葉顫抖很難站穩,只好像嬰兒那樣挪動臀部在地上蠕行,然後雙手抓住椅子慢慢向上爬。年輕人走過來扶我胳膊底下攙扶到我站好,不過我兩條腿依舊無力,只好先靠著桌子免得跌倒。他注意到鐵鏈,一時無法理解為什麼會有這樣的東西在我腳踝上。

「狄倫,」妮娜開口,聲音哽咽:「你來了!」

我聽了一呆。她剛才說什麼?「狄倫?」我跟著喊了一聲,先看看妮娜再打量她這個朋友。這次我看見的不是陌生年輕人,而是瓊恩・杭特。我訝異不已掩住嘴巴,他是我從地下室抱出來的嬰兒,那麼做就是想避免他也被捲進這麼瘋狂的事態。

「你是……你是我的孫子啊!」我低聲說。

不過我這句話似乎讓他更害怕。狄倫轉頭望向妮娜:「我的祖父母還在?妳不是說他們死了嗎?」

劇變連連,但我的思路竟還保有一絲清晰。「她把我囚禁了兩年!」我連忙叫道:「拜託,救我!」

「妮娜?」狄倫問:「這是真的嗎?」

「她生病了!」妮娜反駁:「老人癡呆症,根本不知道自己在說什麼,都是我一個人在照顧她。」

「我才沒有老人癡呆，」我也駁斥她：「我被關在樓上絕對不是出於自願，你看——」

狄倫視線被我引向腳踝鐵鏈，他還抬頭望向樓梯間。「妳為什麼要用鎖鏈綁她呢？」

「是因為我要上班……為了她自己的安全著想。不是你看起來那麼糟糕，放她一個人在家很危險，亂跑出門什麼的。我又負擔不起療養院。」

「現在妳在家，為什麼還要鎖住她？」

「狄倫，別聽她胡說，她在說謊！」我一邊哀求一邊抓住他手臂：「拜託，帶我走。不然你報警也可以，打電話給誰都好。把我從她身邊帶走就可以，由公家單位來判斷誰說的是實話。」

「不，別亂來。」妮娜說：「她跟珍用同樣的方法控制你。你知道我不可能對你撒謊啊！」

她抓住狄倫另一隻手臂。「你是我的一切，我怎麼可能對你說謊呢。」

「那我進門的時候，為什麼看見妳拿刀指著她？」

「我……我……只是想嚇嚇她，讓她聽話。」

狄倫搖搖頭。

「你得相信我，」她乞求道：「她看起來可能一副無害的樣子，但你不知道她多可怕，殺了我爸爸、也就是你的祖父，又千方百計讓你和我分開……她禽獸不如。」

狄倫下巴合不攏，眼中閃爍著恐懼。我看得出來，他比較相信我。

「我把你交給珍，一方面因為她非常善良，另一方面也是不想讓你被妮娜給害了。」我打斷：「相信我，我這個女兒精神狀況不正常。她怎麼對我的你也看見了。如果你來遲一步，我已經死了。」

妮娜五官扭曲、整張臉皺起來，彷彿聽不懂我為什麼這樣說。精神錯亂導致她徹底忘記自己剛才拿著刀要對我做什麼。

「鎖頭的鑰匙在哪裡？」狄倫板起臉。

她朝自己兒子露出極度失望的表情。「你根本不肯聽我說！」妮娜叫道：「她在騙你——你不明白她為人，怎麼就站在她那邊？」

「祖母被妳用鐵鏈綁起來這種事情我怎麼能當作沒看見！這種情況不正常，妳們兩個都需要幫助。」

妮娜張開嘴，但找不到合適的回應。她很清楚自己兒子說得沒錯，無論我們母女、這棟房子、還是這個家，早就不正常了。從艾里斯泰對女兒伸出魔爪那天起，一切開始偏離常軌。

「快把鑰匙給我。」他繼續說。

妮娜搖搖頭，下顎緊繃。

「妮娜——」狄倫語氣更強硬，但她不肯讓步。「媽——」他忽然改口，這個詞勾起妮娜很大反應，我猜可能狄倫第一次這樣叫她，所以她才哭了起來。我觀察孫子，顯然他從未經歷過這種場面所以不知所措。讓他被同情心牽著走可不行，我得先顧好自己。

「鑰匙就在她口袋裡。」我說。

「別這麼做，」妮娜哭著搖頭望向走近的兒子：「我只是做出最好的選擇，你要相信我。」

狄倫站到她面前。妮娜一把鼻涕一把眼淚，但當孫子把手伸進她口袋取出鑰匙圈時她並沒有阻止。「這才是正確的做法。」他說。

「你想離開我，對不對？」妮娜哭著問。狄倫沒回答，而是轉頭擠出微笑想使我安心。我相信他，他是今天這場混亂中唯一的希望。狄倫蹲下來把鑰匙插進鎖內。

就這樣，我得到不可能再見面的孫子援救。

我望著他，感激得想哭，但還沒開口他就先說：「走吧。」狄倫沒回頭留意母親，直接挽著我的腰朝樓梯走過去。

聲音來得急促——鐵鏈晃動的噹啷聲，我再熟悉不過，但與狄倫一同轉身時根本來不及反應。金屬腳鐐劃過半空打在他前額，狄倫應聲倒地。

「不！」我發出哀嚎，孫子抬起頭目瞪口呆望過來，無法理解現在什麼情況。我無助地看著妮娜舉起鏈條意圖再次施暴，幸好這回她不夠準，打在門框灑下一地碎屑。那雙死氣沉沉太熟悉了，但我沒空思考這件事。狄倫來不及躲開第三下攻擊，又被腳鐐命中頭側。金屬撞擊骨頭，聲音令人作嘔。這次他頭骨上多了個凹痕。

「住手！天哪，快住手！」我哭喊：「他是妳兒子！」妮娜聽不見，那張臉一片空白，失去所有人性。我再看看狄倫，還好他有眨眼，勉強能判斷出還活著。

我跪著想安撫他，可憐的孩子嚇壞了。桌上有一雙烤箱手套，我趕快拿過來按住他頭骨凹洞，試試看能否止血。血水滴落到臉上，我看了一下子又想起艾里斯泰怎麼被妮娜擊斃。「沒事的，我保證，」嘴上這樣告訴狄倫，其實事情會怎麼發展我也不知道。「你手機呢？我來打電話求救。」

我在他口袋摸索卻被推開，狄倫慢慢翻身後伸出手臂想往樓梯爬。或許他不只怕妮娜，也開始怕我。「唉，狄倫，」我嘆道：「拜託讓我幫你。手機給我好嗎？」此刻只剩他沉重的喘息和衣服在地毯摩擦的沙沙聲。我轉頭望向女兒，「妮娜！」我正要大叫，卻看見她也朝我打過來，笨拙地揮舞鎖鏈先瞄準肩膀。第一次我躲開了沒受重傷，但終究只是運氣好，第二次就直接打在我頭上。耳鳴劇烈得好比教堂鐘聲，房間逐漸變得朦朧昏暗。我努力保持清醒，儘管知道妮娜壓在身上但我無法專注，不確定她到底想做什麼。保持清醒，我告訴自己，保持清醒才能救狄倫。他趴在地上，用手肘和手掌一點一點往我們的反方向爬出去。

視力稍微恢復，還頭痛得厲害，但我勉強站起來了，可惜試著靠近狄倫的時候站不穩又衝著牆壁摔倒。他狀態比我糟糕得多，不知怎麼還有力氣一步步將身體往樓下拖，只不過下了四級之後也失去平衡直接滾落，最後頭撞在扶手柱上以一個尷尬角度著地。我瞥見他的臉，眼睛睜得好大，但不繼續眨了。

「狄倫！」我想朝他走過去，只走到一半就又面朝下跌倒。一陣刺骨疼痛從腿上迸發，感覺身體裡什麼地方撕裂了。腳鐐第三度襲來，然後妮娜把它重新固定在我腳踝上。

「看看妳幹了什麼好事！」我轉身瞪著她大聲咆哮，但她毫無反應，像個明知對手毫無機會卻仍不勸阻的衛冕者睥睨我們。

輪到我失控了。我抓住妮娜的腿，像野獸一樣拳打腳踢、又扯又咬。過了一會兒她還是掙脫，直接往我臉上踹過來。爆出一聲清脆的咔嚓，我感覺自己的臉好像快要爆炸，可以肯定鼻梁斷了，血從口腔流進喉嚨幾乎要窒息。

「妳殺了自己的兒子啊！」我怒吼，然後又覺得天旋地轉、耳鳴眼花。即使想爬起來再朝她撲過去也力不從心，反倒她扣著腦袋拽到二樓樓梯。我怕被她推我下去，但她是將我丟進閣樓封鎖區塊以後重重甩上門鎖起來。

「妮娜！」我尖叫：「妮娜！放我出去！」

我躺在地上什麼也看不清楚，只能摸索牆壁、用手指猛摳隔音棉，扣得指甲差點折斷，接著又握拳猛捶，就算挖的那個洞會被發現也不在乎了。

追求自由的代價竟然巨大到這種地步。如我多年前就憂慮那般，妮娜殺死了狄倫。向他求助的我同樣有責任。她犯了罪，我也犯了錯。

妮娜已經徹底失控。殺害父親還可以說他罪有應得。但狄倫是無辜的，為什麼也得死？為什麼他和莎莉．安．米契會落得如此下場？

72 瑪姬

二十三年前

艾爾希朝地下室沙發上繈褓中的嬰兒露出困惑表情，先看他再看我。「這是誰？」她問：「妳們幹麼躲在這兒？」

我勉強擠出「我孫子」這幾個字以後眼淚嘩啦啦流下來，忍不住一股腦兒把這些年的苦衷傾吐出來。我的內疚如火山爆發，心裡早就積壓太多無處釋放，起了頭就停不下來，於是從妮娜第一次懷孕到她遭到父親侵犯、再來是我告訴妮娜她孩子死於染色體缺陷的謊言，所有的祕密我都說出來了。再不說的話我覺得自己會崩潰，必須找個人幫忙。

吐完苦水，艾爾希已經抱起狄倫溫柔地搖著哄著。我看著她們倆，意識到自己不該說的全說了，冷靜下來忍不住開始擔心，也做好被艾爾希罵個狗血淋頭的準備，暗忖她想說的我早就知道：事情早已超乎我能力範圍，該做的事情是報警。然而有些人就是能出其不意。

「換作我家芭芭菈的話，我大概會和妳一樣吧。」她說：「生了孩子以後自然而然就會將他們放在第一順位，盡一切可能給他們最好的生活，不論對錯。所以妳才會用那種方式幫妮娜。不過現在，妳也得用同樣方式幫妳孫子。」

「我得送走他。」

「我懂。我們可以的。」

「『我們』？」

「對，我會幫妳。」

「怎麼幫？」

「可能有個辦法。我認識能幫忙的家庭。」

狄倫出生三天後，我去牽了艾里斯泰的車。

妮娜以為父親拋妻棄女時將車子也開走了，實際上我每星期換一條街停車，都在離家大約半英里外。這距離夠遠了，不會被妮娜碰巧發現。

第二次等完紅綠燈再次踩油門上路，車子裡紅綠燈牌柑橘味芳香劑的氣味變得明顯。原本掛在照後鏡上，早就乾了但味道吸附在坐墊。會想起他的氣味我都不想聞，索性從鏈子拔下來往後丟。

長得看不見盡頭的道路施工前後延伸，馬路被縮減到只剩下一線。我快要受不了了，想趕快回家，但是前面的公車司機一直禮讓對向車。我很努力才忍住沒下車去敲他窗戶破口大罵。

公車不是心煩的唯一原因。我很無奈，自己的決定會永遠改變三個人的命運。

我要將女兒的孩子送給別人。

因為我親眼目睹妮娜承受極度壓力之後打死親生父親，所以明白絕對不能信任她。撫養嬰兒的壓力太大，她承受不住。小孩子晚上不睡覺、換牙、生病、回嘴、拿自己與那些什麼都不缺的幸運媽媽做比較……我經歷過這一切。可是妮娜太年輕，太脆弱，無法應對。

我知道自己可以從旁協助，但我不可能每天陪在孩子身邊，而我又怎能安心地讓她們兩個單獨相處？只會永遠提心吊膽，不知道她下次精神病發作是什麼時候。如果能夠預防孫子身上的悲劇卻沒有把握機會，我將永遠無法原諒自己。

假如這樣還不能解釋我和艾爾希做出的抉擇，也可以換個角度想：他父親是個侵犯未成年人、明知道對方是十四歲少女還讓她懷孕的變態。要是妮娜像我一樣看穿這人真面目，必然也會質疑瓊恩·杭特對小孩能有什麼正面影響。想到他會如何帶壞孩子我就心寒，而且艾里斯泰造成我對男性為人父這件事情打自內心有保留，所以更不希望犯下同樣錯誤。

保護狄倫是我的責任。從任何角度切入我都認為應當幫他遠離這種惡劣的出身環境。更何況我已經對妮娜說孩子死於實際上不存在的染色體缺陷，再也無法回頭。

「該死！」我大喊並猛踩煞車。駕駛不專心很危險，差點撞上前面那輛的車尾。先前去特意購買的一打尿布從後座掉到車底，我驚覺這可能是我最後一次為他買尿布。

狄倫已經和艾爾希在地下室待了三天。把地窖和閣樓改建成可居住空間大概是我唯一會感謝艾里斯泰的事情。每次艾爾希或我要出去都會用床墊蓋住門，避免嬰兒哭聲擴散。幸好妮娜受到藥效影響也聽不太到。她擠出母乳，我就拿來偷偷餵給嬰兒。所謂孩子夭折也會分泌母乳這種事情很正常也是我胡說，但後來意識到鎮靜劑可能會通過乳汁進入孩子體內，我趕快改成嬰兒奶粉。

艾爾希和我照顧狄倫，與這小娃兒多少有了感情。昨晚抱著他，看他喝飽以後睡得香甜，心裡真的捨不得送走。真的。無論大人的世界如何，我好喜歡這小傢伙。

回到家看了看手錶——妮娜下一劑安眠藥的時間快到了。等我回去上班，得從金恩醫師辦公室找些處方籤，看看有什麼替代藥物能穩定她狀態。

我很肯定自己出去有鎖門，轉動鑰匙時卻發現門並沒有鎖。疑惑的我趕緊關門上樓。

「妮娜，我回來了，」我走近她的臥室叫道：「妳醒著嗎？要給妳倒杯茶或來碗湯嗎？」但她房間是空的。我遲疑了，歪著頭也沒聽見什麼動靜。感覺有些奇怪。「妮娜，寶貝，妳在哪兒？」我繼續喊。

仍然沒回應。我急急忙忙在房裡尋找，最終在二樓浴室找到女兒。她坐在浴缸邊背對著我，身上穿著一件綠色大外套，散開的頭髮垂在柔毛兜帽內。我看不出她是想出門還是已經外出返家，可是那神態令我極其不安。

「妮娜，妳沒聽到我叫妳？」我溫柔地問：「我叫妳好久了。」

她沒回答。

「怎麼了，身體痛嗎？」

她還是沒回應。

「孩子，」我幾乎無法掩飾自己的暴躁情緒：「請跟我說話。」

我慢慢走近觀察，發現她面無表情臉色蒼白，與艾里斯泰死後那時如出一轍。最好的假設是延遲反應，失去孩子的哀痛到今天忽然爆發。然而我注意到她的馬汀大夫靴子兩側沾了新泥漬，白色浴墊也被踩髒。看來她似乎出了一趟門。

「妳去哪了？」我問。

厚外套下她胸膛起伏，我猜目前能得到的回應僅止於此。「扶妳回床上好嗎？妳該多休息。」我想儘快把她帶回去，以防狄倫的哭聲在這裡能夠聽到，趕快一手環她肩膀、一手伸進腋下將她整個人抱起來。

本以為那股沉默會持續到永遠。但最後她不說話我也懂了。血淋淋的刀子從她袖子掉出來落到地板發出清脆聲響，一切盡在不言中。

73 瑪姬

二十三年前

我猛然推開地下室的門，快得嚇了艾爾希一跳。本來擔心是她們出事，我慌慌張張推開床墊衝進來，卻看到她正在給狄倫餵奶。寶寶安穩躺在她臂彎，我留下來的收音機播放著輕音樂。

「怎麼了？」她問。

本來想把自己看到刀子、以為妮娜傷害她們的事情說出來，但轉念一想這只會造成她害怕，不能再給艾爾希添亂。無論妮娜又做了什麼，我必須自己承擔。

「抱歉，」我說：「房子裡太安靜，我就擔心了一下。」

「我們沒事，別擔心，」艾爾希說：「他之前稍微哭過，就餓了而已。妮娜怎麼樣？」

「我需要花點時間陪陪她。能麻煩妳再多陪狄倫一會兒嗎？」

她點點頭，我關門時看到艾爾希親吻孫子額頭。她也一樣會想念這孩子。回到浴室，妮娜還在，我跨過那把刀蹲在她面前，將她的手握起來，看見手指和袖子上都有乾了的血。

妮娜突然開口嚇我一大跳。「瓊恩……」聲音毫無感情。

「他怎麼了？」我問。

「我見到他了。」妮娜說。

我忍不住閉緊眼睛：「在哪兒？」

「在他住的地方。」

「發生什麼事？他還好嗎？」

我希望她說大家都好，但血淋淋的刀就是答案。我幫女兒清理更衣，再餵兩片安眠藥讓她上床休息，然後在她外套口袋裡找到紙條，上面寫了地址，而且沾了一小塊血跡。我只能猜測她就是去了這地方，匆匆洗淨刀柄和刀刃就小心塞進自己口袋。

不到一小時後我就走進了杭特的公寓，看見他躺在沙發上失去意識。他雙腿分開、頭部低垂，咖啡桌上散落著吸毒的工具。電視閃爍的光線照亮他前臂靜脈上一根針頭。無論我多討厭這個人，聽見他呼吸讓我鬆了口氣，至少妮娜沒有出手加害。

突然背後傳來聲音，我嚇了一跳立刻轉身。走廊上一扇門半掩著，從這裡看過去像浴室。我不懂逞兇鬥狠，但手裡還有妮娜那把刀，若有必要總得防身自衛。不過聲音似乎沒有靠近，聽起來像是輪胎漏氣卻斷斷續續。我走向聲音，用腳推開門。

門鉸軸咯吱作響一兩下便停住。有東西擋住，沒辦法完全打開。我走進去就看見她倒在地板上——莎莉．安．米契，年輕、美麗、在診所與我聊過天。她正望著我，藍眼睛睜得大大的但充滿恐慌。頃刻間雙方一動不動，都等著看對方作何反應。

我別無選擇，必須採取行動，將妮娜的刀子塞回口袋蹲下來仔細觀察。她往左側躺，手臂朝前方伸直，似乎想抓住什麼東西但搆不到。

女孩右臉頰有一道兩英寸長的傷口，露出的手臂手掌也被砍得亂七八糟，淺的只是表面割傷，然而深的則能看到肌肉組織。重點是我低頭一看，她的孕肚情況最淒慘。是妮娜，我的女兒，幹了這種事。我忍不住趴在浴缸嘔吐，明明胃裡只有咖啡和土司還是吐到第三次才能擦擦嘴巴後退一步仔細分析這局面。

莎莉．安．米契眼神流露出希望，她雖然意識逐漸朦朧但還是認出我。儘管不明白我為何出現在這裡，但她充滿感激，以為我是救星。女孩下唇動了動似乎想說話，我伸手指探脈搏幾乎察覺不到。她嚴重失血，不送醫的話活不過幾分鐘。

她輕聲說著：「揪……吧……波……」一小滴血滴自嘴角滑落到地板。

「我聽不懂。」我低聲回答。

她還是不斷重複：「揪、吧、波。」我聽了幾次會意過來，她是說：「救寶寶。」

這女孩好可憐，看得我心都碎了。我快速返回客廳找到電話機，正要拿起話筒叫救護車卻突然意識到自己不能這麼做。我明白這不對，但最近做錯的事沒少過。我非常想幫她，本來幾乎沒有理由能阻止我才對。問題是我更想保護妮娜，幫了莎莉．安等於將自己女兒推入火坑。

如果莎莉・安大難不死，我該如何解釋自己出現在她家？如果她認得妮娜還能描述容貌，那我女兒的人生就毀了，不知道會在感化院、監獄或精神療養院待多少年。我做不到，只能將電話放回去，反覆提醒自己罪魁禍首並非妮娜，而是她爸爸、是瓊恩・杭特，甚至是我自己。害死莎莉・安・米契的同樣是我們三個。我幫不了妳，想到這兒我忍不住啜泣，我真的想，但我不能。

我轉頭確認客廳情況——杭特仍然昏迷不醒。我抓住這機會把刀刃沾滿浴室地板上的血。莎莉・安・米契呼吸越來越淺，我還是稍微看了她一眼。女孩注視我一舉一動，顯然十分困惑，但仍期待我會救她。我想向她解釋為什麼自己做不到，但終究說不出口。

回到客廳，我隔著手套讓杭特的手指和手掌握住刀柄，並在他身上也抹一些血，於是所有證據指向他發瘋殺人。地上有一堆他的衣服，我拉散並全部染紅。房間角落靠牆擺了三把吉他，我隨便挑一把將刀子藏進音孔，然後退後一步仔細檢查我為保住女兒佈置的犯罪現場。

不知道還能做什麼，也不知道現在這樣能否瞞過訓練有素的警察，只能賭賭看了。我很想留下來陪一會兒莎莉・安・米契，至少別讓她臨終之際還孤孤單單。可是我一點同情也不能分給外人，女兒和孫子才是第一優先，得趕快回去照顧她們。

所以我朝她低聲說了句：「對不起。」把嘔吐物從浴缸沖掉的時候也不敢看她，只能讓莎莉・安・米契寂寞地離開這世界。願上帝寬恕，即使我永遠無法原諒自己。

走出公寓之前我又回頭望向杭特稍有猶豫。他不比艾里斯泰好到哪兒，為了自己的性慾不惜摧毀一個年輕女孩的未來。如果沒人站出來制止，他還要糟蹋多少人？對他的怒氣像壓力鍋那樣不斷累積，我開始認為不如就由自己親手了結一切保護下個女孩。於是我走到杭特身旁，用力按下他前臂針筒的活塞，將筒內剩下的毒藥注入他體內。我站在旁邊等了會兒，其實不知道自己期待什麼，想看口吐白沫？還是心跳加速胸腔爆裂？總之都沒發生，我也不能再拖延，連忙推開前門留下杭特和莎莉・安一起死在這屋內。

對於瓊恩・杭特我絲毫不覺得歉疚。他活該。我只對自己真正辜負了的人感到慚愧，譬如妮娜，譬如莎莉・安・米契。

74 瑪姬

二十三年前

「得儘快把狄倫送走。」我求艾爾希幫忙，也聽見自己聲音中的焦慮。

「確定不再考慮一下？」她問：「這是非常重大的決定。」

「確信無疑，」我回答：「為了孩子的安全著想，不能繼續讓他待在這裡。」

「為什麼？發生什麼事？」她臉色蒼白，希望我給個解釋，但見我遲遲不講話便明白最好不要深究。「我去打電話。」她說。

艾爾希出去之後關上門，留我獨自待在地下室抱起狄倫淚眼婆娑。她在走廊打電話，聲音壓得很低聽不清楚。杭特家裡的狀況、妮娜做了什麼、我又為掩蓋真相不擇手段到什麼程度，這些全都不能說。我無法承認自己其實比女兒還邪惡，因為我是在意識清醒的情況下決定對杭特下殺手。很快就會上新聞，只希望艾爾希不會將蛛絲馬跡拼湊起來察覺真相。

幾分鐘前一回家我就問起是怎樣的人有興趣收養狄倫。

「是我清潔工作服務的家庭，」她回答：「媽媽叫做珍，有三個孩子，後來子宮外孕，醫生建議她別再生了。她和丈夫想要再收養個小孩，但社會局說他們年紀太大不合資格。這戶人家條件很好，狄倫過去的話什麼都不缺。」

艾爾希說對方經濟穩固，住在市區南邊的豪宅，孩子們都上私立學校。這確實就是我想給孫子的保障。「狄倫去了那邊就不用擔心，」她繼續說：「還有就是妳別介意啊，我趁妳出門期間打了個電話告訴人家妳們有些……困難。我只說寶寶的媽媽未成年，然後她就說想見見妳們母女。」

「不能見妮娜，」我立刻回絕：「這我不能答應。」

「我知道、我知道，」艾爾希安撫：「所以我跟對方解釋了，說妮娜目前有些『情緒困擾』，但珍還是說想和妳談談。」

我再望向狄倫。他眼睛睜開了，但好像沒聚焦在我這兒。也好，別讓他看到祖母的真面目，儘管今晚可能是最後一次抱他。我想起莎莉．安．米契的死狀，知道自己可能害死杭特，覺得孫子不該被我們這種人撫養長大，送他去更好的環境才是正途。一步錯步步錯，只有這次真的做了最好的決定。

傍晚時珍到了家門口，感覺和我同樣緊張猶豫。艾爾希帶她進門，我抱著狄倫站在旁邊仔細打量，畢竟是要託付親生骨肉到對方手上。她向我露出同情的微笑，只有為人父母才會有那種表情，彷彿想表示她能理解我的經歷與感受。可惜她不可能真的理解，沒人能理解，即使艾爾希也一樣。

我坐在地下室沙發，她和艾爾希坐在兩把舊花園椅，三個人開始談話。珍想瞭解我和妮娜的情況，我也想瞭解她的家庭，由此倒是能肯定對方動機純正。她問我是否可以見妮娜，我說這真的不行。「是我女兒不願意再和這孩子扯上半分關係，要不然有我幫忙也能養大孩子才對，」當然是謊話，我說這話的時候都不敢看艾爾希是什麼表情。

「那狄倫的父親呢？」珍問：「也該問問他的意思？」

「他甩了妮娜。從我女兒懷孕那個晚上開始他就音訊全無，連孩子出生了也不知道，所以妮娜死心了不想告訴他，現在只為自己和孩子打算。她覺得重新出發對所有人都好。」

「那妳呢？妳怎麼面對？雖然我也是個母親，還真無法想像換作自己會是什麼感受。從妳照顧孫子的樣子就知道妳其實很愛他。」

她的關心令我感動。「確實不容易，但為了他好也無可奈何。」

「那，要保持聯絡嗎？例如定期報告孩子狀況，或者妳們過來探視？還可以寄些照片？」

我考慮片刻。「不，我想還是不要好了，那樣只會更心痛，而且能給狄倫不受出身影響的全新起點才是最好的。幾個星期塵埃落定以後應該就能進行正式的收養程序，但我希望能夠避開女兒的名字，狄倫生母部分請填我，必要文件和社工訪談也請讓我處理，這樣才不容易出差錯。」

聽到得說謊，珍似乎有些猶豫。我得說服她相信這是最好的安排：「既然妳真的想再有個孩子，政府又因為妳們年紀大不允許，這恐怕是唯一的機會。就看妳的意願有多強？」

她搓了搓手終於點頭：「不介意我和艾爾希單獨談談吧？」說完兩人走去樓上廚房，我把握僅剩的時間與孫子相處。

兩人回到地下室，我雖然不情願還是將狄倫遞到珍的懷裡，看得出來她立刻迷上這小寶貝。「問我的話一定立刻帶他回去，」珍說：「但還是得和丈夫孩子們商量，畢竟要全家人一起決定。能給我幾個小時嗎？」

「沒問題。」我回答。

她按照約定很快給了答覆。夜裡剛過十一點，我給狄倫餵完一頓奶，她們夫妻倆正好也到了。四個人討論到凌晨，談完以後珍和丈夫互望一眼，似乎都認同這個決定，而我也相信這是最好的決定，即使因此再也見不到孫子。

「希望我們什麼時候帶他走？」珍問。

「今天。就現在。」我說：「艾爾希，能麻煩妳幫忙收拾孩子的東西嗎？」

我請他們給點時間，想再和狄倫相處片刻。只剩祖孫二人留在當作家的地下室，我抱著孩子親吻，說我其實真的很愛他，然後拿手巾輕輕擦拭落在那頭黑髮的眼淚。該結束了，我請艾爾希抱走狄倫，親眼目睹孫子在另一個女性懷中離開我恐怕承受不住。但至少他不必繼續躲在這裡。

又過幾分鐘，我聽到前門關上、引擎啟動，車子駛離這條街，狄倫的新爸媽帶他回家了。

艾爾希輕輕摟住我肩膀，我說自己沒事，請她別擔心，也趁機感謝她幫了許多忙、將她捲進我們家這團混亂真是不好意思。後來我走進妮娜房間，她還在床上沉睡，完全不知道兒子被我送給別人。我掀開被子爬進去緊緊抱住女兒，發誓絕對不會放，餘生就以她的人身安全與心理健康為第一優先。

75 瑪姬

我在黑暗中待了好幾個鐘頭，耳朵一直貼在隔音牆上自己鑿開的小洞。不確認孫子的命運我的心會永遠懸著。

脖子僵硬、頭痛欲裂，左腿韌帶受傷了撕裂痛持續不斷。然而若與狄倫嚥氣前承受的一切相比，我的痛楚算什麼。我可愛又可憐的孩子啊。

為了求妮娜找人救救狄倫我喊到聲音沙啞。指尖全是血，因為我像籠子裡的老鼠那樣不停摳抓隔音牆。一整夜過去毫無動靜，妮娜沒有脫離精神錯亂也沒有聽見我的哀求。我想這就是所謂因果報應，當年我眼睜睜看著莎莉・安・米契遭遇不幸。如果我當初幫助了她，或許此刻神明就會幫助狄倫。

我為孫子的悲慘遭遇哭到現在停不下來。多年前我最大的恐懼終究成真，狄倫還是死了，為了保護他而拆散骨肉變成毫無意義的犧牲。我淚眼汪汪捨不得放手的可愛嬰兒躺在樓梯底下，凶手就是他的母親、我的女兒。養了她這麼多年，我第一次如此憎恨妮娜，覺得她不配活在世上。

垂頭喪氣回到樓上不知道是幾點。我一級一級用爬的上了樓梯，在浴室前面試著站起來，受傷的腿感覺隨時會垮。舀起冷水往臉上拍打之後我也懶得擦乾，一瘸一拐地走進臥室，開始祈禱乳房和腋下的硬塊是惡性。寧願被癌症殺死也不想困在這地獄。死得越快越好，靈魂能夠早點重獲自由不必繼續受煎熬。

以前想逃，逃離的是處境並不是女兒。儘管她做了那麼多錯事，我仍舊不願與她劃清界限、讓她孤苦無依。今天起一切都變了，我再也不想見到她。人命之於妮娜好比手提包，不好用了就丟掉。回想她長大成人以後的這些年，我終於明白自己其實生了個瘟神。

昏暗中我凝視窗戶，但不指望會有救護車的藍色閃光出現在門口。如果妮娜會叫救護車，前提是她回復神志，理解自己所作所為。可是這回沒有我幫忙掩飾罪行讓她不害死自己，她得面對現實承擔後果。妮娜身體是自由的，隨時能夠離開這棟房子。但實際上她和我一樣受到囚禁，我被鎖在這層樓，她則被鎖在自己的瘋狂中。

一閉上眼睛，金屬腳鐐敲打狄倫顱骨的悶響就在腦海揮之不去。我知道自己會被這個聲音糾纏到死，所以最好早點結束。不過見到狄倫以後我更肯定了：其他事情我或許都做錯了，只有把他送走絕對是正確的決定。他能分辨對錯，不被親生母親動搖堅持幫助我，代表這孩子在成長中培養出了同情心。如果交給妮娜撫養，他不可能是現在這種人格。

還有一件事情對我造成巨大打擊。妮娜對兒子下殺手的眼神以前只見過一次，就是她手握高爾夫球桿衝出來毆打父親後腦。雖然只有一剎那，這次我看清楚了，那和平常她失去理智的情況有所不同。平日發作時妮娜理智被抑制，行為受到瘋狂支配。可是她攻擊父親與兒子的時候其實自我意識還存在，並非完全遭到吞噬。想到這意味什麼，我不禁顫抖。
我牢牢閉上眼睛，用力得眼瞼發疼。要是我能做主，寧可再也不睜眼。

第三部

十個月後

76 瑪姬

餐廳窗戶敞開，我聽到外面傳來鳥囀。不久之前我可能因此興奮激動，如今我不再有任何期待，整個世界對我而言只是白噪音。

妮娜剝開保鮮盒塑膠蓋，蒸氣和香氣升騰彌漫。我覺得很噁心。從塑膠袋標籤我發現那是艾里斯泰和我以前常在週六晚上叫的外賣，他死了之後我就不跟那家買了，沒必要提醒自己與那男人之間的過去種種。如果能重來，我會把他棄屍在別的地方，然後帶著妮娜遠離這棟被詛咒的房子重新出發。可惜當時沒想清楚。太多事情我都沒有想清楚。

「自己動手吧。」她說。有豆豉醬牛肉飯但我沒碰，只拿了兩塊厚片焗蝦土司。我不覺得餓，也不真的想吃，只是胃袋會像水溝發出咕嚕聲，吃點麵包或許能緩解。

儘管穿著四層衣服我還是覺得很冷。變天之後，妮娜白天也不關暖氣。但我體重減輕太多了，身上已經沒有脂肪禦寒。大部分時間我裹著被子

現在每天幾乎都縮在床上茫然盯著電視機。有畫面，但關了靜音，因為實際上我已經對整個世界失去興趣。所以也不再透過觀察鄰居往來計算時間，反正早上八點或下午兩點對我而言無所

謂，我不需要也不想要時間。看見樹葉飄過窗外我知道入秋了，小孩子扮成鬼怪在街上遊蕩代表萬聖節過了，閃耀煙火照亮地平線的時候篝火夜也要結束了。再過不久會有頌歌團吟唱我聽不到的歌曲，因為我即將在囚籠內度過第三個聖誕節。但我很肯定不會有第四次。

我和妮娜之間的權力平衡發生變化。她可以掌控著我的當下、我的自由、我的飲食、我何時能夠下樓或何時可以洗澡，但她無法控制我的命運。那個命運就是我即將死去，硬塊擴展蔓延到腹股溝和腋窩淋巴結，身體時時刻刻都在痛，深呼吸時肺部也痛，經常感到噁心、疲倦，意識越來越容易模糊。兩踝被腳鐐磨破以後感染化膿，加上咳個不停。悲慘生活中唯一滿足來自於知道自己撐不了多久，當我走了妮娜再也沒有人能夠傷害。

我常夢到狄倫，在夢境中我發現自己原本有好多方式可以從妮娜手裡救下他。情節每次都一樣：他出現在我寢室門口，我張開嘴巴想大喊：「快逃！」但會感受到一雙無形的手扣住咽喉。狄倫聽不懂我說什麼，等他從唇形看懂已經太遲。妮娜走到他背後，拿鍊子箍住親生兒子頸部拖下樓梯消失。那雙被黑暗與惡意操縱的眼睛我怎麼也忘不掉，她根本知道自己做了什麼。醒來時失落感太巨大，彷彿這麼多年裡他一直陪在身邊。

吃到一半妮娜起身走到我背後打開音響，ABBA的《Ring Ring》前奏響起。她重新坐下以後我感覺到震動，是妮娜的腳對著桌腳踢節拍。「好久沒聽了，對吧？」

我沒講話，她大概也沒注意到從上樓換鐵鏈開始我就沒說過半句話。儘管如此，她繼續不停說話，說著她白天做了什麼、圖書館有些什麼新書、接下來幾個星期會帶哪些回來之類。我不在乎，早就不看那些書了。

她伸手進口袋，拿出兩顆我認得的止痛藥。她說：「妳的土司都沒吃，但空腹不能吃藥啊。」輪不到她來教我服藥。上星期她還說我不吃東西就不給我止痛藥，但我沒屈服。也許是自找苦吃，整個晚上我被劇痛折騰得很慘。今天也是，感覺內臟攪成一團，夜裡一定更難熬。即使不情願，我照她吩咐開始進食。

「這不是很好嗎。」妮娜將藥片推過來。我想朝她痛罵自己知道每句髒話，但我克制住了，選擇將憤怒連同藥片一起吞進肚子。

妮娜遲遲沒提到狄倫，他都走了好幾個月了。事情發生的兩天後，當她終於給我送來一盤食物，我趕緊拉開房門問她怎麼處理屍體。「誰的屍體？」她面無表情回答。

「狄倫！」我大叫：「妳兒子！」

「瑪姬妳在說什麼？我沒有孩子吧？不就妳一手造成的嗎？」

我頭微微後仰瞪著她瞧，想從她表情判斷到底是不是真心話。看上去確實不像在演戲，妮娜真的沒聽懂我在說什麼。恐怕是她的大腦徹底抹去狄倫這個人了，最後一次發作的性質確實不同，神志回復了記憶卻無法保留。我心裡開始衡量是否該盡自己努力喚醒妮娜壓抑的記憶，然而一旦我讓她想起兒子的存在，她也必然意識到兒子死在自己手上，屆時留在妮娜身體裡的會是哪一個人格？會不會連帶想起父親與莎莉・安・米契怎麼死的？我真的想要與知道自己殺過那麼多人的女兒關在同個屋簷下？

「大概我累了，腦袋有點混亂，」我回答：「抱歉。」

那天晚上我沒和她共進晚餐，她就把食物送到樓上。我隨便吃了點，心裡覺得很遺憾，都沒機會好好認識自己的孫子。希望他之前過得平順、幸福，充滿愛和光明。但事到如今已經無從得知。

也是從那時開始，偶爾我懷疑難道妮娜其實沒說謊，我真的罹患血管性失智症，受困於自己混亂的思緒之中，所以怎麼逃也逃不出去。說不定這兒根本這不是我家，而是療養院病房。妮娜與我不是母女，她只是收錢照顧我而已。連狄倫的死也是我的幻想，這個人從頭到尾不存在，而我只是想回顧與自己母親的關係，在心中將彼此立場對調。又或者妮娜之所以把我鎖起來是因為別無選擇，我會對自己和他人造成危險，畢竟我也記得自己拿東西刺她、打她或用腳踹過她。我用盡手段想逃走卻依舊被關在這裡，因為真正精神錯亂的其實是自己？扭曲瘋狂不是她而是我，我訴說的故事並不可信？

能肯定的只剩一件事：只要醒著就能意識到癌症存在，疾病以我為養分壯大蔓延，擴散到體內每個角落與縫隙。感覺過不了多久就會進一步侵蝕大腦，屆時我就成了廢人。我倒是迫不及待了，到那時我就能真正逃離這間房子和我的女兒，與她斷得乾乾淨淨。然後我們只剩自己，而我樂見其成。

那時候，我就可以擺脫她。

「差點忘了，有東西給妳。」妮娜開口打斷我思緒。她從地上拿起盤子，上面有個杯子蛋糕。插了一枝數字三形狀的蠟燭。接著她從口袋拿出火柴盒，擦了一根點燃蠟燭。

「三週年快樂！」她說完還朝我微笑，不知道期望我有什麼反應，總之我什麼都沒說。「三年過得實在好快啊，妳說對不對？抱歉今年比較忙，就沒有大蛋糕了，明年我會提早準備。吹蠟燭許願吧。」

我照著她的話做，吹了口氣許下願望。直覺告訴我：願望可能會比預期更早實現。

妮娜 77

花園裡他墳前土堆長出雪白色尖端的小綠芽。幾個星期前我買了一袋雜七雜八的種子撒在土上耙平，儘管天氣寒冷也定期澆水，現在看來成果不錯，等到春天就能為這個黑暗的地方增添一點色彩。

我最近經常想他，所以花很多時間在家裡與他親近。瑪姬以為我從記憶中抹去狄倫，但她大錯特錯。兒子是我的一切，現在是未來也是。我常和他講話，即使得不到回應。看樣子瑪姬活不了多久了，到時候我也會把她葬在這裡。

感覺有股涼意，我趕快扣好羊毛衫回到屋內。艾爾希站在她家樓上，明明有窗簾也不躲不藏，擺明了就是監視我，要我看到她、知道有人等著盯著自己失誤那一刻。可惜我不會，永遠不會。她對在這棟屋子裡頭的事情一無所知。

我很有把握，所以朝她揮揮手，還露出最燦爛的微笑。她沒有回應。

我將冷凍大披薩和大蒜麵包裝在盤子放進烤箱。今早游了五十圈，既然提前消耗熱量就給自己一些獎勵。有大約十五分鐘空檔，我下去地下室以後先看到髒兮兮的舊沙發，瑪姬一直沒丟掉，但她囤在樓下的垃圾也只剩這個了，其餘被我請清潔公司處理掉，否則沒法子打造實用空間。

腳邊有個塑膠箱子裝了六本相簿，滿滿的家庭合照，可惜裡面沒有我爸，因為瑪姬幾乎全拿掉了。我翻看的時候偶然發現小時候去德文郡找珍妮佛阿姨的照片，「天啊好肥喔！」我指著照片笑不停，那時還是個不穿衣服蹲在幼兒便盆的胖娃娃，小手小腳都好圓。

翻著翻著好多早就遺忘的點點滴滴浮現腦海，有些讓我大笑、有些讓我憂鬱。其中一段回憶裡，我最多就三、四歲，穿著粉紅色泳衣、手裡拿海綿幫已經不在照片內的爸爸洗車。另一張照片是我躺在汽車後座，想必正聽著喇叭播放ABBA或瑪丹娜的歌，盯著爸爸開車時的後腦勺。我真的真的好愛他。

最近做了很多與他有關的夢，而且每次都驚醒，因為夢裡的他與我記得的不同。走廊一片黑暗，我站在他工作室門縫外，聽他說電話對面那個人是自己的「唯一的寶貝」（所以我知道是作夢，爸會那樣叫的只有我一個。）。「很快就能在一起了，」他向對方說完發現我在外頭立刻掛斷，跟過來走進我臥室一直講話一直講話，拚命說我是他的唯一、永遠都是（可是我好想問他：剛才怎麼多了另一個唯一？）。他說個不停，從來沒聽他說過這麼多話。爸說他愛我愛得不得了，但是對媽已經沒有愛了，所以必須離開。他認識另一個人，想和對方在一起。爸走出房間，我好生氣，為什麼要破壞原本完美的世界，為什麼要丟下我。他讓我難過，那我也不讓他好過。所以我摸到一樣東西……然後就醒過來了，接著反覆告訴自己他是世界上最和藹、溫柔、可靠的男人，即使只佔了我生命的三分之一卻留下無法填補的鴻溝。直到狄倫出現。

「你一定會喜歡他，」我說：「他應該會是個好外公。」

儘管胸口仍在起伏，狄倫沉默不語毫無反應。他背靠牆坐在幾英尺外地板上，距離沒有近到能構成危險。「有興趣的話，我再找幾張照片給你看看？」

他不講話。

「好吧，下次囉。」

外人看我們互動可能覺得太冷淡，對我來說只是常態，反正大部分時間都這樣。有幾次下樓，他窩在角落暗處，一瞬間我還以為瓊恩來了，甚至會叫錯他名字。在我眼中父子實在太神似，偶爾無法分清楚誰是誰。

「嗯，」我站起來：「披薩差不多烤好了，要上樓吃晚餐了嗎？」

狄倫還是不說話，只是緩緩起身。我將 eBay 買到的手銬從地板滑過去，不需要多說他也知道該怎麼做，這個流程練習很多次了。就算被我鎖著，他比我高比我壯，要是給他機會一定會想壓制我逃出去。但我從自己在瑪姬身上犯的錯誤汲取教訓，假以時日他體能衰退了就會乖乖聽話。

他把手放在背後自己扣上手銬。「親愛的，得讓我看喔。」我說。狄倫轉身以後兩手往外拉扯，證明手銬牢固。「謝謝，」我又說：「過來這兒吧。」

他轉回來照我吩咐做。我像往常一樣提著爸留下的高爾夫球桿才走近。這玩意兒只在狄倫身上用過一次，因為他想往後撞斷我鼻梁也確實是擦到了，但力量不足以造成什麼永久損傷。我拿球桿往他腰部用力抽打，狄倫一下就倒地不起。那一瞬間我有種似曾相識的感覺，卻想不出是為什麼。我沒打過高爾夫，以前沒理由拿過球桿。另外，打在兒身痛在娘心，我心痛的程度絕非他所能想像，但這就是為人父母對吧？無論多難過都得好好為他們做打算。

我將短鏈換成長鏈，跟在他後頭上二樓進入餐廳。光線打在他臉上，照出微微凹陷的眼眶。那天他闖進來找我，也順便見到瑪姬，然後摔下樓梯就變成這樣了。恐怕無法回復本來的容貌，但對身體沒什麼影響，反而很有特色。

關於那個晚上我能記得的不多。印象中和瑪姬大吵一架，接下來就看到狄倫躺在樓梯下面，瑪姬被鎖在她住的那層樓。我立刻聯想到最壞情況，就是兒子可能再被搶走。等我走到狄倫身邊，他忽然眨了眨眼睛，開口求我叫救護車。我那時候腦袋有點糊塗，但還是本能意識到真的照他說的做，往後就永遠見不到他和瑪姬了。一通電話足以帶走我生命中僅剩的兩個人。所以我沒叫救護車，而這也是我這輩子最好的決定。後來我給他準備了新的房間，就在地下室。

過程並不容易。基本上和我對媽、媽對我一樣，頭兩個星期得靠剩下的Moxydogrel和網路買到的鎮靜劑緩和他情緒，還得跟著YouTube影片教學縫合他頭上的傷口。狄倫第一次試圖逃跑以後被我用鏈子綁在地下室牆壁突出來的舊瓦斯管線。這種安排當然不理想，但既然別無選擇也就只好耐心等待，相信狄倫遲早能夠體會做媽的一片苦心。好的母親都一樣，會想方設法不讓孩子受傷。

上樓以後狄倫在餐廳坐下，我去他身後鎖上門。回家之前買了吃的，除了披薩和大蒜麵包還有他Instagram照片裡有拍到過的啤酒和起司蛋糕。開門之前我都會先看手機，應用程式連接到藏在書櫃頂端的小攝影鏡頭，確定裡頭沒埋伏、應該安全才進去。

狄倫像動物一樣小心翼翼地聞了聞披薩。不能怪他，我也是不得已，有時他太暴躁好鬥，只好在食物裡摻些磨成粉的安眠藥。今天倒沒有。

「聽點音樂好了？」我問，但沒等他回答就自己開了音響。「這是我爸爸最喜歡的專輯。他曾很愛聽ABBA的歌。」

「妳不必每次重複這件事。」他咕噥。

「啊，真抱歉。」

狄倫抬頭望向天花板。「我外婆還好嗎？」

「瑪姬狀況不錯，」我沒說實話。她每下愈況，可以說就在我眼前慢慢腐朽凋零，我給她的那些東西也沒發揮效果。兩個人早就不談那些硬塊腫塊的事情了，因為我不想知道。上網搜尋以後，我覺得她身體越來越差根本是自己造成的壓力，有些人就是不願意自救。我考慮過告訴她狄倫沒死，就住在兩層樓下面，心想或許她知道以後會有點生存動力。我甚至也考慮過讓她們兩個同房算了，可以像正常家庭一起用餐。但現在還不是時候，狄倫滿腔怒火搞錯對象。目前不能給他們聯手暗算我的機會。或許等他意識到我是媽媽而不是敵人才會改正心態，那樣祖孫見面也就合適了。

昨天晚上我在本地新聞中看到珍，那個收養狄倫以後想霸佔不放的女人。她上電視說「巴比」失蹤了，請有線索的人聯繫警方。真是對不起，珍，因為「巴比」從來就不存在。他叫做狄倫，無論妳如何自欺欺人都不會改變。

新聞影片裡，珍在附近教堂舉辦燭火守夜活動，希望得到社會大眾的重視與協助。我之前用狄倫手機傳訊息給她說需要獨處的時間，看來她是沒相信。為什麼還不放棄？我暗忖，不識時務的蠢女人，他不想見妳！後來我把手機砸爛、SIM卡丟進馬桶沖掉，這樣警察永遠也不會追到這裡來。他失蹤六個月左右警察確實來過一次。所幸那時我下了很強的鎮靜劑讓他在地下室休息，所以兩邊都沒發現對方存在。警察說監視器顯示他車牌曾經出現在北安普敦，我否認到底說他從未來過，強調自己與兒子早斷了聯繫，甚至請他們進來到處看看。警察只走到客廳就算了，要是進去車庫就真的會找到狄倫那輛車。如果我能開上路，就不是只從外面慢慢開進車庫，會直接找個地方丟掉。

開動之前我先切開披薩用叉子叉起來餵他，他渴了就拿啤酒對準嘴巴灌。狄倫那眼神好像很討厭我，但又清楚自己需要我幫忙才能夠進食。當年我被剝奪了養育嬰兒的機會，現在輪到我了要好好珍惜，畢竟不可能一直維持這種模式。等他接受自己的歸屬就不需要手銬，我們能像普通的母子、普通的家庭一樣和和氣氣用晚餐。

音響傳來ABBA《你來之前的那天》。聽了這麼多次，就今晚最能與歌詞共鳴。歌手唱出自己的渺小卑微，直到她深愛的男人走進自己生活，一切終於改變。狄倫從Facebook傳訊息過來之前我也一樣自卑，如今不同了，有好多人陪伴。母親在樓上不吵不鬧，英俊的好兒子在樓下很安全，父親長眠的屋外土堆即將開滿鮮艷花朵。有多少人如此幸運，三代同堂住在一個屋簷下？真的不多，我知道自己十分幸運，所以要好好呵護現在擁有的一切。

終章

妮娜

今天早上貨車總算將我等的兩本小說送過來。《少年Pi的奇幻漂流》和《閣樓上的花》要給瑪姬看，所以我又自願幫忙上架，同樣將書藏到戰爭及英國史那一區。

接著開始思考晚上要吃些什麼。輪到狄倫一起用餐，他最近有點蒼白，我想去維特羅斯超市買菲力牛排回家煎，給他補充點鐵質免得貧血。明天輪到瑪姬，相對簡單多了，最近她食量和麻雀差不多，吃沒幾口就用塑膠叉子把東西都撥開。話說回來想填飽一家三口開銷大了不少，荷包越來越扁。不過與親情相比，這算不了什麼。

班尼急急忙忙跑來嚇了我一跳，還以為自己偷偷把書藏起來被發現了。

他表情有點不妙：「妮娜，有妳的電話。」

「誰？」我跟著走向圖書館接待櫃臺。

「不知道，對方說有急事，但找不到妳手機號碼了才打到圖書館來。」

「所以我認識？」開始好奇了，趕快走到櫃臺拿起話筒。「妳好，我是妮娜．席蒙，請問需要什麼服務？」

「啊，妮娜，太好了。是我，艾爾希的女兒芭芭菈。」

「芭芭菈？妳好啊。」我倒真的有些吃驚，上次與對方說話是什麼時候都想不起來了，而且絕對沒通過電話。「妳媽媽狀況還好？」我祈禱她一點也不好，如果是來通知我艾爾希慘死那可真是大快人心。

「妳趕快回家。」

「為什麼，怎麼回事？」

「難得跟妳聯絡就是壞消息，這邊出了火災。」

「火災？」我大聲複誦一次，卻還是不明白，覺得自己是不是聽錯了：「什麼意思？」

「妮娜——」她語氣嚴肅起來：「妳家失火了。」

瑪姬

我站在窗前，最後一次看看自己居住的地方。

平凡市區內平凡的死巷，曾經如此喜愛，如今如此厭倦。當然不是這巷子有什麼錯，也不是這棟屋子有什麼錯。錯的是我，還有她。如果人生能重來，每個選擇都會不同。一定要讓妮娜接受治療，也一定不會讓孫子離開身邊。整個故事裡最悲慘的就是狄倫。送他離開以後，他確實過了我希望給他的生活。可是兜兜轉轉他竟然回到這個家，繞了一整圈以後將起點當成了終點。

我慢慢走到二樓樓梯口。妮娜始終沒將隔音牆被鑿開的洞補起來，理由我並不清楚，或許認為沒有別人會進來，所以不必白費功夫。

從蛋盒狀材料撕下紙板以後我拿一些塞過小洞擠到對面，然後從口袋取出火柴。妮娜只顧著用什麼囚禁週年蛋糕譏諷我，卻沒留意桌上火柴盒已經被我摸走。

擦一根火柴，點燃一張紙板，塞到另一邊。耳朵貼上牆壁，聽得見火苗蔓延到其他紙板發出滋滋聲。家裡地毯都是很久以前鋪的，不防火，從二樓連到一樓客廳前面，分叉到廚房與地下室。用不了多久木門也會燒起來。妮娜的舊物盒還在，我取出裡頭那些紙張撕碎撒在樓梯，又點了根火柴滿心愉悅地將女兒的過去慢慢餵給火舌，如此一來連她前面十三年的純真也不復存在。

接著我回到房間，刻意不關門，躺在床上閉起眼睛。我明白自己被燒死之前就會先被濃煙嗆死，倒也勉強算是慰藉。雖然總得咳一陣子、肺可能非常難受，但已經很仁慈了。

我已經無力為自己或為妮娜再做任何事情。她以為自己缺的是孩子，找到孩子就能完成人生的拼圖。錯得離譜。她缺的是自我，即使親手殺死狄倫她還無法面對事實。

不過不只妮娜不認識自己、不知道自己需要什麼，我也一樣。追尋自由追了這麼久，現在我才真正醒悟：其實我從未失去自由。不是物理層面的自由，而是精神層次的自由，重點在於心。相反地，一直受困的人是妮娜。可惜從前的我既沒能啟發她的智慧，也未能重建她的記憶。應該說將她關進自身牢籠的人就是我，創造並養育出怪物的人也是我。但我決定離開她掌控了。

我第一次將自己擺在妮娜前面。想要取回生命的主導權，就必須在此時此地為生命劃下句點。這麼做不僅為了自己，也是為了紀念可憐的孫兒。我深深吸進幾口氣，然後發自內心微笑，因為很快我就再也不必呼吸了。

妮娜

穿著制服的警察在巷口擋住計程車，我丟了二十英鎊鈔票給司機趕快開門下去，朝著一百公尺外烏黑廢墟狂奔。兩個警員出面攔下，馬路兩側燈柱間拉起黃色封鎖線。

「我住這兒！」我指著前面的房子：「我兒子和我媽都在裡頭，她們人呢？」

「我幫妳查一下，」警員很冷靜：「但是妳得等消防隊接觸封鎖，現在不能靠近。」

那個警員走開，另一個警員又說了些什麼，我沒心情聽，眼睛盯著消防車後面兩輛救護車敞開的後門。四個待命的救護員不知聊了些什麼，我沒在任何一輛車子裡找到狄倫或媽的身影。是直接在屋子裡頭急救嗎？

轉頭再望向房子，我看傻了眼。住了這麼多年的家，深愛的父親長眠於此、母親在閣樓接受應有的懲罰、失而復得的兒子住進地下室，如今卻化作一片焦黑與灰燼。披黃袍戴頭盔的消防員在廢墟進進出出，火勢已經熄滅但屋子也面目全非徒留一具空殼，空氣瀰漫焚燒木材與塑膠的各種臭味，窗戶玻璃和屋頂瓦片散裂在草坪和人行道。水從腳邊流過，曾經組成我家的一個個碎塊被沖進水溝消失。

「拜託別讓他們出事，拜託別讓他們出事……」我忍不住發出聲音，活到這麼大第一次真心希望上帝能回應禱告。「我只有他們了啊。」

這時候我才注意到鄰居都圍在路邊聽我自言自語，神情中除了憐憫還有自家躲過一劫的慶幸。芭芭菈似乎很同情我，但艾爾希滿臉鄙夷，彷彿覺得一切都是自作自受因果報應。

瑪姬說的被虐待的小女孩也出來了。她盯著我眼神茫然，我卻這時才看見她T恤底下右手臂有好幾塊黃色藍色的瘀青。她母親伸手搭著孩子肩膀，我仔細一看卻發現她指節竟然用力到發白，這樣指甲不都往女孩皮膚嵌進去？於是我明白自己錯了，應該相信瑪姬的。

本想和小女孩講講話，但一個穿著制服的消防員走過來：「妳是屋主？」

「對。唔，不完全對，是我媽的房子，我和她一起住。她人呢？我兒子呢？」好怕對方冒出一個讓我反胃的答案。

他將我帶進封鎖線朝著救護車移動，走出圍觀群眾能聽見的距離。「請問妳姓名是？」

「妮娜。妮娜・席蒙，」我結結巴巴問：「為什麼都沒人肯跟我說現在什麼情況？我家人呢？」

「席蒙小姐，」他輕聲回答：「很遺憾，我們隊員在屋子裡面找到兩具遺體。」

我腿軟了，像個布袋往地面跪倒，聽見消防員大聲叫救護員過來幫忙。兩人將我扶起來走向救護車，我坐在車尾哭得太厲害幾乎喘不過氣。他們勸我用力吸氣，但只有焦煙、或者說兩個親人的焦屍臭味進入氣管，我忍不住往袋子嘔吐兩次，滿腦子都是狄倫眼睜睜看著事情發生又無力阻止不知道心裡多害怕。

「他們……他們最後痛不……」我開了頭卻說不完。

「理論上火還沒燒過去就會先吸進濃煙。」消防員的解釋只帶來一丁點安慰，「不過一切都要驗屍才能確定。」

想到我完美的孩子竟然得被別人切開，我渾身顫抖起來。「怎麼會起火？」

「已經開始全面調查，目前推論是縱火。」

「沒道理，這不可能。」

消防員遲疑起來，似乎正在斟酌怎樣措辭比較妥當：「跡象顯示是有人刻意從屋子裡面點火。」

「啊？什麼地方？」

「從初步的火源鑑定圖看起來，應該是把樓梯間裡把二樓和閣樓隔開的那堵牆。」

「上面是我媽的房間，但她那裡沒有可燃物。」

「她抽菸嗎？或者有沒有用打火機或火柴的習慣？」

「沒有——」

真相像是拆大樓的鐵球往我砸過來。問題出在昨天的晚餐。我一心想叫她自己給三週年蛋糕點蠟燭，忘記把火柴盒收進口袋。媽一定是逮到我分心空檔將東西摸走，為了擺脫我選擇引火自焚，因為她不知道孫子就在地下室所以拉了狄倫陪葬。即使是死，她也能找到方法再次摧殘我。

我抱住自己，覺得再也站不起來了。狄倫就像我的心，卻被他外婆整顆挖出來踩爛。換作是誰都沒辦法接受這種結果。

「席蒙小姐。」另一個人的聲音，抬頭看見白襯衫打領帶的年輕男子亮出證件，但我只注意到那雙眼睛。兩邊不同顏色，看得我心驚膽戰。「我是偵緝督察黎·戴立許，可以和妳談談嗎？」

我點頭，但覺得自己根本沒辦法好好講話。

「剛才同事說妳與兩個人同住，」他翻開筆記確認：「妳母親和兒子對嗎？」我又點頭。

「可是根據鄰居說法，最近沒有人見到她，而且她幾年前已經搬走了不是嗎？所有人都以為妳是一個人住在這棟房子裡。」

他等著我回話，但我辦不到。

「房子裡有兩具遺體，分別在地下室與閣樓，」他繼續說：「請問死者出現在這兩個地方是有原因的嗎？」

「為什麼要問我這些無聊問題？」我啜泣起來，再也不想開口。

「因為他們雙腳都被綁上鎖鏈。」聽了這句話，我僅剩的力氣也沒了，想開口也動不了。

「席蒙小姐，請問妳知道這件事嗎？」他追問：「兩位死者為什麼會被囚禁？」

「他們和我住在一起，」我喃喃自語：「我照顧他們。他們是我的家人。」

警官與我之間帶著焦煙的空氣變得冰冷，寒意從脊椎竄到頸部。「我好冷，」說完我抬頭，正好對上他的眼睛。一邊是棒子色，一邊是澄澈的灰，就像瓊恩和狄倫，而且同樣銳利，能夠看透我、揭穿我，我感覺到了。但忽然間顏色變了，他的虹膜越來越暗，我歪著頭仔細打量，實在不懂為什麼。有人往我身上蓋了條毯子，但我幾乎感覺不到。

接著聽見金屬撞擊的噹啷聲，就像狄倫那對手銬。我看得入神——警官的身體被影子覆蓋，天空與四周卻是紅色。他繼續說了些什麼，可是那些奇怪的影子與顏色讓我沒辦法專心聽。

又有人抓起我手腕，但皮膚已經失去知覺。意識一點一點流逝，我無力阻止。明明身體往前進，卻覺得自己在一條隧道往後退，面前所有人事物越來越小、越來越暗，最後全都不見了，只剩下我自己。

眼前只剩一片黑。深不見底的黑。

致謝詞

本書情節都在一些我覺得很特別的地方完成構思。住在一起的兩個人反目成仇這靈感在我腦海存在一段時間，不過真正成形是在我和老公去美國加州公路旅行的時候。我們在優勝美地國家公園錄影，去瀑布、山徑散步或者騎單車的時候討論了細節。故事後段則是我母親Pamela動了腫瘤切除手術後，我去她家裡暫住時想出來的。因此首先要感謝的是無論好事壞事都與我相伴也持續給我意見的John Russell，以及面對病魔展現出強大意志的母親，同時也感謝北安普敦綜合醫院的醫護團隊挽救她的性命。

一本書從電腦螢幕到變成實體總是牽涉許多幕後的辛勞，感謝編輯Jack Butle對我有信心與開頭的提點，以及David Downing和眼睛跟老鷹一樣利的Sadie Mayne協助打造出最終版本。當然還要感謝Thomas & Mercer出版社以及包含Hatty Stiles和Nicole Wagner在內眾多默默付出的英雄。

開始寫作生涯以來有許多讀者幫忙推薦，包括口耳相傳與線上社團等等。我想藉此機會感謝「THE Book Club」的Tracy Fenton、「Lost in a Good Book」、「The Fiction Cafe Book Club」以及「The Rick O'Shea Book Club」。謝謝各位一路支持。

也要感謝同業好友們在我特別辛苦或需要放鬆的時候幫忙加油打氣，大部分是透過推特。我很喜歡與Louise Beech、Darren O'Sullivan、Claire Allan和Cara Hunter聊天，而且大家都很有才華，給了我好多靈感。

再來感謝Dan Simpson Leek和James Winterbottom針對收養提出建議，Anne Goldie提供助產士設定，Sue Lumsden帶我實際參觀診所內部，還有Kath Middleton又一次保住我的顏面。

謝謝Carole Watson、Mark Fearn、Rosemary Wallace、Mandie Brown讀了我的初稿，還有我自封的「追星團隊」：Alex Iveson、Deborah Dobrin、Fran Stentiford、Helen Boyce、Janette Hail、Janice Kelvin Leibowitz、Joanna Craig、Laura Pontin、Louise Gillespie、Michelle Gocman、Ruth Davey以及Elaine Binder。

最後衷心感謝Beccy Bousfield給了我和John那麼多卻不求回報，我們永遠不會忘記。

Storytella 185

我們之間的謊言

What Lies Between Us

我們之間的謊言 / 約翰.馬爾斯作 ; 陳岳辰譯. -- 初版. -- 臺北市 :
春天出版國際文化有限公司, 2024.02
面 ;　公分. -- (Storytella ; 185)
譯自 : What Lies Between Us
ISBN 978-957-741-811-1(平裝)

873.57

ISBN 978-957-741-811-1
Printed in Taiwan

作　者　約翰・馬爾斯
譯　者　陳岳辰
總編輯　莊宜勳
主　編　鍾靈

出版者　春天出版國際文化有限公司
地　址　台北市大安區忠孝東路四段303號4樓之1
電　話　02-7733-4070
傳　眞　02-7733-4069
E－mail　bookspring@bookspring.com.tw
網　址　http://www.bookspring.com.tw
部落格　http://blog.pixnet.net/bookspring
郵政帳號　19705538
戶　名　春天出版國際文化有限公司
法律顧問　蕭顯忠律師事務所
出版日期　二〇二四年二月初版

定　價　420元

總經銷　槙德圖書事業有限公司
地　址　新北市新店區中興路二段196號8樓
電　話　02-8919-3186
傳　眞　02-8914-5524
香港總代理　一代匯集
地　址　九龍旺角塘尾道64號 龍駒企業大廈10 B&D室
電　話　852-2783-8102
傳　眞　852-2396-0050